吉田 一

木下順二・その劇的世界

影書房

まえがき

木下順二さんからいただいたハガキが、四通ある。

その①　拙著『久保栄「火山灰地」を読む』を贈呈したとき。（97年11月24日付）

高著頂戴、ありがとうございました。

ぼく自身も忘れていた小論などいくつも引いて下さって、また言及して下さって恐縮。それにしても、いま『火山灰地』にこれだけ激しく喰いこんでいかれる気力と労力に深く敬意を表します。

その②　右のハガキの数日後、追いかけて。（97年11月26日付）

前のはがきで書き落としたことを一つ。

あなたが僕のことを「久保栄をもっとも深く理解した人間のひとり」と言って下さったことは僕として全く意外でしたが、P.454~464を読むうち、自分の、今やすっかり忘れていた文章や発言を含めて、なるほどそうであったかと納得しました。

その②が続けて送られてきたことは、そこに記述された内容もあわせて、驚き、そしてうれしく思った。木下さんというひとについて、前々からイメージしていた氏のありようが、そこにはっきりと示されていることを感じた。

その③　私的な小冊子「土の会だより」に、『暗い火花』についての小論を載せたとき。（99年10月26日付）

『暗い火花』について、まことに精緻な分析をして下さってありがとうございました。自分でも分らなかった点を解明して下さったかと思える個所さえあります。感謝する次第です。

民芸でやる予定だったのですが、倉橋君の『大司教――』（――は「の天井」：吉田注）に譲りました。そのうちやるのでしょうが、その時は御文章が大きな参考になるでしょう。（やるとしたら演出は米倉君の筈です）

その④　「土の会だより」に『無限軌道』についての小論を記述したとき。（01年3月25日付）

拙作への懇切な御批評ありがとうございました。すぐに拝見したのですが、雑用のためお礼がおくれました。

あの作品は、江藤淳から旧いプロレタリア的作品だとかいってボロクソに言われたのですが、武田泰淳は大変買ってくれて、毎日出版文化賞に推してくれました。それにしてもあなたが、ある部分など作者以上に深く考えて理解して下さったこと、感謝に堪えず。お蔭で久しぶりに自分で読み返してみようかという気になっています。とりあえず一筆御礼まで。

ある批評家（今お名前失念）が、あなたと同じに、あの小説を劇作家の発想だといってくれたことがあります。


私の「小論」を丹念に読んで、ご自分の思いや作品にかかわることがらをも書き添えてこられたことに、心が動かされる。

（「ある批評家」とは、宮岸泰治さんのことではないかと思われる。宮岸さんと木下さんは二〇〇六年、六月と一〇月相次いで亡くなられた。）


私が「演劇集団土の会」に拠った、三十年間の上演活動を停止してからずいぶんながい年月が過ぎた。演劇に対しての、不安定な拒絶状態の何年かを経たあと、わたしは、読者・観客としての立場を意識的にとろうとしてきた。少々気負ったいいかたをすれば、読者・観客としての「創造」を自分に課したといえるだろうか。作者とも上演者ともちがうスタンスからの創り手であろうと願う気持ちがわたしにあった。

それは、木下順二がしきりという「観客のありかた」に自分なりに対応することでもあった。江藤文夫さんがまとめあげた、木下順二『生きることと創ることと』の文章に、その考え方が代表されていると思われるので、その部分をあげる。

ある舞台を見て感動した観客が、どこで創造的になり得るか、ということですね。もちろん、ここで創造的というのは、そうした観客のそれぞれが舞台を創る側と同じ立場に立つということではない。むしろその逆に、観客のひとりひとりがあくまで一人の観客として、どう創造的であり得るか、ということです。それはその観客が芝居を観終った後に、その感動を自分のさまざまな日常の行為にどう生かし得るかということであって、そのためにその観客は、芝居を観ることで自分の感性なり考えかたなりを大なり小なり変えていなければならない。その人は芝居を観るなかで、これまでの自分自身をどこかで否定している。つまり自分を変える契機をそこに見出しているはずです。舞台と客席との間に、そういう形で火花が散っている。しかし、そのためには、作家はドラマを書くことで、また演出家や俳優たちは、演出し、また自分の役を演じることで、これまでの自分と葛藤し、作家自身が、演出家や俳優自身が、その創造行為のなかで自分を変えてゆかねばならない。言いかえれば、そういう自己変革を内在させていることで、はじめてその演劇活動は創造行為となり得ると思う。

「観客の創造」に関して、この木下発言に一言だけ付けたしたい。

確かに、「観客」は舞台に向きあうことによって演劇に参画するのだが、作家が長い時間をかけて創作し、俳優たちが上演のために集中した創造努力を重ねる、それには及ばないとしても、観客もまた、自分の課題をもって日常生活のなかで創る営みを持続している。また、そうでありたいと思う。そうであるときに、作家・上演者・観客の三者が劇場で火花を散らし、成果・教訓をそれぞれがその後の思考と行為に生かすことが可能になる。

それにしても、右にあげた木下順二の提言は、きわめて倫理的であるとの印象もある。彼の指摘と異なって、演劇はその場のエンターテインメントでよいとする意見や、多様性に富む表現であるからさまざまな受けとめがあっていいのだという考えもありうるだろう。わたしは、そうした立場によって、かつてもいまも、演劇状況が広く形成されていることを否定しない。しかし、観客としての私は、演劇による「感動」を絶えず求める。その感動は、作家や上演者が現実や歴史と切実に対決して作り出す形象のリアリティを感じとるときであり、それとかかわって、現実や歴史と向きあう自分自身の存在を痛切に想起することである。

その点で木下順二の主張は私のそれに重なる。

「観念」は、ひとが自分として生きるために不可欠な力である。マイナスの問題となるのは、それを固定し形式化する「観念的」な理解と表現である。鋭い、深い観念はひとを導く要素であり、ひとを生かす支えである。そして、「倫理」はそうした観念と不可分にかかわって、内外に強く主張される必要がある。観念や倫理の軽視、それらから遠ざかることが人間的なのだと言う意識があるとすれば、そのことこそが、反人間・非人間の状況を社会の現実に生みだす条件であろう。

木下順二の仕事は、そうした「観念」「倫理」をドラマ創造の営みと自身の生きかたとに貫いたことにある、と私は考える。

わたしの演劇生活、ドラマへの関心を支えてくれた戯曲作家には、木下順二のほかに、真山青果と久保栄がいる。この三人の作品は、私の青春時代から現在まで、わたしに創造的な刺戟を与えつづけてきた。

一九八三年に刊行した拙著『青果「平将門」の世界』の「あとがき」に、わたしは次のような記述を行なった。さらに、『久保栄「火山灰地」を読む』（一九九七年刊）にも同じ表現を文中に引用した。そして自分でも執念深いと思うのだが、この「木下順二」にもまた書き写させてもらう。

作者を内在する登場人物が、現実——その一つひとつの蓄積がそのまま歴史的時間となって、人間を取り巻く——と格闘するドラマの展開が、青果にとって歴史そのものであり、彼の歴史劇を構築する方法でもあった。

このような営みをおのれの作劇に課した作家は多い。わたしは、彼らの中から、久保栄と木下順二の名を挙げたいと思う。青果を含めたこの三人のドラマトゥルギーは、わたしに、絶えず問題を投げかけてくる。ちょうど、青果——栄——順二と、時間を置いては重なりあっていく年月は、現代日本の激しく変動していった歴史そのものであった。それぞれが、自分のドラマを武器として、歴史と現実とに切り込んでいる人間としての生き方を、わたしは、〈ドラマ〉そのものの存立の問題として見すえないわけにはいかない。

歴史劇という点からとらえた場合、久保栄には『五稜郭血書』のような作品があるが、わたしは、むしろ『火山灰地』そして『林檎園日記』『日本の気象』をその対象として考える。現代を描いていても、その視点はすぐれて歴史劇的である。『風浪』から出発し、『東の国にて』から『子午線の祀り』という主系列をもつ木下順二にしても、『暗い火花』や『冬の時代』『オットーと呼ばれる日本人』を、歴史劇としての範疇に加えてとらえたい。木下順二は、その全作品を通して歴史と人間のかかわりをテーマにしている。

その解明は、この稿の域をこえている。しかし、真山青果のドラマに関心をもつものにとって、通りすぎることのできない課題がそこにはある。三者とも、現実・歴史を厳密にとらえる眼と、その中に生きる人間への限りない、冷徹な愛を備えている。その上に、それをドラマに組み立てる観点には、三者に大きな差異があるように思える。極端に図式化していえば——決して、図式的に述べてはならぬとの戒めの声を心の内に聞くのだが——、青果は人間に強く共感し、久保は、歴史と人物に等距離で力を注ぎ、木下は、大きな歴史の重さに自分の志向をのせる。その違いを追究することによって、日本の歴史劇の評価も、青果劇の意義も、より明らかになると、私は考えるものだ。

ドラマ一般というより、「歴史劇」という観点からの認識だが、三人の作家に対する把握の基本は、四半世紀経ったいまでも変化はない。

この稿をもって、とにかく、わたしの、木下作品研究へのスタートを確認したい。時間のかかった、遅い歩みであったが、一応の文章集約を果たしたのは、去年二〇〇六年の夏のことだった。その秋、木下さんは亡くなられた。もう一度ゼロの立場でとりくみ直さなくてはとの思いにかられたが、それはそれとして、これはわたしのここまでの理解と表現としてわりきることにした。木下作品に対する、わたしの「想い」である。

目次

第一の章

一九五九年『東の国にて』の舞台に思ったこと

直記　（略）――加代、無人島の話をしてやろうか？
加代　無人島？
直記　伊豆から辰巳へ向けて五百海里だ。幾日かかるのかそれは知らん。三宅島を越して新島を越してみくら島を越して、黒瀬川という黒潮の大潮流を乗っ切って八丈島を横に見て、まだあと南へ三百六十海里を突っ走ると、そこにはもう冬がない。秋もなければ春もない。あるものは一年中緑礬色にひろがる夏の海と、それを踏んまえて天空一ぱいに立ちはだかる蒸れるような大気だけだ。するとやがて、真青な天に向って立ちのぼる太いもやの柱が何本も、水平線の彼方に見えてくる。――思っただけでもわくわくするじゃないか。
加代　それはなに？
直記　島だよ。島々に近づいたしるしなのだ。
加代　島々に？
直記　島々の低い湿地に密生する野芭蕉とびろう樹の重なりあった葉末から、一面に天へあがって行く濃い乳色のもやなのだそれは。そして島々の高みへあがると、そこには一斉射撃の弾道のような椰子の木の林が、大理石のように輝く空へ向けてどこまでも伸びきっておる。そしてその密林の中にはいると、びっしりとからまりついているつたかずらや下草のあいだへ、低地から匍いのぼってきたあのもやがじっと動かないで、そこには真昼でも乳色の闇がたちこめておる。するとその乳色の闇の底に銀や錫や硫黄や硅石の鉱脈が、至るところに肌を地表にあらわして、にぶく光ってみえておるのだ。

加代　まるでご自分で見ていらっしゃったようね。

直記　そうだよ。おれはもう自分で行って見てきたような気がする。行きたい、おれはあの島へ。

加代　（叫ぶように）行けばいいじゃないの。行けばいいじゃないの。行きたいなら行けばいいじゃないの。行けないのなら行けるようにご自分でなされればいいじゃないの。

「ぶどうの会」による『東の国にて』の上演をわたしが観たのは、一九五九年の秋のことだ。その後の上演の有無については聞いていていない。

木下順二の戯曲作品すべて、そして多くの論文・随想・報告それに小説、また、自作をめぐっての対談・鼎談の数々に心ひかれるわたしなのだが、そのなかでも、『東の国にて』は好きなドラマといってよい。「好き」といってしまうのはいかにも感覚的表現にすぎると自分でも思うが、五十年近く前、二十五歳のわたしの、このときの舞台から受けた印象が、その後ずっと、ほぼ半世紀経ったいまでも持続的な影響力を及ぼしているといえるだろうか。『夕鶴』やいくつかの民話劇、そして「ぶどうの会」の『風浪』の舞台に接して以降、木下ドラマを本格的に観たのが『東の国にて』でなかったかとの記憶も残っている。あの時に抱いたいくつかの想いを、過去の世界から掘りおこし、現在のわたしにもう一度向き直させてみたい。

その一　「行動できない」ことのドラマ

幕末の激動の時代、農民の子刈谷直記は、封建の世から自らの解放を願い、新しい社会への期待に燃えて、「蘭学塾」に飛びこんでいった。はるか海のかなたの無人島「小笠原」の存在を知ったのがここであり、加代という女性を知ったのもこの塾である。

そして明治という時代が来た。

かつての「夢」が現実となりうるときがやってきたのだ。直記は、「無人島」開拓計画の上申書を政府に提出し、事業化のための出資者をつのる。それに加えて、鉄道建設促進の建白をも行なう。まもなく、新橋・横浜間の陸蒸気が黒煙と火の粉をふりまきながら走ることになる。

舞台はこうした歴史の状況と当時の現実のなかではじまり、進行する。

「ぶどうの会」の舞台を観たあとにわたしのこころに強く遺された感覚的認識といえるものは、なによりも主人公と受けとめられた刈谷直記が、このドラマの場面展開のなかで状況に対峙し状況を動かす具体的な行動をとることがなにもできず、彼が願った何ごとをも現実化することができないということだった。

刈谷直記がどんなに願望の具体化のための行動を欲していてもそのための行動をとることがまったくできないように設定されたシチュエーションとの緊張関係、そのことが「ドラマ」を成り立たせていたのである。動かない、動けないことがドラマであるということが、二十五歳のわたしに、なんともいいようのない、切ない思いを喚起する迫りかたを生みだしたのだった。


当然のことながら、「動かない」ことがドラマになるわけではない。行動しないのは普通にはドラマになるとは考えられない日常生活そのもののあらわれだといえる。現実の状況に対して働きかける必要があるのにそれをしない、活動できるのに活動しないという不精な怠け心を「動かない」ことで自己正当化している。「動かない」ことにもし本質的な意味があるとすれば、それは状況を厳密に冷徹に見据えた上に、「行動しない」ことを自ら決意し、自分のありかたに徹底させた積極的な選択であろう。

そしてさらに、「動かない」ことが示す、その重さと価値とは、その人物がかつて、おのれのすべてを賭けて決断し踏みきった行為が明確にあり、その志向が現在まで彼の心に継続していることを前提としている。その決断が今の瞬間にも生きており、自分の生きかたを否応なく前向きにさせる力となっていながら、その方向に一歩も動くことのかなわぬ厳しい状況との緊張感に支えられていることとかかわっている。

『東の国にて』の刈谷直記は、ドラマの幕が上がる以前に、少なくとも三つのことを決断し、自らの責任において行動にふみきり、自分のあり方を決定づけている。

まずはなんといっても、蘭学塾へ入門したこと。「百姓をぬけ出したかった」かれは、「田舎を飛び出して」「何かよりよいものが前途にあるような気になって」「いずれは何かが——自分たちの考えておる何かが実現されるはずだ」という思いが直記の意識にあった。しかし、それを現実にする道程は安易なものではない。それどころか、第二景終末部の塾の回想場面で同学の沼神順益がいうように、だいたいが自由・平等というのはせまい塾のなかだけで通用する話であって、郷里の村へ帰れば元の百姓に戻るだけであり、多くの学友が士分として一応身分の保証をもっているのとちがって、直記の前途には立身出世していける可能性はごくごくわずかである。それだから、それだからこそ、その現実と牽きあう願望、学業に対する志向は強烈だったといえようか。

そのつぎには、その後堂上家貴族のお出入りの医師となることができた直記が、自分の家に奉公に入った加代と思わぬ再会をし、妻も医師の職も投げ捨てて東京に出るということがある。塾で知り合った加代とのかかわりは、妻との結婚で得た安穏な生活を放棄するだけの強烈な情念の力となってかれをとらえたのだ。回想場面もふくめて、直記は加代にどうして惹かれたのかは明確に描かれているとはいえず（加代がもつ魔力ともいえる魅力は後に述べたい）、その経緯もきわめて簡単に触れているだけだが、直記にとってこの再会はきわめて重い意味をもっていると設定された。妻の家の力によって安定した身分を獲得したといっても、逆にそれに制約される生活の精神的な不自由さ、埋れ火のようにあった青春期の情熱と願望とを再燃させずにおかない加代への想い、常識的な世間智の拘束力と安住性をうちやぶる、奔流のように高ぶった情感が直記の内に動いたといえるのだ。

そしてもうひとつ、最大のとりくみ。「無人島開拓計画」とそれに加えて「鉄道建設促進建白」へ彼の全力をかたむけた営為がはじまる。

桃山時代、小笠原という大名が南海に島々を発見、物産を豊太閤に献じ、所領地として許されたという伝説。それを受けて享保に山師が出現、その後林子平が島のことを書に著し、ドイツ人によって仏訳されて世界に知れわたることになった島々。それは実在していたのである。結果として日本の領土として承認される道筋が敷設された。「無人島探検」を一因とした蕃社の獄が起きたのがこの間のことである。蘭学者にとって血湧き肉躍ることになったこの問題は、とくに門地家柄のない刈谷直記にとっては自分の可能性をイメージさせるものとして心奪われる事柄であった。本稿冒頭にあげた彼の言葉はそれを端的に示している。

以上の三つの行動は直記のこころのうちで相互に深く結びついている。相関ということではなく、まさに同根の想いから生じたものであり、一つが他に呼応して不可分に重なりあい、時間の流れとともに欲求は肥大し、外部へとあふれでていく、どうにもおさえることのできない動向をつくっていったのである。

そして、開幕時には、現実の状況はすでに彼の志念と厳しく対立し行動を抑圧するものとなってしまっている。小笠原島の開拓計画は政府預かりのままいっこうに具体化される様子のないなかで、しびれをきらした出資者たちは直記を告訴することになり、その葛藤もあってひきこんできた在所の家はそばを通る岡蒸気がまきちらす火の粉のために焼き払われてしまう。それなのに、政府はその賠償の責を一切負おうとはしない。
刈谷直記は、実に、死ぬことすらも自分の思うようにならないのだ。最終の六景では、毒薬を飲んだ彼は村役人焼津のたまたまの来訪があって発見されて命をとりとめたが、いまは臥せっていて舞台に姿を現すことがない状況にある。家にやってきた出資者の一人井口は、「――薬ならお手のものの筈でしょう？　こちらの先生、それがやりそこなうたあ、どういうわけだ――」とそれが訴訟のがれの狂言自殺である可能性をほのめかす。直記が薬を口にしたその日は、小笠原の開発を民間の手には委ねないとしてその請願を斥け、政府自らが権力によってそれを一方的に果たしていくという報道が新聞に発表された晩であった。加代は、井口に対して、

直記があの晩ああいうことをしたのは、あなたたちの告訴があったからではありませんわ。――濃いもやが立ちこめて、なんにも見えなくなってしまったからよ。――いろんなものがはっきりと見えていただけ、それだけなんにも、まるで見えなくなってしまったんだわ。それで怖くなったのよ。どうしていいかわからなくなったのよ。――ひとりでぽつんと座っていて――つい、飲んでしまったんでしょう、お薬を。

という。

いずれにしても、死ななかった直記は、その後明治の時代を失意の中で生きていかなければならない。わたしは、そのことで、「挫折」ということばを安易に用いたくない。「生きた屍」などといういかにも文学的な表現は木下ドラマにはふさわしくないものであろう。しかし、明治政府による富国強兵の近代国家の進展と絶対的支配の強化の中で、直記はそれからもずっと生きていくのである。

わたしが、一九五九年、『東の国にて』の舞台から受けとったのは、歴史の無情さに向きあいつつ、まさに身動きできなくなった、自分からは一歩も前に進むことのかなわぬ人間のドラマであり、それこそを作者木下順二は描いたということだった。〝ドラマは行動だ〟、主人公が行動することによってドラマが生まれ、展開し、終結する、状況と行動との緊張関係がドラマなのだ、ということをテーゼのように信奉し、演劇にかかわりはじめていた若者にとって、「行動しない」ことがドラマを成り立たせている芝居が新鮮に感じられ、強く印象づけられたのである。

わたし自身のありようをこの直記の実存に重ねて感じとったとは必ずしも思えない。わたしの若さから、わたしが未来への可能性をまだ保持しているつもりだったのも確かだ。しかし、敗戦後の急転換を通過していった十年余の日本と世界の動向は、冷戦時代、朝鮮戦争を正負のバネとする社会復興と絡み合いながらの急激な右旋回となり、明治初頭の日本を想起させる発展と保守化との矛盾を否応なく感じさせていた。いま「年表」を繰るたびに、その一つひとつの事項に対する重い感覚がよみがえる。わたしたちの将来のありかたへの不安な予感があり、「動けなくなる」状況が追っていたことも事実だったのだ。

だが、当時のわたしの感覚にひきつけることはこの作品の理解にとって正確なものではない。戯曲は、「人間と人間を超える歴史との関係」という木下ドラマのドラマトゥルギーを前提として設定され形象化されている。作者が上演の「プログラム」において述べる、

この作品の中で小笠原という名を与えられている「島」が象徴するものは何なのか。それを私は、例えば理想としての自由というふうに単純に規定したくないのだが、とにかくそこへ到達するには（略）複雑な自己否定によって媒介される以外に方法がないというそういう目標、それが「島」なのである。

人間は、あるいは人類は、みな「島」を持っており、その実現を願っている。しかしそれが実現された時、それは必ず予期されたものよりも極めて不十分な形でしか実現されない。

を明確に、十分に体現したものとして、転換期の明治初めの人間たちが舞台に登場し、そのありかたをわれわれに示してくれる。同時に、理解できるのは、通訳の青年河原信吾の自由民権運動に参画していく変革への情熱も、鉄道寮技師クリスティの抱く「東の国」への関心とその開化に協力する善意も、やはり彼らの「島」であることだ。結果は、直記と同じように、まったく「動くことのできない」存在として時代と権力の波にのみこまれていくわけである。クリスティは「東の国」で実現しようとした建設事業は断絶し、体得しようとした異国の文化、そして「ウメの花の精」としての加代とのかかわりもすべて失って帰国する。自由民権運動の世界にとびこんでいく河原信吾がどのような経験をしていくのかは歴史が冷厳に示すとおりである。三者はそれぞれ独自の役割を果たしながらも歴史の

暗黒のなかに、権力の絶対的な支配の下に埋没していく。しかし、彼らは、それぞれの「島」を抱きその実現を求めることによって人間であることを証明するのである。

歴史の進展、「島」の実現は、多くの人びとの「複雑な自己否定によって媒介される以外に方法がない」「それが実現された時、それは必ず予期されたものよりもきわめて不十分な形でしか実現されない」という作者の認識の上に立つドラマが成り立つのである。

『東の国にて』のドラマトゥルギーは、劇作家木下順二の出発点となった処女作、内容も近代初期明治ひとけたの時代の人間群像を描いた『風浪』の延長線上にあり、より意識的、より構造的、より巨視的になっている。『風浪』の主人公佐山健次が舞台に示す彷徨の姿とそれに導かれる破滅への道の選択は、明治社会と支配権力のもつ歴史的な視点、「島」と「動けない」結果とのかかわりに座標軸が据えられている。

わたしが「ぶどうの会」の上演舞台から痛切に感じとったものは、まず、刈谷直記がおかれてしまった「舞台の現在」の存在とかれの切ない思いであったが、それは、直記に代表され、クリスティや河原信吾たちの形象を囲繞する「歴史的現在」への受けとめでもあった。それがわたしの「二十五歳の現在」を情感的に刺激したのだといえる。

さらに半世紀近くを経て、木下順二の全営為に触れてきたいま、わたしの受けとめは、そのとき把握できないでいた木下の「ドラマ思想」を、結果的に舞台から感得し、自分の認識と照らし合わせていたのだと理解できる。その時点での受けとめの浅さを自認しながらも、舞台そして作品との素直な向きあいがそこにあり、そのことによってわたしと木下順二との不可避なかかわりが出発できたのだという思いにかられる。

その二 「情熱の回帰」のドラマ

一九五九年の上演舞台がわたしに与えたもう一つの強い印象は、刈谷直記と加代の夫婦が想起する、過去の蘭学塾の場面だった。描写され示された内容というよりも場面のイメージそのものとしてわたしに迫り、「回想」という次元以上の生々しい切実さがそこにはあった。

第二場、昼間に生じたさまざまな出来事が通り過ぎ去っていき、夕方のとばりが訪れた後半の部分、夫婦二人だけの場面。

直記と加代がじっと坐っている。

加代 （行燈に灯を入れる）

直記 （やがて）何をずっと考えておったのだ？　お前は。

加代 あなたは何を考えていらっしゃったの？

からはじまる対話は、

直記　おれか?——こういうことになってしまったのは、一体何なのだということをさ。

加代　わたしは——もしこんなふうにならなかったらということをよ。——島だとか鉄路線だとか、そういうものにあなたがもしとりつかれたりなさらなかったら——

と現在と過去とのあいだを往復し、そして二人の想いは、あの蘭学塾の時代へと向かう。「湧きたつようで」「騒がしくて」「むんむんと華やか」だった「自由気儘な世界」、しかし、みんなが「生き生きとした眼を持って」いた日々のこと。

直記と加代のふたりの意識にかかわって、宇多川六太夫、鶴田恭安、沼神順益、松下勇記といった同塾者たちの姿が次つぎに現われ、行燈の灯下のふたりの現在、いまの対話をはさみこみながら、それぞれの青春にしかありえなかった個性的な言動をわたしたちに示す。若い直記と加代もその中に登場し、満天の星のもとで若い男と女としての会話をかわす。この稿冒頭の「島」についてのせりふはその一部である。

この回想場面は、未来社版の『木下順二作品集』でみると十九ページにわたっており、かなり長い。第二景の前半、設定された人物のほとんどが登場し、ドラマ状況や矛盾と葛藤を展開していく、舞台の現実時間における部分が二十六ページであることにさほど劣らない分量だといってよい。作品にとって不可欠な構成と表現であったのはいうまでもない。その重さと熱さとが観客であるわたしに、感性的な受けとめをさせたといえるのだろうか。

それは、〈その一〉にあげた「行動できない」ドラマと対比的といえるようなかかわりをもっていたのは確かである。「行動できない」ことがドラマとなることは、その対極に行動的な願望が強固に存在していて、現実の自分をとりまき規制している社会・歴史状況と動くことのあたわぬ緊張状態を持続しているからであるが、その願望のエネルギーをささえているのが、自由だった（と思う）「過去」の自分の存在についての情念であり、そこへ回帰することが情熱を絶えず再生させること、その「自由さ」の感覚をよみがえらせることを木下ドラマ『東の国にて』がわたしに激しく放射していたと思える。

終幕第六景の結末部、故郷の北国に帰って自由民権運動に参加しようという青年河原信吾が、加代に（深く頭を下げて礼をし、暗やみの中へ去）り、加代が（じっと河原の去ったほうをみつめる）直後、二景で表現された蘭学塾の場面が再び現われてくる。物干台で酒をのもうとする宇多川と鶴田のあげる大声、加代と直記の「島」のあの話、直記の「おれはもう自分で行って見てきたような気がする。行きたい、おれはあの島へ」に対して、加代の「（叫ぶように）行けばいいじゃないの。行きたいなら行けばいいじゃないの。行けないのなら行けるようにご自分でなさればいいじゃないの」がくりかえされる。

松下の「無人島探検の大騒動」「おれはやめるよ。いよいよやめて早速くにへ帰るよ。こんなお前、危険な物騒な学問がやっちょられるか」のせりふと相互に重なり合って、河原信吾が登場し「民選議院」設立について熱く語るのだ。松下と河原二人を組みあわせたこの場面は直前の直記と加代のあの対話ともかかわって、作者の想いが鋭くこめられている構成と表現である。

物干台で二人の男の大笑い、花火――花火、そして塾の女中たちの嬌声と騒々しいおしゃべり。そのあとで遠い汽笛と列車音が近づいて、遠ざかっていく。そして行燈の明かりの中でただひとりいる加代。このドラマ最後の最後の、加代のせりふが始まる。

木下ドラマの手法として実に効果的に用いられる「くりかえし」の手法が、二景の後半でかなり長かった蘭学塾の回想場面を、六景の終わりでは極めて短い場面として現実のなかに組み入れられる。その効果的な採用が、作品全体を感性的にも論理的にもドラマとしての印象を決定的に強めた。それは、わたしに『東の国にて』の舞台を、内容を、作品を魔力的な働きをもって伝えてきたのだ。

中年以降、老境へ向かう人間がときに抱く情熱は「青春への回帰」によっていまの時点に生まれることが多い。より正確にいえば、生じたそのエネルギーは現在から未来へ向かう現実の力となるのではなく、過去のあのときから現在へのサインとして放射されてくるものである。その人間の想念の中においてのみ光をはなつのである。

比喩としての例であるが。その輝きは、何十何百何千光年のかなたの巨大な星の光り、新星の爆発にもたとえられようか。いま生きているわれわれがいま視ており、いま感じとる確かな美のあかしでありながら、それらは想像を絶するほどの過去の時から射出されてきたものであり、現在そのものには存在していない。その光りは現在から未来には決して結びついていかないもので、あくまでも過去の栄光として現在に届けられたものである。

「青春」のエネルギーは「若さ」そのものの発散であるが、それだけではない。試行錯誤をともなう自分の「人格形成」の営為のための歩み、自分にとっての「島」の獲得の喜びと苦闘、自分と他に対する「愛」と「憎しみ」の感情の生々しい葛藤などがそこに刻されている。青春への回帰はその意味で個々の人間にとって重い意味と役割をもつものなのだ。

いまでは七十歳を大きく超えた、しかもごくごく少数の人の体験でしかないだろうし、ほとんどの人にはイメージすることのできない感覚であるかもしれないが、「旧制高校」の場は「青春への回帰」の実例としてあてはまるひとつかもしれない。寄宿舎暮らしの思い出、哲学書や文学書への接近、寮歌の熱情的な高唱などが何十年もの時空をへだてて、よみがえり続けることが、経験者によってよく語られている。十代でありながら知的な成人の世界にすでに入り込んでいるという「青春」の状況である。太平洋戦争敗戦後、わたしが新しい制度の中学生になったころ、長兄がいよいよ最後となる旧制高校の生活を経験していたこともあって、わたしもかれらのまねをし、たまたま譲り受けた着古しのぼろマントを身につけ、高下駄をはいて街を歩いていた時期がある。自分のことでもない年上の世代のことなのに、書物で読んだり話に聞いたりした「旧制高校生」の高揚した気分にいくらかなったものだ。

木下順二の青春も、熊本における第五高等学校でのそうした経験と切り離しては考えられないだろう。

そして、木下が創造し形象化した『東の国にて』の刈谷直記にとって、蘭学塾で過ごした日々はまさにそうした体験そのものであり、かれがエリートの出身・立場にはまったくなかっただけに、そして幕末の混乱と激動の時代であっただけに、その思いはより強烈に心に刻印されたはずである。木下順二の弟子を自称するよき理解者のひとり福田善之は、『東の国にて』の刈谷直記の青春像について、こんなことを述べている。

刈谷直記は平凡な青年である。とくに人にすぐれた能力があるわけでもなく、強い自負心があるわけでもない。夢も情熱も、若いものとして人並みで、自分を包む状況に違和感を覚えたりするより、たとえば旧制高等学校流の寮生活の「むんむんした」雰囲気を愛する、といったタイプの、つまり平凡な青年であった。人前では内気だが、きっと人気のない夜道では、マントをひるがえしながら寮歌を愛吟したにちがいない。

作者の創作の道筋をたどってみれば、そうした青春の残像は、戦時下の木下の体験から出発して日本の近代の夜明けの時にさかのぼって重なり、『風浪』の主人公佐山健次の苦悩の延長線上にまで位置付くものといえよう。

その佐山健次は決して傑出した人物ではない。他よりすぐれた能力を発揮する人物でもない。その点では刈谷直記もまったく同様であり、自由民権運動に身を投じていく青年河原信吾にもまた同じことがいえる。ただかれらは、三者とも、新しい時代の訪れにことさら敏感で、その変動に満身を浸しながら自分のありかた、生きかたを求めずにいられなかった若者であり、それを自らの意思で発見し選択しようとする志向をもった青年だったのだ。

舞台に登場したときすでに四十代になった刈谷直記はその道筋を一応自分のものとしたのだが、願望の社会的実現は現実の前にまさに敗北した。それに比して、二十代の、貧乏士族のせがれである河原信吾が、郷里をとびだして英語塾に飛びこみ、「髪はのばし放題、シラミはいっぱい」、「きたないなどということは気がつかんほど、みんなかっかと胸をもやしてい」た「青春」のなかで、「自由民権」をおのれの「島」として見出し、現実とのたたかいをこれからいどもうとするのである。

そして考えてみれば、三十代として設定されているクリスティもまた、「青春」からの情熱とみずからの「島」を抱いて東の国にやってきたはずなのだ。そしていまその現実と向きあって苦悩する姿を作品は示している。

かれらの「青春」は、日本近代国家の誕生と成立という、社会の青春と重なり合っている。その「青春」は若ものたちに、「可能性というイメージ」をかきたたせたが、そのエネルギーの高まりは、反体制の動きを制圧する権力にはねかえされ、時代の暗い闇のなかにおしかえされていくのだ。新しい社会がやってきたように感じても、依然変化の様相をみせない旧社会の意識や暮らしの仕組みもまた重く温存されている。そして木下順二がこの作品を創造したのは、敗戦後、長かった軍国主義社会から新しい民主主義の建設が希望として生まれたが、その勢いが短時間のうちにたちまちに反動化する体制に流され、くみこまれていこうとするなかにおいてであった。木下は、明治期に生きたかれらがどのような経過をたどっていったのかの道程を国家権力のありかたをふくめて熟知している。しかも自分自身の戦中の「青春」を通過して『風浪』における「青春」の姿と存在とを描き、すでに歴史と人間との相関を冷徹に視すえ得る戯曲作家の立場をもって、『東の国にて』のなかでの「青春への回帰」をドラマの不可欠な要素とした。そしてわたしは、この二つの舞台をみた一九五〇年代をまさに自分の「青春」として出発させ、過ごし、社会との向きあいの行動を具体的に開始していたのである。「情熱の回帰」のドラマが、論理としてよりも情感的なものとしてわたしの心を強くゆさぶったのだといえよう。

そのときから五十年近くの時が経過した。あの、わたしの数々の熱い体験はどこにいってしまったのか。確かに、そのあるものについてはいまもわたしの内にあり、わたしにとっての課題をつくり、わたしを生かす力となっている。そして、体験のいくつかは、その瞬間を意識的に想起することによって部分を再生させ、過去を「想い出」として一時よみがえらせることもできる。だが、そうして再現された「想い出」は、過去の栄光と悲惨の結果としてその人間の情感をはげしくゆさぶるであろうが、そこに出現した過去は自分の現実を前にすすめる力となることは不可能であろう。刈谷直記にとっての回想はそのことを端的に示している。その直記の心情にわたしたちが共感し同化することは、「挫折」の思いを彼と共有することであり、観客の「青春」に向けて情念的に回帰させるだけであろう。強いカタルシスを感じたとしても、それは劇場内における感性的快さに止まるものである。一九五九年のわたしはまさにそうした悲哀感による情感的受けとめをしていたといってよい。

だが、その後にして思うと、木下順二は、直記の「情熱の回帰」のありようを描きながら、「過去」を「想い出」ではなく、舞台を観るわれわれにとって「未来」への力とすることを念じてドラマをしたてあげていることに気づく。その営みは、過去を単なる偶然性に左右される個人の真実としてだけ示すのではなく、人間をとりまく時代の状況の必然性を明確にしながら、それと立ち向かって生きたひとの姿としてドラマを展開させることである。その人物はすでに先にすすむエネルギーを失ない、動くことができなくなっている。刈谷直記だけでなく、失意とともに帰国したクリスティも、歴史が示すことになる河原信吾の前途についても、結果は同じである。そのときにかれらの形象を未来へのドラマへと結ぶエネルギーとして保障するのは、かれらが果たそうとした行為が、時代状況と真正面に対していたことである。その努力が彼のもとには成果としてまったく返されることなく、逆に裏切られ、破滅敗残の身となって世に埋れていくとしても、かれらの行為が時代を社会を動かす要因の一部になった可能性があることを、ドラマとして観客に示すことである。直記はすでに失意の人となり、「青春」を「想い出」としてしか回帰できなくなっている姿が描かれていても、彼が時代状況と向きあって生きようとしたありかたは、それを視るわたしたちにとって現在の自分たちの問題となって伝えられ、現代の現実とどう対するかを考えさせるものとなる。わたしたちがその課題を自覚すること、自分の持続している問題意識に照合して点検するのは簡単なことではない。願望は実現しないぞ、パラ色の社会は来ないぞという絶望的な認識のなかから前向きな姿勢を見出すには、相当な決意が必要だ。

そのことをドラマの課題として具体化する営みが、さまざまな設定と形象のせりふを通し、作者木下順二によってすすめられたのだといえる。

その三　「東の国」のドラマ

工部省鉄道寮のお雇い技師クリスティは、かれにいわせれば「偽善と、虚栄心と、尊大さと、悪徳と呼んでもいいぜいたくと、気違いじみた流行と、やり切れないおしゃべりと、そういうものが充ち満ちている」西洋をはなれ、はるか地の果てとも思えるような未知の地で、自らの力を発揮する希望を抱いてこの国にやってきた。

そして、毎週の休日に欠かしたことのない日本探訪のなかで「ある世界」をのぞき見たのだ。「ウメの花の香りが薄くただよって」いて、「アンドンの半透明な光がそのまわりにほんのりとつくりだしている真珠色の世界の中に、きわめて優美ななにものかがいた」、「ウメの花の精だったかも知れない」「日本の女性」の姿である。

彼は、その女人、加代とのかかわりを具体的に持つことになる。「ウメの花の精」の家はクリスティたちが建設した岡蒸気のふりまく火の粉によって焼き払われ、賠償金を支払おうとしない政府に対しての交渉を買ってでるクリスティは、その次元をこえて、直記・加代夫婦の宿願である小笠原島の開発の認可を外務省に働きかける行為にまで及ぶのである。それはまったく彼の任務外、権限外の仕事であり、必然的に生じる上役との対立と口論はかれを辞職へと導くことになる。

第四景、クリスティのせりふ。

「ぼくの上役からぼくはきょう、極めて当り前のことをいわれたんだ。きみは工部省鉄道寮という大きな機械の部品の一つに過ぎない。従ってきみは、部品としての位置から少しでもほかへずれることは許されていない。――そこでぼくはいってやったんだ。わかりました。つまり機関車の部品になって、一直線に線路の上を突っ走ってればいいってことなんですね？ そいつが人をひき殺そうが、火の粉をまき散らしてひとのうちを焼き払おうが、そんなことは構わずに。――こうぼくが答えたのが喧嘩の始まりさ。」

「やめさせられたんじゃない。やめてやったんだ、こっちのほうから。きょうはぼく、徹底的に癇癪玉を破裂さしてやった。しかしそれはぼくの前に腰かけてたぼくの二人の上役に対してというより、そのうしろにある巨大ななにものかに対してなんだがね。」

クリスティと加代との間に立って相互の世界を往復し、両者の心情を理解しようとするのは、通訳の青年河原信吾である。

このドラマに占めるクリスティの役割りは彼個人の行動や思考に表わされるだけではない。彼は明らかに、「西洋」文明の代表としてその視点から開化期の日本を見つめる立場を有しており、また彼の存在を通して、西洋文明を利用して富国強兵への道をひたすら急ぐ明治政府のありかたを示している。

「真珠色の小世界」にひかれ、また、機関車の火の粉に焼かれた民家と自分が見たそれとが重なる姿かどうかを確かめにきた、二景でのクリスティの心につぎの思考が動いている。

おそらく矛盾した二つの理由がぼくの中で重なってるね。あの晩の夢にひかれて今ぼくはここへきたんだ。けれども同時に、昼間の光が夢と正反対の現実を十分によくぼくたちに見せつけてくれる。それを残酷に眺めたいという気持もぼくの中にある。家を焼かれて損害賠償をもらえない貧しい人たちが何をどう考えて暮しているか、それをぼくは知りたいね。

第四景の幕切れ、クリスティは加代に向かってこういう。

——ああ——ウメの花の精であるオカヨサンと、現実に困っているオカヨサンと、二人のオカヨサンが、ぼくの中にいる。——常に遠くからほんのりとあなたを見ているぼくと、冷たくあなたを眺めているぼくと、二人のぼくがぼくの中にいる。——これは一体どういうこと？——ぼくが外国人であるからなのかね？——それとも人間というものは、いつでもどこでも、そういうものでしかあり得ないのかね？——オカヨサン——

彼の意識には絶えず二つの方向がとられて両者が分裂し、彼を混乱させているようだ。直情的でありその場での自分の願望に素直で忠実な面と、現実社会や人間の存在そして自身をも冷徹に見すえ分析する面である。いや、「分裂」という表現は適切ではないだろう。その二面を同時に保持している実存在ということが正確だと思われる。

ドラマのタイトルとされた「東の国にて」は、こうしたクリスティの意識に象徴される視点を明確にしているとともに、さらに巨視的にいえば、文明開化によって社会の大転換、大変革を進行させていく明治初期の日本の国とそれにふりまわされる人びとの姿を、冷徹にそしてある意味では情念的にも示しているものだ。それは、クリスティの意識として表現されながらも、作品全体につきぬけていく作者の眼の位置どりであり、作品の創造の基盤となるものであり、さらにドラマを通して観客に自分の認識づくりとして立脚してもらいたい立場への作者の要求でもあったといえよう。

そしてわたしは、戯曲と同一のタイトルで木下順二が創作したラジオドラマが、その約五年前の一九五四年の十一月十二日、NHKから放送されたことを想起する。この放送を確か耳に聴いた筈なのに音感の生々しいさだかな記憶がなく、未来社版の『作品集』の活字をたどって作品世界を理解していたのだった。最近になって、NHKに勤めドラマ制作とくにラジオドラマの仕事に打込んでいた友人から、五十年近く前の録音を聞かせてもらうことができた。山本安英の声を耳にしたとたんに〝ああ、そうだった〟とかつての感覚をよみがえらせたのだ。

ラジオドラマから五年経ってそれとまったく同一の戯曲を書くという木下順二の営みには、こころの中にずっと持続していた想いとともに、作品世界をより深化させようとの強い決意があったにちがいない。そのとおり、基本的な設定についてはくずすことなしに、作品の内容と表現の質を大きく変えている。

鉄道技師として日本にやってきた西洋の人物が、汽車の火の粉で焼かれた家の女人に心ひかれ、その保障と救済に関して上司と衝突し辞職すること、ドラマの役割として、彼の視線を武器にして開化時の日本、人びとの意識を相対的に描くことについては、戯曲のクリスティと同一である。

しかし、放送劇では、主人公は、ラフカディオ・ハーン（小泉八雲）を否応なく連想させるように、その娘と結婚、技師の職を得て日本にとどまって帰化し、隠遁した田舎の地で妻と二児にかこまれて過ごし、その生を妻に抱かれて終えることになる。そして舞台劇では、クリスティが心動かされた女性は人妻であって具体的なかかわりを深めることはできず、からだを代償として渡欧を熱望する権力者の娘を連れて帰国せざるをえない。

ジャンルを異にするこのふたつのドラマの間には、当然のことながら、失われていったものと添加され新しく創造された内容とがある。

ラジオドラマを聴いていてまず感じることは、ラジオ放送ということでの「音」の有効な役割を最大に生かすくふうである。たとえば、

①　子どものうたうイギリス古謡、その歌詞を父から教わったとおりの正確な英語でうたう息子と音だけをおもしろく日本語にあてはめてうたう幼女のことばと重ね合わせる。

②　主人公が横浜に到着して初めて日本語を耳にする日本人人夫たちの呼びかけやかけ声、それを

音楽的にまとめあげ表現していく。

③　英語を用いていることを示すなだらかな日本ことばと、たどたどしい日本語を直接話している日本ことばとの質を異にした表現。（これは戯曲作品にも採用された手法である。）

④　父を亡くした娘（のちの妻）へのプレゼントであるオルゴールの音楽のひびき。そのメロディは冒頭に子どもたちがうたう古謡でもある。

⑤　妻と二人で話しあっている場面で、ウイスキーや水をコップに注ぐ音の効果。

などなど。

ラジオドラマの主人公John Enoon——姓はNo One（だれでもない）をひっくりかえした作者の造語、ジョンはいうまでもなく英語圏でもっともありふれた名の呼称——は、「柔かい感受性」と「暖かいヒューマニティ」をもった人物として描かれていると思われる。ドラマの基本場面が妻と二人の現在時点の会話として成り立っており、回想の数々はすべて彼の意識を通して果たされるということにもよろう。また、「東の国にて」というタイトルにこめられる作品の主題と展開とが、彼の誠実な対応によって導き出されてくるといえるのだし、そもそもラジオという表現媒体が聴取者へのわかりやすさ・親近性を要求したのだとも考えられる。

ラジオドラマにみられるこの特徴は、一九五四年という時点での作者の創作意識が作用して成り立ったとわたしは考える。改稿を重ね重ねて成り立った『風浪』の初演舞台をわたしが観たのは、その前の年一九五三年九月のことであった。連続するふたつのドラマで明治初頭の近代日本を見すえる作者は、自己の想いを主人公に重ねる「熱さ」とともに、近代の出発期の、時代と人の生きかたの問題に真正面に向きあおうとする「素直さ」がドラマ創りの支えとしてあったのではないだろうか。主人公ジョンの「日本」に向ける暖かい視線は、かれの愛の対象である「おていさん」だけでなく、彼女の父の言動が示す武士としての存在感にも、古き良き日本の精神を感じているようにも思われる。ジョンのその視線は木下順二のそれとけっして異質なものではあるまい。しかし、それは、わたしの思いこみかもしれない。このときまですでに木下順二は『山脈（やまなみ）』『夕鶴』という代表作、『暗い火花』『蛙昇天』の実験性に富む異色の現代劇を発表し、多くの民話劇とともに劇作家としての成果をはっきりと示していたのである。

だから、もしかすると（もしかでなくとも）、その感覚は、作品自体にあったということでなく、ドラマを受けとるわたし自身の側に強く存在していたともいえる。『風浪』を観た十九歳そしてラジオドラマ『東の国にて』に接した二十歳のわたし、もう充分な大人であることを誇示する反面、若者としてのわたしの幼稚さが、これらのドラマとの邂逅を契機として、自分の心の内に「素直」で「熱い」想いを湧出させていたともいえるのだ。ラジオドラマ『東の国にて』の作品世界の理解を支えていたのは、そういったわたしの「ナイーブさ」であったのだとも思う。

ラジオドラマ『東の国にて』の最後の場面から、一部分を書きとめておきたい。

ジョンは心臓に病をもち、いまその軽い兆しを感じている。（「純」は日本に帰化したかれの名である。）

純　ママさん……

てい　ランプつけましょうか？

純　NO，くらいまま、いいです。……ママさん、わたし、あなたが、この時計、このオルゴールの鳴る時計、わたしのうちへ、返しに来た時のこと、思い出しておりました。

てい　まあ……

純　あれから、永い永いの、としつき……

てい　ほんとにねえ……

純　あなた、苦しみました。異人の妻。世の中の人。あなたのこと、ばかにしました。

てい　何ですか、今頃そんな……

純　でも、あなた、わたしを、愛しました。わたし、あなたを愛しました。わたし、愛しました。ですから、わたし、日本人になりました。（略）

（中略）

純　ママさん、わたし、死にますとも、泣く、決して、いけません。小さなツボ、買いましょう。三銭か、四《し》銭のツボ。わたしの骨、入れます。この淋しい田舎の寺、うずめます。

てい　（強く）あなた、どうしてそんな……

純　（無視して）わたし、死んだのあと、あなた泣く、わたし喜ぶないです。あなた、子供と、あの唄、うたって、遊んで下さい。もし人が、たずねましたならば、はあ、あれ、先日、亡くなりました。それでよいです。
てい　あなたランプつけましょう。

マッチの音

純　Oh, 明るいの、色。やわらかいの、色。ママさん、Whisky, 下さい。
てい　いけません。
純　いえ、わたし、のみます。

そしてジョンは、技師を辞めて隠遁するときの演説を、ていもそれを聞いたあの演説を、自由なことばの英語で語り出す。

純　（無視して）諸君、わたくしはかつて十年まえ、鉄道寮の技師としてこの国にきた。以来、（略）わたくしはわたくしの眼で、開国以来二十数年のこの国の目ざましい進歩を見てきました。（略）日本人は、そこに芽生えた木々を、真に日本の木々として、日本人自身のものとして、この日本の国に育てる努力をつくしたといえるでありましょうか。（水をわったウイスキーを飲む）
てい　あなた、おやめなさい、ウイスキー……
純　（無視して）しかし、今はそれは問わない。そしてその結果は、なるほど汽車が走り、電信が通じガス燈はともった。そして、日本の政府は、国家は、ますます強大になりつつある。だが、わたくしはあえていう。その一見ますます隆盛におもむく国運の蔭に、その強大な列車のわだちの下に、人間性を、人間としてのあたたかい、柔い、切ない心情を、むざんに圧しつぶされて淋しく死んで行った無数の名もない人々が、果していなかったといえるだろうか。その強大な列車は……列車が……機関車が……

てい　あっ、パパさん！

純の倒れる音。びんやグラスといっしょに時計が床に落ちる音――オルゴールが鳴り出す。――続いて――

てい　パパさん！　パパさん！　しっかりして！

純　（微かに）ママさん、こんなに、わたし、楽しいの時……

てい　パパさん……（叫ぶ）あなた！　あなた！　あなた！

音楽――オルゴールを押し消して、最初のメロディ――強くなって――

そのときから六年の時日を経て、確かな産ぶ声をあげた舞台劇は、ジョンと同一の状況で東の国を訪れた鉄道技師クリスティの意識と行動がより個性的に描かれているのは当然なこととして、クリスティの前の世代に刈谷直記、後の世代に河原信吾の日本人を設定し、かれが両方をみつめることを通して近代日本の成立と矛盾とを連続的・多層的にとらえようとしている。しかも、この三人に加えて、小笠原開拓事業の出資者、地元の村役人、農民たちという質の異なる人物、さらに幕末時に蘭学にとりくむ若者たちをも登場させ、人びとそれぞれの時代への対応のありかたを通して問題を多面的に描出するドラマとしている。

そしてさらに重要なのは、次の項で考えを深めたいが、加代という女人を、すべての場面に登場させて、すべての登場人物にかかわらせ、しかも彼女の主体的な言動によってドラマの展開を主導していると考えられることである。クリスティという日本の外部からの視点に対抗する、日本の民衆の原基ともいえる加代の立場から「東の国」の「ドラマ」が位置づき、「ドラマ」が果たされる。木下順二のドラマトゥルギーとして見逃してはならない大きな特徴だといえる。

ということは、「東の国にて」のタイトルが示してくるドラマの内容として、この国の近代の成立と矛盾とを外からの眼でおさえこむ意味だけでなく、「にて」をとった「東の国」自体の内からの葛藤を核として包含させることがふさわしいようになっていることでもある。だが、作者があくまでもかつての「東の国にて」の題名を採用したということは、ラジオドラマで追求した主題を貴重で不可欠なものとして舞台劇で深化させようとしたことを物語っている。やや主情的の表現にも感じられるラジオドラマから、歴史と時代と人間とのかかわりを全体的な（ということは巨視的・複眼的・構造的ということの）観点でドラマ化をはかる、戯曲作家木下順二の執拗な追究があったといえる。また、『風浪』のドラマ世界をずっしりと背負って継承しながら、その『風浪』にあったとする弱点の克服をはかりつつ、歴史と人間とのかかわりというだけでなく格闘としてドラマに正確に位置付けようとする、作者のドラマトゥルギーの進展をも示したものである。

その四　「加代」のドラマ

一九五九年にこの舞台を観たとき、わたしは、このドラマは「刈谷直記」のドラマだと受けとっていた。そして、直記に加えて「クリスティ」と「河原信吾」をその線上に置かねばならないと感じたのだ。それぞれ四十代、三十代そして二十代と世代を異にする人物が、開化期の日本の現実の流れのなかに同時に、重なって存在し、白分たちの「島」を求めてそれぞれが行動し、それが権力との対立を経て歴史のなかに埋もれていくことになるドラマとしてである。

ところが、その後あらためて『東の国にて』を読み直していると、主人公とよんでいい人間はどうもかれらというよりも加代ではないのかという感じがしてきた。ヒロインだと決めてしまうのは早計で適切でないとしても、ドラマを支え、ドラマを動かす人物形象として、この女人の存在をはずすことはどうしてもできないという思いである。そのことは、（その三）の終わりの部分に一言だけふれておいた。

奇数場面の民衆のドラマにおける役割りは後述するとして、二・四・六の主要場面において、二景では作品に設定された人物のほとんどが登場するが、その軸にすわっている人物は刈谷直記であることが認められるだろう。かれを中心にしてドラマの状況が示され、ドラマの核が明らかにされる。だが、その直記はその後四景ではまったく登場せずに加代のせりふによってだけ場面に参画し、六景でも床に臥って舞台の陰に存在していることを示すのみである。クリスティと河原は四景の軸になって行動するが、六景では、そのクリスティは河原のせりふのなかにその後のありようを語られるだけとなる。そして全場面において一貫して舞台に存在し、中心人物たちとかかわりをもち、かれらに対応するのは加代なのである。

加代を演じた山本安英は、「ぶどうの会」上演プログラムのなかに「ひとこと」の題名で次のように述べている。

「加代という女は、じっと耐えている女性なのだと思います。けれどもそれは古い意味での日本的忍従とは本質的にちがったもののようです。彼女の夫は、歴史の歯車が大きく動く明治初期という時代に、その歯車をみずからの手で廻しながらしかもその間にはさまれて滅びてゆく人物なのですが、その夫のそばに、彼女はいつもより添って、その巨大な歯車の動きに耐えようとしています。」

「加代という女は、そういう歴史の流れをじっと見つめながら、それに耐えている女。その耐えている加代を見ることによって、人はいろんな思いや行動を自分の中に起してこざるを得ないというそういう存在。加代のような存在があるので人間はなにかをすることができるし、そのために歴史もまた進むことができるにちがいない、そういう存在。『夕鶴』のつうが、いわば誰の中にもそっと棲んでいる存在であったとするならば、加代は、誰でものすぐそばに、いつもそっとより添っている。――」

その三年後、木下順二の良き理解者のひとり、福田善之は、（その二）にあげた刈谷直記の青春像のあとにこう書きついでいる。（未来社『木下順二作品集』月報5・「『東の国にて』を愛す」）

（刈谷直記は蘭学塾という青春時代を）卒業した。就職して安定した生活に入った。結婚もした。さて、そこで彼は満足であるか。そうでもあり得ない、という点でも実に人並な男である。一生大人に成り得ないタイプの男ではあるが、ようやく現実との違和をおぼえはじめる。そこで彼は加代に会った。寮の女中をしていた加代に。寮生活、あのむんむんとした雰囲気。
　そこから、プロットをつくりだすのは加代になる。直記は妻と、安定した生活と別れ、加代と同棲し、「島」の開発の夢に自分の生涯をかけようとすることになる。「みんな私がいけなかったんだわ」と加代がいうのはほんとだ。加代は直記にそっと寄りそい、直記の夢を掘り起しかきたて、その実現に向わせようとする。すなわち結果としてはひきずりひんまわすことであって、たとえば直記の親兄弟の眼から見れば、悪女、魔女。一番怖いのがこういう女にちがいない。彼女はそっと寄りそっているつもりなのだから。
　直記の事業がうまくいかなくなる。（大体彼の向きではない仕事だ）。彼はときとしてほとんど激情的に、あのころをおもい出す。あのむんむんした雰囲気。加代はあくまで彼によりそうという形で、彼を乗り越えて進みはじめる。直記は精根つき果てて自殺を図った。けっして老いることのない彼女は、次なる世代の若い青年に望みをたくしはじめる――

加代という女性のおさえかたについては、ふたりとも（そしておそらく作者をもふくめて）共通しているように思われる。そして、福田善之の場合、前述の山本安英が表現したことを前提にして、それを自分の理解の次元に展開してみせている。興味をひかれるのは、女性であり役者である山本、男性であり作家である福田が、それぞれのスタンスだけでなく、創造者としての個性と特徴にあわせて『東の国にて』と「加代」とを問題にしていることである。さらにいえば、山本がえんりょがちに語る「いつもより添う」「じっと耐えている」という内容を、福田がことさら強調していう「ひきずりひんまわす」「魔女」「一番怖いのがこういう女」として述べる、加代の形象についてである。

「（叫ぶように）行けばいいじゃないの。行けばいいじゃないの。行きたいなら行けばいいじゃないの。行けないのなら行けるようにご自分でなさればいいじゃないの」という加代のことばに、行為にふみきらない男がいったいいるだろうか。

確かに、加代の存在と彼女との邂逅がなければ刈谷直記は「島」の実現に自分のすべてを賭けることにふみきらなかったであろう。おそらく、クリスティも職を辞する行為にまで出ることはなかったろうし、さらにまた、河原信吾の自由民権運動に参加する最終的な決意もドラマとしては生じなかったと思われてならないのだ。三十代の女人加代のもつ魅力は、いま四十代、三十代、二十代の男たちに、手に入れた、そして入れられるであろう安穏な暮らしに袂別を果たさせ、時代と権力とに立ち向かわせるものとなったのである。二景・四景でその加代について男たちは語り、場面が示す。加代がどうしてそのような牽引力をもった女人であるのかは具体的にはわからない。作品の描写としてもなるほどそのとおりだと納得するような表現を感じることはできない。それはそれでいいのであり、作者がそう設定し、観客のわれわれがそれにリアリティを感じとればドラマは充分に成り立っている。ただ、はっきりといえるのは、「そっと寄りそっているつもり」であっても、彼女は現実に対していつも積極的な姿勢をとりつづけていることだ。第四景、河原のわきぞえがあるとしても、クリスティの家にわざわざ出かけていって、留守の彼を待ち、小笠原をめぐる裁判への援助を彼に要請するのであり、直記の自殺未遂があった第六景でも、彼女は夫の行為にめげることなく、信吾や井口、焼津などを前にしてなんら動ずることはない。帰郷する河原に、あの「小笠原」の話を伝え、彼と別れる最後のことばは、

わたしはこれからも、わたしたちの上に、重い重い毎日が続いてゆくような気がするの。いつも濃いもやが立ちこめて、キラキラと輝く島々は、ただその濃いもやの向うにあるらしいということを感じるだけの毎日が。けれどわたしたちはその重い重い毎日を背おいながら、何とか生きて、歩いていかなければならない。――わたしはそういう気がするわ。あなたやクリスティさんと最初にお会いした日からきょうまでをふりかえってみて、わたし、そういう気がしますわ。大変に強く。

であり、作品最後のせりふは、加代がただ一人行燈がともっているなかにいて、

加代（目の前に河原がある如く）本当に一所懸命やって下さいね。それはきっと――あの小笠原島へ渡ろうとして島流しになった人と同じように――重い重い苦しい毎日にちがいないのだけれど――どうぞ一所懸命にやって下さいね――本当に一所懸命にね。

である。この想いとことばとは、直記や信吾をつきぬけて、その後の時代の多くの人たち（社会や歴史に真正面に向きあって生きていこうとした人間たち）、そして実際に、舞台を観ているわたしたちにも向けられているものだといえよう。

加代のこうした形象は、当然作者の創作発想において位置づけられ醸成されている。もう一歩つきすすんでいえば、その形象は、木下順二が自分の多くのドラマの基底部に据えようとする民衆像としての女性、そしてかれの情念の土台にすわっている女人の姿と深くかかわりあっていると思われる。その女性たちは、歴史的・社会的な重い制約のもと、現実とのたたかいの前面に出ることがほとんどできない条件にあって、男のありようを支え、女であることからの二重の矛盾にしばりあげられながらも、そうであるからこそ、男と同じように（あるいはそれ以上に）人間でありたいと希求する存在である。

この女人の思いを通して、社会の底部から男たちの行動、時代を凝視していくこと、その力が人び

とと歴史とのかかわりをドラマとして動かしていく重要な創造的条件だとして作者は意識していると思う。

また彼女たちは、男性である作者が、自分のひきつけられる魅力をもった異性として願望し、絶えず欲求してイメージし、そして現実には近づくことをどこかで畏れる性をもった人間である。木下順二の意識・無意識の世界に勝手に入りこみ、憶測することは止めておきたいのだが、とにかくかれが自分の深い想いをこめて作品のなかに創造していった女人たちである。『東の国にて』が生まれるまでに、すでに『夕鶴』の「つう」、『山脈（やまなみ）』の「とし子」、『暗い火花』の「マリ」などが、先行する女人像として形象化されてきた。彼女たちのなかに、「加代」と共通し、あるいは重なるありようを見出すことが可能である。

『劇的文体論序説』の著述のなかで、田中千禾夫がこんなことを記している。

以上を通して（『夕鶴』つう、『暗い火花』マリ、『沖縄』秀の三人をあげて）、此の作者が女を造型する仕方に共通の特徴があることを察知させる。それは、女主人公達は神秘的に美しく、片仮名でならヴァイタルフホース、人間的に豊かである、ということである。こういうことを私が言い立てるのは、木下の観念劇が、その名目と直ぐに結びつき易い生硬、理屈っぽさ、消化不能の芯、等の欠陥に落ち入らず、十分な暖かさ、柔しさで潤っている理由として、右を挙げたいからである。而も右の理想で創造された「女」は、男と永遠に擦れ違わなければならぬ。相合して幸福たり得る運命には置かれないのである。また、ここが肝腎な点だが、彼女たちの神秘性の表われは暗示として、作劇上では伏線として、サスペンス的に利用され、いったいどうなるのだろう、という興味を持たせて見物を引いて行き、前述の観念劇の欠陥を大いに補ってもいる。

田中千禾夫のこの指摘は、木下ドラマにおける女性の形象の特徴を鋭くついているのではなかろうか。そして、田中の挙げる事例としては入れられてない、そして挙げられた「つう」「マリ」「秀」という三人の女人とはやや性格を異にするところのある「加代」についても基本的には同質であることが理解されるだろう。複数の男性たちとのドラマ的なかかわり、近代の成立という歴史に対応する明確な位置付け、主体的な意識の保持ということでは、『山脈（やまなみ）』のとし子とならんで、加代は、より重要な視点を作者に与えられたといってよいのかもしれない。

その五　「ドラマ」のドラマ

人間の行為としての表現のすべては、表現者の「想い」を土台にしながら、「なにを」「いかに」表現するかによって成り立つ。その営みの代表といえるだろう芸術の創造表現においては、それら三つの項目の実体、つまりそれぞれの具体的内容、その深さと豊かさと必然性、相互の緊密な関連が、形象を通して問われることになる。

この、「想い」「なにを」「いかに」はいつも三位一体としてとらえられる。その三者は互いにはたらきかけ、牽きあうことでそれぞれを支えあっている。いったい「なにを」表現しようとするのかの実体があいまいなもの、読者や観客という受け手に自主的な理解の働きを可能にする「いかに」のくふう・努力が的確に果たされていない形象、とりわけ、表現主体のどうしても表現せずにいられないとする「想い」が弱かったりする創造に、わたしは感動できない。

木下順二の作品に心惹かれるのは、この三者の確かな存在、切実な緊張関係がすべての仕事に見られるからであり、時代の現実と歴史に向きあって自分として生きようとする人間に熱く注がれる、彼の創り手としての切実な営みを受けとるからである。

わたしは、木下によって形象された人間たちに共感することが多い。『風浪』の佐山健次、『夕鶴』のつう、『山脈（やまなみ）』のとし子・山田……オットー……そして、平知盛。それぞれのドラマの中心人物の語ることばに、そのありかたに、「同化」し、感動する。しかし、木下ドラマはそれだけで終わりはしない。ある意味での快さを心の内にずっと持続させながら、主人公たちの存在を「異化」させる。時代の現実と歴史とかかわっているかれらの実存を否応なしに意識させ際立たせるからである。そうした認識をわたしたち観客・読者がもつことを不可避とするのだ。

「想い」を貫く作者のドラマ思想を土台とし、「なにを」を深めていく具体的なテーマがそれと重なり、そして、同化と異化とを統一する設定や表現のくふうにみる「いかに」の手法の追求が徹底されていることが、作者と舞台と観客のそのはたらきを支える。

『東の国にて』においても、その点はまったく同様である。「想い」と「なにを」とに深くかかわって、新しい試行もふくめた「いかに」が厳しく果たされていることが注目される。

『東の国にて』のドラマ構造、ドラマ手法でとりわけ特徴的と思われるものを三つ挙げて、わたしなりの感想をつけ加えてみたい。

① 奇数場面と偶数場面の設定

一・三・五景は「農民たち」が登場し、そしてかれらが「男」という人物とも対話する短い場面であり、二・四・六景は固有名を与えられた人物たちによって展開する「ドラマ」場面である。作者は、上演プログラムのなかに、「私なりのことばでいうと、偶数シーンは、私自身の論理で現実を再構成し得た世界である。そして奇数シーンは、その世界を包んでいる、私が私の論理をその中に持ちこもうとしなかった現実の流れ、というふうにいえようか。二つを合わせることによって、初めて一つの認識が得られるように、私は考える」と記している。

確かに場面設定は、木下順二が右に述べた内容にしたがって具体化されたといってよい。ただ、「私の論理をその中に持ちこもうとしなかった現実の流れ」と作者はいうが、その奇数場面は多分に論理的であり、したたかな計算の上に設定されている。

一景は鉄路線がひかれることで、自分たちの田畑の買上げをめぐる思惑と混乱、三景ではすでに鉄道が開通し、土地買上げの損得の話をかわしながら、通過していく岡蒸気の見物、五景では、近くにできるという停車場への不安と興味との混在が描かれる。三つの景を通して、時代の上からの進展に利己的、受身的に対応するが、急激な変化の動向に追随しひたすら流されていく民衆のすがたが場面を追って展開していく。一景と五景には農民たちだけでなく、「男」が登場して、情報を与えたり、商売のかけひきを農民たちに示している。

作者の意図であろうが、各景の分量は、未来社刊の『木下順二作品集』でいえば、六ページ・三ページ・二ページと次第に短くなっていき、観客の心理の間合いをはかるとともに、結果として近代化の進展の速さをも物語っているようだ。

問題は、これらの場面群と二・四・六景という主場面との関連ということになる。両者を「合わせる」ことが「ドラマ」として成り立ったのか、有効だったのか、そもそも合わさったのか、ということである。一九五九年の舞台を観たわたしにはかなりの違和感もしくは疑問が残った。『作品集』に付せられた「解説対談」で、下村正夫が見事なおさえかたをしている。

「無自覚な部分は無自覚な部分としてさ、それ自体として進行しているというね、その断絶をさ、出すために、強調するために、あえて偶数部分の発展の流れを切ってね、奇数がはいってくるという形にした。」

「二、四、六のね、発展から、いわば異化するわけでしょ。こちらの無自覚な歴史をさ……一応なにか断絶したような形で、一応それとは無関係なものとしてさ、出してくるということじゃないの？　つまり無自覚な歴史を、無自覚な歴史であるというふうに示すためにさ。」

「いわば無関係な対応であるわけだ。無関係な対応という形で関係する、という意味で二、四、六を切断してくるわけだ。」

作者の意図は、この下村正夫の理解をふくめて一応納得はできるのだが、そうはいってもこの奇数場面の設定と全体との関連づけは、ドラマ作劇上での意識であり、観念であり、論理であるように思われる。舞台は、そして観客の受けとめは、作者にその意図があればそれに応えてすぐ果たされるというものではないだろう。感性的な意識をもかきたてながら知性的な意識を育て、またはその逆の方向をたどり、関係のある場面との対応を自分の力で把握するはたらきがなければ、その心に芸術的情動・芸術的認識を生じさせにくいといえる。

そしてもうひとつ、わたしのそうした印象をつくったより大きな条件として、一九五九年「ぶどうの会」上演の舞台では、奇数場面が、降りた幕前の、狭い空間であわただしく行なわれ、ことさらに説明的で、つけたしの場面という印象を与えたことがある。装置や照明などの助力もいっさいなく、わたしに見えるのはただホールの模様や名前が大きく記された幕であり、俳優の演技表現もせりふをならべたてただけの感があった。現在の上演であればもっともっと効果的な手立てをいくらでも舞台に組むことが可能だと考えられるし、実際にさまざまな豊かなくふうによって表現されるはずなのだ。「異化」そのものの場面として、役者だけの存在、せりふだけの表現で行われるとしても、より有効で適切な演出も可能だと思う。それを観たい。しかし残念なことながら、その後の上演があったことを聞いていない。わたしの心には当時の充たされない印象だけが固定されている。そして、奇数場面がないとしてもドラマは充分に成り立つという思いもわたしはもっている。

② 蘭学塾の回想場面

このことについては（その二）でとりあげて触れてきたところだ。わたしの情感を強くゆさぶったシーンであり、半世紀近く経ったいまでもイメージとして鮮烈に遺されている。戯曲作品を読み返してもこの部分は現在もわたしにとって魅力的なものだ。その青春群像の発散したエネルギーは、それ以前に観た『風浪』の若者たちの示した熱い想いにもつながっている。直記と加代にとってみれば、それは過ぎ去ってしまった「むかし」ではなく、ふたりの「いま」に持続して現在の自分たちをこころのうちに動かしている情念である。作者は確かにそう描いている。そしてその思いは木下順二自身の意識と呼応し重なって生成されたものだとわたしは考える。

内容についてはくりかえすことはすまい。ただ、往時では充分意識したとはいえなかったことを二、三点書きとめておきたい。

一つは、第二景後半における長い回想のシーンは、直記・加代夫婦の現実の対話から自然にはじまり、現時点でのふたりのこころをときにそのなかにはさみながら連鎖をなして組み立てられていく。単に過去の次元に移行しただけでは、ドラマ的現在時間とこの青春のかつてのイメージが直記・加代の双方に誘起され共有されえない。

その緊張したシーンのくりかえしは、第六景、ドラマの終結部に再び設定されているが、ここでは舞台に存在するのは加代ひとりであり、回想が彼女のものであることを示している。正確にいえば、加代のこころにはっきりと浮かぶ直記や若者たちを包含した、彼女の思いである。いや、それ以上に、このイメージはもう登場人物の意識を超えてとびたち、観客に属するものになってしまったといってよいかもしれない。書いている作者の想いの深化であろう。

二つとして、第六景の同一シーンには、河原信吾の「民選議院」にかかわるせりふがはさみこまれていること。それは、直記・加代の回想とはつながりのない、作者の「いかに」の手法の導入である。観客は、直記から加代の想いを自分のものとしてたどりながら、明治初期の日本を構造的・継時的にとらえるドラマ・作者の視点に導かれていること、さらにいえば近代の社会のありようから「歴史」そのものの姿をとらえ、現代日本社会の状況と問題とに向き合うことが求められていることを意味する。そのことを「情熱の回帰」の意義と結びつけて理解することである。

別に項目を立てるほうが良いかもしれないが、ここで記述してしまおう。それは、第四景のクリスティの家では、上手の小部屋（A）と下手客間（B）に分けられ、Aでは加代、Bには上田茂子が存在し、河原とクリスティ（そしてメイドのお由も）が両者を移動する設定で、木下作品にはめずらしい手法である。戯曲を読んでいて感じたのだが、この設定は、経過的に流れていく現実の時間を断ち切り断ち切り、観客にドラマのもつ内容を両方のシーンの独自でしかも重なるものとして受けとらせていく手法ではないか。ドラマ全体とのかかわりでいえば、あの奇数と偶数場面、過去の回想シーンの双方を、第四景において質を変えて位置付け、それぞれのひびきあう相関作用でドラマ世界の深さを構築しようとの意図があったと考えたい。Bの客間で茂子を前面にたてた急激な文明開化への表面的状況を、Aの小部屋では時代に向きあって生きている日本人の保持する情念的な葛藤が加代を通して示されている。外国人クリスティは、そして日本の青年河原信吾はその両者に出入りし、対応し、自分の感覚を鋭くしていく。

とくに最終部で、Aにクリスティが入って加代の存在を認め、河原を制して、「（洋燈をしぼる。薄暗い中に、河原の姿だけが見えなくなる）――カワハラくん、ぼくはオカヨさんと話がしたいんだ。ちょうどじかに話しあってるようなふうにね」とある。河原の姿が消え――現実にはそこに居るのに――クリスティと加代のふたりだけの場面となるのは、二景の回想世界に近い状況が作られている感覚にかられる。すでに一度引用したが、四景の幕ぎれのクリスティのせりふをくりかえす。

ああ――ウメの花の精であるオカヨサンと、現実に困っているオカヨサンと、二人のオカヨサンが、ぼくの中にいる。――常に遠くからほんのりとあなたを見ているぼくと、冷たくあなたを眺めているぼくと、二人のぼくがぼくの中にいる。――これは一体どういうこと？――ぼくが外国人であるからなのかね？――それとも人間というものは、いつでもどこでも、そういうものでしかあり得ないのかね？――オカヨサン――

これは、客観的な会話としてのことばではなく、クリスティのこころのなかに想起される、回想をふくんだ彼のイメージのことばである。そして、クリスティという人間のこころをこえて、巨視的にいうとすれば、西欧人の立場から「東の国」に対する視点をも持とうとしている作者の、はっきりと意図されたドラマ的手法と思われる。

第六景にくりかえされる、新しい要素が加えられた回想、さらにいまみてきた第四景の構造がもしそのようにいえるとするならば、かなり長く展開されたあの第二景の回想場面は、作品全体を組み立てるための基本要素として、木下順二が満を持して用意した設定であったのだ。

③　くりかえし表現

木下順二の誌す文章には、かつて自分が表現したことばをかなり長文にわたって援用することが多くみられる。戯曲にくらべると評論や解説文の場合にはとくに多用されるといってよい。そういう表現に接するときに、反芻動物のしたたかな生きる営みを想像させられることもある。過去の自分の認識を再確認し、現在と照合し、そこから論を整理して前に進むというスタイルは、この人のもつ特徴的な資質といえるかもしれない。

戯曲を書くとき、その手法は、その特徴に加えて、ドラマとしての効果を充分に意識して作者が採用するものである。『東の国にて』では、第六景のラストシーンでなされる回想場面のくりかえしはその最たる例だといえるし、重要な内容をふくむ語は伏線的予告としても処々に据えられ、また何度もくりかえし用いられてイメージを強めて読者・観客に伝えられる。「山師」ということばがたくみに使いまわされ、国が直記の存在を無視し、権力によって小笠原を開発していく動向は、「大がかり」「堂々と」「みごとな」「壮大な」「いいことであることにちがいない」と同じせりふで四景と六景のなかに語らせもする。それは、まさに逆説的な思いのこもった表現であり、歴史の無情な現実の力を示すものでもある。ドラマの終わりに加代が河原にいうせりふに「一所懸命」のことばを何度もくりかえし用いるのも、人物と作者の思いを強調して伝える意義と効果とをもたらすものだ。

こうした事例のなかで、わたしが注目し、心ひかれ、感服したのは、「もや」（かすむ）ということばの効用である。作品中八か所あるうちの一つを除いてはすべて加代のせりふにあらわれていることが特記される。作品中に見出した部分（ページは未来社刊『木下順二作品集Ⅵ』のものである）をあげながら私見を若干つけくわえたい。

一、第二景（二三四ページ）

「どうしたんでしょう？　ぼうっとかすんで見えるのは——（行燈をいじりながら）」

〈これは、行燈の油とのかかわりの表現であって、まさに物理的問題である。いくつか後の加代のせりふ「やっぱり油、きれかけてるんだわ」によってそれは明らかにされる。だが、作品のなかではじめて用いられる「ぼうっとかすんで」の語は、ここでの夫婦の会話が蘭学塾での青春を語り出したものであり、また直前の直記のせりふ「いずれは何かが——自分たちの考えておる何かが実現されるはずだということを、おれなどあの頃考えておったのだよ。——いずれはというのは、今にして思えば、つまりこの明治の世の中になったらということだったわけだが——」を受けていることを思うと、過去と現在、そして未来へとつながる心理的なイメージを効果的象徴的に表現していることが理解される。〉

二、第二景（二四七ページ）

「するとやがて、真青な天へ向って立ちのぼる太いもやの柱が何本も、水平線の彼方に見えてくる。——思っただけでもわくわくするじゃないか。」

「島々の低い湿地に密生する野芭蕉とびろう樹の重なりあった葉末から、一面に天へあがって行く濃い乳色のもやなのだそれは。」

〈これだけが刈谷直記の語るせりふの中の「もや」であり、この稿の冒頭に引用した部分のものである。いうまでもなく、この「もや」は、そのものとしてはまだ見えないが、存在する島々のあかしであり、直記の心に燃えているかれの「島」のイメージである。〉

三、第四景（二六八ページ）

「何でもないいんです。ただ、何だか眼の前がぼうっと——ああ、何だかもやが立ちこめてきたみたい。――ごめんなさい。――ああ、わたし、何だかが急にからだの中からぬけてくみたい。――」

〈これは加代のからだと頭の生理的な状態をいっている。しかし、二三四ページの一の場面と同じはたらきである。井口たち出資者による告訴の件でクリスティの援助を求めてここに来ていること、小笠原開発計画の政府の対応について河原と話し合いをしていることを考えると、それらとの深い関連によってこのせりふが設定されたのは当然である。〉

四、第四景（二七一ページ）

「わたしにはあの島々はね――お笑いになるかもしれませんけれど――青い青い夏の海をどこまでも滑って行くと、やがて水平線の向うに濃いもやが天空まで立ちはだかっていて、そしてその濃いもやの立ちこめている中をずんずん進んで行くと、そのうちにだんだんキラキラと輝いて見えてくるもの、それが、それが――」

〈蘭学塾のとき直記が語った表現をうけたものである。それを加代が自分のことばとして河原信吾に語る。いまの彼女のこころに浮かぶ想いとして語っている。そしてまた、次の加代のせりふが、「でも、でも――ああ河原さん、わたしなんにも分らない。わたしなんにも分からない。わたしは、わたしたちは、一体どうしたらいいんですの?」となって、いまの彼女をとりまいてしまう「もや」でもある。〉

五、第六景（二九四ページ）

「ああ、あの晩のこと――わたしは一面にもやがたちこめたようになってしまって――」

「もやが立ちこめてるような思いは今でもそうよ。なんにも見えないみたいにあたりがかすんでるのは、今でもそうよ。――ただわたしは、今でもこの濃いもやの向うの遠くに、キラキラと輝いている島々があるような気がしますの。時々それが眼に見えるような気がしますの。けれども――」

〈話の出だしでは、第四景での生理的な経験を思い出しているのだが、そこから加代は直記の「島」を自分の「島」とし、それを今の感覚と結びつけて表現していく。加代の認識の変化とそのことのドラマでの位置付けを感じとりたい。〉

六、第六景（二九五ページ）

「直記があの晩ああいうことをしたのは、あなたたちの告訴があったからではありませんわ。――濃いもやが立ちこめて、なんにも見えなくなってしまったからよ。――いろんなものがはっきりと見えていただけ、それだけなんにも、まるで見えなくなってしまったんだわ。それで怖くなったのよ。どうしていいかわからなくなったのよ。――ひとりでぽつんと坐っていて――つい、飲んでしまったんでしょう、お薬を。」

〈ここの「もや」は「島」をあらわすものではない。その願いと時間の経過とをつきぬけてその先、その裏側にあるどうしようもない不安の闇を表現している。〉

七、第六景（三〇一ページ）

すでに引用したせりふだが、決定的な重さをもっていると考えられるので、いま一度あげておきたい。

「わたしはこれからも、わたしたちの上に、重い重い毎日が続いてゆくような気がするの。いつも濃いもやが立ちこめて、キラキラと輝く島々は、ただその濃いもやの向うにあるらしいということを感じるだけの毎日が。けれどわたしたちはその重い重い毎日を背おいながら、何とか生きて、歩いていかなければならない。――わたしはそういう気がするわ。」

〈この作品で示される、すべての「もや」の表現内容を集約していると思われるものである。人びとの希望、そしてその逆の絶望を表すだけでなく、明治の近代日本の状況そのものを象徴しているといえるし、作品上演時までは当然として、そして二十一世紀に入った現在においても、現実と歴史とわたしたちの上に「立ちこめて」いる「もや」である。作者木下順二の想いと願望に裏打ちされ、彼の全ドラマを貫通する課題提示の内容を意味しているとも受けとれる。〉

八、第六景（三〇二ページ）

第二景の終わり、直記の「島」への憧憬をあらわすせりふの一部が、満点の星のもと回想シーンのくりかえしとして提示される。

〈このはたらきは、もういうまでもない。〉

三つの点だけをとりあげてみてきたような木下ドラマの特徴的表現手法は、『東の国にて』のなかに満ちているといえるだろう。そうしたくふうと設定は、戯曲を読み直すと、これもあれも、ここもあそこもと気がつく。

ふつうのドラマでは、手法の未熟な突出ぶりがあると、感覚的にも論理的にもしっくりしないで異和感を覚えることがある。また、『東の国にて』の作品自体についても、一九五九年の上演時点で、評価は世上に高かったとは決していえなかったようで、むしろ「失敗作」だとする意見も出されていた。その時まですべての木下作品を演出してきた岡倉士朗が死去して間もなくのことだったこと、「ぶどうの会」内部での不協和音が劇団の表面にあらわれてきたこともあり、上演された舞台そのものについても厳しい批評がなされたようである。

しかし、わたしにとって、この年の上演舞台とこの戯曲作品は、心ひかれ、深い関心を抱かされたものであった。確かに、多くの「いかに」の表現手法が目立つようにあったのだが、それは、近代日本の誕生と人びとの生きかたとの矛盾と葛藤を時代の経過によって凝視し、国内外両方からのリアルな眼で描こうとする「何を（テーマ）」と、個人を超える歴史の進展にまさに人間のドラマをみるとする、作者の表現せずにいられない「想い（モチーフ）」と、緊密に、不可分にひきあっていたのである。さらにいえば、わたしにとってのこの一九五九年が、自分の見ようとするものに向かって自分なりに歩こうとし、おのれのありかたをそこに賭ける地点に立っていながら、先の向こうには「もや」がたちこめている、敗戦から十余年の変動を経た二十五歳だったからであろう。

『東の国にて』はそういった時期の作品として、わたしのかつてへの回帰と回想のなかにあり、二十一世紀にはいった日本の歴史と問題点をも体現する木下順二のドラマとして、いまも、わたしの前にあってわたしを刺激する。

第二の章

『暗い火花』における「実験」

（一）

一九五〇年、『中央公論』十一月号に発表された『暗い火花』は、その後六年余を経た一九五七年の四月にようやく初演の日を迎えた。「ぶどうの会」によるわずか二日間だけの試演会である。作者による上演拒否の状態がずっと継続していたのだが、演出家岡倉士朗の説得によって七年目にして舞台化されることになったのである。この年の春、わたしは社会人生活をスタートさせ、あわただしい日々のなかで、残念ながら上演の舞台を観ることはかなわなかった。

木下順二が自作の上演を許さなかった理由は、彼自身の説明に委ねていえば、「できばえというより、戯曲としての実験そのものに興味があって、舞台上演としてどのような効果を持つかということに興味を持たなかった」「実験のための実験みたいにもなってしまった」ということになる。

わたしが『暗い火花』に心ひかれるのは、作者が述べる、この「戯曲としての実験」にある。より正確にいうならば、実験に入り組まれつつ不可分に成立した「作品」そのものに強い関心を抱くからである。

その「実験」とはいったい何なのか、その内容を木下順二自身のことばによって確認しておきたい。上演のプログラムにあたる『ぶどう通信・一六号』に載せられた文章である。

野間宏君は、この戯曲のことを、戦後文学の「実験小説」に相当する作品であって、人間の意識の追求を試みようとした「意識のドラマ」だといってくれていますが、それはその通りです。

この文章で、木下はしきりに野間宏の名をあげているのだが、そのことは逆に『暗い火花』の創作意図において、野間の創造論を強く意識していたことを物語っていよう。敗戦直後の『暗い絵』からはじまって、「人間の意識の追求」の手法を明確にしていった野間は、木下が彼なりの実験を試みようとしたときに想起せずにいられなかった存在のはずである。

野間の当時の思考を最もよく示していると思われる、一九五八年『思想』七月号に載せた『感覚と欲望と物について』の冒頭から、野間自身のことばを引用してみよう。

人間と人間を取巻いているものを、同時にとらえることこそは、私が作品を書くにあたって中心においている一つの目標であった。それはいまも変っていない。人間を、人間をとり巻いているものとのときりはなすことなくとらえるという考えは、私が戦争のなかに置かれて、自分のものにした考えである。

（略）

戦争は、人間と人間を取巻いているものの関係が、決して人間と人間を置く場所との関係というような静かなものではなく、またそれ以前の文化のなかで明かにされていた人間と環境との関係というようなものではないことを明かにした。戦争は人間と環境との関係がこれまで考えられていたような、互いに身近にあるものの密接な関係というものではなく、人間の眼に見えないはるか彼方から突然あらわれ出て死をせまるような、きびしい疎遠な関係であり、疎遠だというだけではなく、人間と人間を取巻く一つの環境をすべてそのまま地中に埋没してしまうほどの大きな変動が突如として現われて、人間と人間を取巻くその環境の関係を根底からかえるほどの対立的な関係であることを明かにした。

広島と長崎の上空におとされた原爆は、広島と長崎という大きな都市をすべて一変させてしまったが、それはまるで広島とか長崎とかいう都市を一人の人間でもあるかのように襲ったのだ。しかしそれは全く予期することの出来ない、眼に見えぬ彼方からやってきて、人間のもっているすべてを奪い去り、人間をその環境とともにまるごとひっとらえて、くつがえしてしまったのである。

（略）

私は戦争のことを言っているのであるが、それは決して戦争のことだけを意味しているのではない。現在人間を取巻いているメカニズムそのものがまた、このような意味をもって人間にのぞんでいるのである。例えば一つの職場にオートメーションがすすめられる時、その人間を取巻いていたこれまでの機械と環境に対する親しい関係はきえ失せ、全く別個の体系があらわれてその人たちをのみこんでしまうのだ。そのときこの人間を取巻いているものこそは、バルザックの時代の環境とはちがって、いよいよ人間の意識とは独立して存在するだけではなく、さらに人間の意識とは独立して運動するものとしてその姿をあらわにしてきているのである。

（略）

最初に書いたように、私はこのような人間と人間を取巻いているものを同時にとらえることを考え、その方法をさぐってきているのだ。私は自分の得た方法をさらに意識的なものにして作品を結晶させ、そこに成功と失敗の結果を自分の眼で見てきている。その上で今日私が考えることは、動いている人間をその動いている欲望の内からとらえるという方法と、動いている現代社会、つまり何重もの層にわたって動いている現代社会の内にはいってそれをメカニズム全体のなかからとらえる方法、この二つを統一する問題がなおのこっているということである。

野間宏のこの文章は、時間的には、『暗い火花』の発表よりだいぶ後になって書かれているものではあるが、野間の表現方法の模索は、周知のようにずっと以前から、しかも自覚的で強烈に追求されているものであった。前出した木下順二の創作意図の文章中、「『暗い花火』で、ぼくは、野間君もいってくれているように、『山脈（やまなみ）』の持っていた自然主義的な欠陥をぬぐい去ろうとしました。ぬぐい去る方法としてその時ぼくは、自然主義的な手法では表現できない、そして、しかも現実に存在して人間と社会とを動かしている人間の機能――意識――を、何とかして表現してみようと考えついたようです」、「しかし同時にぼくは、その『実験』のためだけのものにこの作品を終らせまいとして、ずいぶん苦しんだと記憶します。その面でのぼくの欲求が、野間君もいってくれているように、この作品を『しかもその意識を個々にとらえるのではなく、街の小資本の鋳物工場ではたらく人々の社会的な位置のなかで（意識の追求を）はたしている』ものにしているわけです」と述べていることにも、木下の野間に対する、それこそ「意識」そのものが示されているように思われる。

わたしは、木下と野間のどちらが先行し、だれがだれの影響を受けたかということをいいたいわけではない。この二人が小説と戯曲という異なった創造の立場にありながら、同一の方法を強く求めていたことを確認しておきたいのである。

『暗い火花』は、広田鋳造所という小さな鋳物工場の事務室を舞台にした一夜のドラマである。時は、この作品が書かれた一九五〇（昭和二五）年とみてよいだろう。

主人公は利根という青年である。兵隊にとられて戦地に送られ、俘虜生活を過ごして復員後、戦災で死んだ父の経営仲間だった「広田のおじさん」の下で工場の経営近代化をみんなの先頭に立って導く。それは、戦前からの古い工法と労働意識——父や広田や熟練工六兵衛たち——を克服して、機械化と計画生産による近代工場にしたてあげようとする、利根の強い願いである。敗戦後の混乱の中から経営の変革と創造とを前向きにとらえようとする人間が持つ健康な志向だったといってよい。しかし利根の意図のほとんどは裏切られる。無理して入れた新鋭機械は動かすほどの注文がとれず、手形は割れず借金はつもり、差し押えがせまる現状である。そのすべての結果は、自分の責任として彼の意識におおいかぶさってくる。広田や職工たちの労働意識の改革はまったく現実のものとならないし、仲間として心のよりどころにしていた六兵衛の息子健吉との結びつきも不安定な頼りないものとなっている。機械導入や計画生産の支えとしていた親会社佐久間製作所の古田は、そのずるがしこい本質をむき出しにしてきているのだ。『暗い火花』は、こうした状況における利根の、行動というより、現時点での動けない「意識」のドラマを明らかにするために組立てられる。

この一夜の現実的経過は、利根が料理屋にデンワをかけ、古田をそこで接待している広田に交渉の状況をたずね、その結果の返事を待つということではじまり、終幕近く古田・広田がここで飲み直しをするためにやってくる出来事、入院していた六兵衛の死を告げるデンワで終局となる時の推移である。広田と古田の他に実際場面に登場する人物は、広田の妻ゆみとその娘のユリ子であり、利根の意識としてのドラマにたちあらわれるのは六兵衛とその息子健吉である。過去の場面が利根のイメージとして何度か投入されてくる。

これらの人物とのかかわりによって、敗戦の五年後、アメリカ占領軍が強行する緊縮経済政策（ドッジライン）のもと、自分が努力すればするほどそのことがますます経営を困難な状況に追いつめていってしまう、利根の苦悩の姿が描かれていくのだが、実は、もうひとりの重要な人物の設定によって利根のドラマは進展していく。その人間は「マリ」であり、利根とマリとは「現実」時間の中で二人だけが舞台をはなれることなく、また「意識」として表現される時間のかなりをも支配しているのである。

満州生まれでキャバレーづとめの女マリは、店の客として広田や利根と知り合い、最近、この工場の住み込み事務員として雇われた。そのきっかけを彼女自身に語らしめれば、次のようになる。

「どうして利根さん　あたしみたいなもの拾ってくれたんだろうって　三、四度遊びにきただけの人だのに　あの日あたしはほんとに何やってたか分んないのよ　あんたと会わなかったら　あんたとぱったり会う前にもし踏み切りか川でもあったら　あたしきっとふらふらっと死んじまってたかも知れないわ」

「ひょいっと眼をあけたらあんたが向うから歩いてくるんだわ　なんだか急に涙が出てきちゃって往来でしがみついて　初めてだなあ　あんな気持になったの」

利根とマリとのこのかかわりを、加藤周一は『木下順二小論』（筑摩書房・現代日本文学全集『真船豊・三好十郎・久保栄・木下順二集』の巻末）のなかでこう書いている。

「暗い火花」では、男女の主人公がいわば二人で組みになって、環境に対立している。（中略）男は女に工場主の娘にはない「純粋さ」を感じ、女は男にキャバレーにやってきた工場主や取引先大工場の人間にはない「純粋さ」を感じる。この「純粋さ」は、工場主や取引先の代表者の世俗的不純に対立し、また一般に下請工場のあり方そのものに対立するのだ。

この加藤周一の表現について、木下は、冒頭にあげた創作意図の文章に、

加藤周一君は、「『夕鶴』は空にとび去って、詩的に終るが、『暗い火花』は出口のない闇のなかに消える。そこで対立は、解消されるのではなく、芸術的に統一されているといえるだろう」といってくれていますが、この加藤君のことばは、ぼくにいろいろなことを思い出させます。

と述べているのだ。

加藤周一が『夕鶴』と『暗い火花』とをならべて問題にしているのは、前者におけるつうと与ひょう、後者での利根とマリという「愛」の形相が対比されているからなのだが、わたしたちは『暗い火花』のふたりの結びつきが、後に述べることになるが、報恩伝承「虎の話」によって支えられていることをも前提にして、加藤の発言を理解しなくてはならない。そしてさらにいえば、『夕鶴』が商品経済の侵入を民話世界の土台にすえたように、この作品の「虎」は「満州」という日本の中国支配の歴史の推移とかかわって作品全体に影響を及ぼしていることを把握する必要がある。

「今も以前も、いつでもぼくは、その時々に書く一つ一つの作品に、その時ぼくの持っているすべての問題を一時につめこもうとしては失敗しています」と木下はいい、『暗い火花』はきわめて「中途はんぱ」だったと自己批判しているのだが、はたしてそうか。彼の「実験」のありようを具体的にみていきたい。

（二）

「実験」のための多くの試みは、それぞれが有機的に連関し作品世界の内容と深く交錯しているのだが強いて五つの項目に整理して点検してみる。

A 「ことば」の表現について

（一）に引用したマリのことばでも明らかのように、この戯曲のせりふには句読点が一切用いられていない。基本的には、「読点」にあたるところが一字空き、文末の「句点」と考えられるところが二字分空けられている。読者も俳優も、人物の意識の流れを、その字空きを手がかりにして読みすすんでいくことになる。しかも、作者のくふうはもう何歩かそれに先んじようとしていることに、われわれは気がつく。文末の二字空きであるはずのものが三字分とられているところがあり、また句点になるべきところが一字空きの読点扱いにされたりの表現がある。さらに、かなり長いせりふが空き字なしに続けられている部分もある。利根の意識を語っていくせりふに特に意識的に多用され、彼の意識の中に登場する広田のことばにも用いられている。

利根のせりふの一例。

経営の合理化だ現場の機械化だってておれは一人できりきり舞いしたさ　第一おじさんが分ってくれない　現場の出だからこそ分ってくれると思うのに現場の出だからこそ分ってくれない　職工たちもそうだ　時間は守らない機械はいやがるおれをばかにする　その中でおれはおれの責任で無理に無理してモールディングを手に入れたよ　パイロメータを買いこんだよ　さし当って製品の不良が出ても機械に馴れろってみんなに頼んで廻ったよ　計画生産をやるために注文取りに駆け廻ったよ　協同組合にねじこんだよ　古田に泣きついてさんざんねばったよ　そいつがそいつがそのみんなの結果がどうなったっていうんだ　売り掛けは取れない手形は割れない預金は空っぽ差し押さえは来ちまうモールディングは錆ついたまんまどうすればいいんだどうすればいいんだみんなみんな全

部がおれの上にのしかかってくるんだみんなみんなおれの上にええ何てジャカジャカ騒ぎやがるんだあのインチキホール！

広田のせりふの一例。

昔ァおめい　湯ゥ注ぐんだって何だぞ　六尺をきっちり締めこんどいてこっちの方にゃあ塩と水用意しといてだな　すもう取りじゃねえがその構えで　窯からダーッとあの真赤に熔けた湯の飛んで出るのをトリベでグーッと受けてよ　タッタッタッタッターッと型に注いで廻って息ィつくひまねえやまた次を注いで廻って四五へんもぶっ続けてやりゃすうっとここいらへんの肌に塩が吹いてくらあそこで水をぐうっと　仕事が激しくなりゃあ大やかんに一升もあるのをぐうっと飲んで塩ォ引っつかんでなめてよ　そいからまたトリベ引っかかえてやったもんだ

日常の会話の中にも息の切れ目はあり、一応の表現完結はある。しかし人間のことばの一つひとつ、それを現出する意識の流れには、その人間独自の展開・推移があり、句読点や文法に一定化されることは決してない。木下は、演技者、読者にも、そして自分自身に対しても、その人間の独特な息づかいを理解し表現することを要求している。

利根の心象そのものを、語句の羅列で表現する部分もある。

（……無感情に、タイプライターが速い速度でずらずらと文字を打って行くようなテンポで）六兵衛さんの眼　六兵衛さんの眼　給料不払い　いや六兵衛さんの眼　工場閉鎖　税金　税金　モールディングマシーン　いや六兵衛さんの眼　とこの上でギュッと天井をにらんだきりの　そうなんだよ六兵衛さん　いやがるあんたを追い立てて無理にモールディングの型つくりにこき使ったのはおれだよモールディングマシーン　モールディングマシーン　畜生　だめだもう　税金　税金　古田　いやだおれは六兵衛さんのその眼　その眼　健吉の眼　健吉の眼？　ぼおっとして坐ってる　枕もとに　その眼　健吉の眼　じいっと　見てるような見てないような　おやじァ死に切れねえよ　お前がそういうのか健吉　機械化だ合理化だ能率増進だ　気を合わして一しょにやってた健吉　おれを信頼してた健吉　おれも信頼してた健吉　そのお前がやっぱり　そうさ　責任は全部おれさ給料不払い　差し押え　差し押え　六兵衛さんは死にかけてる　そうさ　責任はみんなおれさ

さらに、特定の音の積み重ねで表現効果を試そうとする実験も行われている。

いこく鉛で真くろになりながら黄いろいキラのこなを頭っからかぶってただカンに頼ってこつこつかたこめをしてる　熔かいだってそうだ吹き屋の親かたは地がねの分せきもかん暖けいもかんけいなしにただナマコやスクラップをカンで嗅ぎ分けてカンカンに掛けてかまに放りこむ火色もカンで見る湯面《ゆづら》もカンで見るカンでしゃくってカンでつぎこむそれで誰も何の不安も疑問もかんじてないんだかんがえてないんだ（傍点は原文のママ）

B 「舞台」の構成について

作者が記述した舞台設定の「ト書き」を読んで内容を理解してみよう。

舞台右手寄りに二階屋があり、階下の事務室がドラマの展開する中心の場である。「二階は正面が板壁であるので内部が見えない」。部屋の左奥に、階段の上り口がある。この階段から、最初の登場者である若い女(マリ)が下りて来るのだが、マリの居室として使用されているこの二階は、「内部が見えない」ことで逆に観客にドラマ的な想像をするチャンスを与えるように思われる。広田にデンワをしようと事務所にやってくるゆみとユリ子に対して、あわてて利根を二階へあげてかくすマリの行為は、彼女の利根への恋情を感覚的に示す。また幕切れ近く、マリへの思し召しを持つ古田が勝手に二階へ上がって行ってしまうのだが、マリがそこにいることを利根に告げられて広田が躊躇ののち、そのままにして、利根を家の方にさそい、利根も無言のままそれに従って戸外に出るのは、これから二階で古田とマリとの男女のからみあいが生じる可能性と、そのシーンをイメージしながらこの場をはなれようとする広田・利根ふたりの複雑な思いとの交錯を表現することになる。

二階にはもうひとつのはたらきが負わされているようである。「正面からは見えない左側面の窓があるらしく、そこから投げられている電燈のあかりで、外の地面は雑草の生えている空き地であるらしいことがわかる。その空き地に二つ三つ小山のような堆積」を示すはたらきである。説明するまでもなく、この下手の空間は工場敷地または内部を予想させ、現在の荒れ果てた状況を端的に物語るものとなろう。「停電」という時代的必然性の意識的活用によって、実際にそれが観客の現前の光景となる時間はきわめて短いのだが、舞台効果としてはそれで充分である。

それに加えて、家の背後に浮かびでる「赤煉瓦の建築」がより鮮明な工場のイメージをわれわれに与える。利根の意識にあらわれる六兵衛の労働場面のト書きには、

「家の背後の暗やみの中に、上部が爆撃で毀された廃墟のような大きな赤煉瓦の建築が、ぽおっと燐光のように徐々に浮び出て来る」

「スポットの明るさがきまると共に背景の赤煉瓦も浮き出したように明瞭となり、舞台全体は六兵衛と利根とがいま工場の中にいるような印象を与える」

とあるのだが、それは五年前までの激しい「空襲」（利根の両親もそれで死んだ）の痕跡をひきずっていることでもあり、かつての盛んな工場経営――冒頭のマリのせりふに「六百坪の構内」とあり、終わりに近く広田の妻ゆみのことばには「あの赤煉瓦でも分るように何十人も人を使って一時は盛んだったそうよ」とある――の残像を観客にもひびかせながら、利根の現在の意識をおさえつけてくる力である。

「少し前から、家の背後の暗やみの中に再び先刻の赤煉瓦が徐々に浮び上がって来る。その赤煉瓦の与える感じはさっきと違って、ろうそくの光の圏の中に坐っている利根の上にのしかかって来るような重圧感である」

そして、このドラマの完全な幕切れは、静寂と暗黒の中から、「廃墟のような背景の赤煉瓦がぽうっと燐光のように浮び上って――」終わるのである。

家の右手、出入口の戸口の外の舞台上手にも空間があるのだが、手前から奥に敷地をしきる柵があり、外側は道路である。家の方に向かってきた道は柵にぶつかってぐっと右方に曲がっていくらしい。何度か通っていく激しいジープの音と強烈なライトの光、遠くから風に乗ってきこえてくるダンスバンド音楽の多用は、一九五〇年当時の社会状況がこの場をとりかこみ、外部から侵入してくるという設定がされている。

道路に一本の電柱があり、その高いところに裸の電球がともっていて、停電の合い間に点灯する淡い光は、街路だけでなく窓越しに室内をもぼんやりと照らすのは、二階のあかりが下手の空き地を照らすのと同質の役割を荷っているといえよう。

室内、とくに正面奥の壁にかかる虎の首の剝製については、のちに触れなくてはなるまい。

C 「音と光」の効果について

「ジープ」の通過と「ダンスバンドの音楽」についてはすぐ前にあげた。ジープがアメリカ占領軍そのものを体現する存在であったことは当時の日本人にとって生々しいイメージである。上手の道路の設定から、激しいエンジン音とともにジープの強烈なライトが窓を通して室内を薙ぐように真白に照らしていく。それはドラマの冒頭部に三度果たされているのだが、初めの二回は、「壁に掛けてある剝製の虎の首は、烈しい光りの断続の中に、生きて動いているもののように見える」「強烈な白光の中に、生きて動いているような虎の首」を示し、三たび目は「正面の机に腰かけて石のように動かない利根の姿をチラッチラッと照らし出して行く」はたらきを荷っている。自動車とその明かりは、最終的な場面、古田をのせた広田のタクシーが到着するまでまったくない。

ダンスバンドの音楽についてのト書きは十五か所ほど記載され、場面の底流として、またその切りかえに、ふっと観客にも意識される状況への感覚として全編を流れていく。後半部分では、停電の状態が終わって聞こえてくるラジオからのジャズ音楽がそれに変わって場面を支えることになる。近くに存在を予想されるダンスホールはジープの往来ともかかわって駐留軍兵士のイメージを観客に抱かせ、その音楽はある意味での「自由」と「被支配」とを、また「解放感」や「退廃」をも感じさせることになろう。作者はその効果を十二分に意識して設定しているはずである。

「ラジオ」「電話」の活用は、ひとり木下順二のくふうではなく、さまざまなドラマで用いられ、外部の人間や状況・出来事をドラマ内に参入させるための有効な手法であるが、この時期にテレビは未だなく、ラジオの民間放送が開始されたのもこの作品成立の次年一九五一年であったことを考えると、「ラジオ」の持った役割は現在の人々が想像できないほどに大きかったことを確認しておきたい。久保栄の『火山灰地』第二幕、ラジオ講演が、火山灰地帯における「肥料学説」の理解の役割と、その声の主雨宮の間もない舞台登場をイメージさせるはたらきを荷っていた。『火山灰地』を読み、また、その舞台に接した経験をもつ人たちにはその場面が明確に想起されるだろう。

「電話」もまた貴重な機器であり、ゆみとユリ子がわざわざ事務所に来てデンワするのはまだ自宅には設置されていない時代状況であることを示している。(利根の部屋にもないと考えていいだろう。)利根が広田との電話連絡を待っていることが、彼のこの事務所を一刻も離れることのできない条件をつくっている。冒頭のラジオによる政治・経済情勢の説明から始まり、幕切れ六兵衛の死を伝えるデンワで終わるのは作者のくふうであるのは当然だが、木下の「実験」はより広範により意図的に行われるのだ。ラジオは「停電」と相関して切れ、後半部では静かな音楽やジャズを効果的に挿入する。また電話は、外からかかってくるもの、こちらからかける場合をあわせ、現実の時間の流れのなかで八回も用いられている。何回かは人物の声を拡大して観客に伝え、間違いデンワも有効に活用される。

この電話のベルと交錯するような「工場のベル」——作者は「(電話のベルとは全く異質音の)」と記しているが——は、利根の意識の中の工場場面と不可分に結びついており、さまざまな「工場の騒音」——送風装置のザーッと流れるような音。旋盤やグラインダーのきしる音。それにまじってタンブラーの烈しい響き。そしてそれらの中を一貫して単調な同じテンポのハンマーの音——がそれに重なる。

音について、状況提示や場面転換の効果だけでなくドラマの展開とよりかかわっていると思えるのは、「ピストルの音」と、主としてマリによってハミングされ、ダンスバンドやラジオからの音楽が何回か転調する哀調を帯びた「メロディA」といってよい。「われわれに『大陸』を感じさせる」とするそのメロディは、〝満州〟のイメージをもってマリや広田一家にとって特別の意味を有するものであり——日本人全体にとってもといってもよいだろう——、後述する「虎の話」の世界へとわれわれを導くものである。

ピストルの音については、堀田善衛・猪野謙二との「解説鼎談」で作者が「中でピストルの音が出てくるんだけども、それを使って面白い芝居に仕組もうとしたんだけど、どうしてもうまくいかなくってね」「ピストルを持ったのがはいってきてね、もっと芝居になるつもりがなかなかならなくってさ」と語っているのは、ほぼ事実であろう。占領時下の米兵士や暴力団などが徘徊する物騒な状況が提示されているのだが、その音を聞いたゆみとユリ子が不安になって事務所にやって来るきっかけをつくっている。それに加えて、わたしには、ピストルの音がしたあとのマリの声が気になってならない。利根の「意識」での古田との場面――モールディングの導入依頼や単価下げによる受注の交渉――のところである。

古田　（略）まあ今の見込みだと　（手帳を出して計算している）
利根　（その鉛筆の先をじっと見つめている）
　　パーンと一つ、遠くでピストルの音――しかしその音は古田と利根には無関係である。
　　利根の姿にだけスポットを残して急速に溶暗――溶暗と共に再び遠いダンスバンドが――
マリの声　（溶暗して行く中で叫ぶ）　ああっ！
　　もとの「夜」のシーンになる

そこでマリは、長く続いた回想の事務所場面の前の現実場面の終わりにまちがいデンワによって頼まれた番号調べの報告を果たしてから、利根に「ねえ　今のパーンてったの　ピストルでしょう?」「ねえ　今あっちでパーンてったでしょう?」とたずねるわけで、彼女の「ああっ!」というここの叫びは現実の場面で発せられたものではないだろうと思われる。だが、ト書きに「溶暗して行く中で叫ぶ」とあるところから、(利根の意識のなかでの) マリの「意識」とも、現実場面での叫びそのものとの重なりあいの表現ともうけとれる。そして、この叫びは、ドラマの冒頭、虎の首に語りかけているマリの場面が暗黒の中に入っていくときの「ああっ!」という叫びと同一のくりかえしである。この冒頭の場面の叫びも、現実に鳴ったデンワ音への驚きと、マリのこころのはげしい動きの両者のからまりあいとして示されているように感じる。だから、作品全体とかかわって、この二回のマリの叫びを通してわたしの心にイメージされるのは、まず虎狩りの銃声であり、そのうえに、牝虎と重なる女(マリ)の痛みと悲しみのこころである。また、現実場面をつき動かす条件としてのデンワとピストルの現実音そのものでもあって、その両者の重なりあいが、作品世界のドラマ的効果を鋭く示しているのである。

「光」の問題に入れば、まずいえるのは、意識をあらわす場面(「回想」シーンや「虎の話」など)を中心に、照明についての作者のくふうの指定が顕著にみられることである。「自然光」的なあかりと異なる特殊なあかりの世界が、その位置付けを強めるために用いられている。「赤煉瓦の建築」のイメージが背景に浮かび上る設定は先述したが、多くの試みが「光」の分野でも行われていることにも注目したい。

現実場面の流れを支える大きな力となっているのは「停電」であろう。敗戦後間もなくの社会状況としてけっこう多かった停電だが、ここではドラマ展開を強く意図した作者の設定と考えてよい。さらにいえば、実は、このドラマは停電の状態のなかでほとんどが展開するのである。

開幕時、二階と街燈によって外部はぼんやりと照らし出されているが室内は暗い。二階から下りて来たマリがスイッチを入れたラジオが、ドッジラインの堅持と原子力の国際管理について語ったとき、停電となって、以降長い時間が経過する。終わりに近く、ようやく電気がついて開幕時の状態になるが、やってきたゆみは電燈をつけようとするマリに、「つけない方がいいわ」「その方が落ちつくわ」と事務所内は暗いまま、ラジオの音楽のみが有効にはたらく。そして古田・広田の自動車がやってきたときに再び停電、広田が二階に上っていき、しばらくしてマリが駆け下りてきたときに電気がつく、という展開である。このドラマでは、ほんとうに短い場面だけ室内に電燈がともることになる。

沈黙と暗黒は強大な表現力である。暗闇そのもの、マッチ・ライター・たばこの火、懐中電燈そしてろうそくの光が明かりの圏とものの影をつくり、その移動とともに影は大きくゆらめく。それは、人間の心を不安定にし、内面化する。それはまた、人びとの「意識」をさまざまな場面で自然光ではない照明によって舞台上に現出させる土台であり、ドラマとしての武器にもなる。作者は十二分にその条件を活用した。幕切れは停電ではないが、同じ状態にしてドラマをしめくくっているのだ。

マリ　（やがて戸口を閉め、電燈を消す――窓から外の暗やみを見ている）

電話のベル――二度――三度――

マリ　もしもし　え？　六兵衛さん？　六兵衛さんが　とうとう？

静寂――完全な暗黒――

廃墟のような背景の赤煉瓦がぽうっと燐光のように浮び上がって――

がすべての結末である。

D　「意識」を表す場面設定について

木下順二が意図した「意識のドラマ」は、全篇を通し、それこそ徹底して意識されているといってよい。モノローグ的なせりふ、何回も聞こえてくる健吉のことばなどが舞台の現実の時の流れの中にくりかえされていくが、とくに、利根の意識の回想シーンが大きく三場面に組み立てられ、はさみこまれる。

〈六兵衛の労働そして健吉の登場する工場の場面〉

終業時間などおかまいなく作業する老職工、利根の考えに賛成しているその息子、合理化・機械化への執念と古い労働を追いつめていくことに「ある残忍な快感」をもっている利根、過去における一光景である。

利根　三十年間　三十年間あんた　そうやってみじめな恰好でこつこつやってきたんだねえ　黒鉛で真黒になって　砂の中に犬みたいに四つん匍いになって三十年間！　いらいらしないのかい？　自分がみじめだと思わないのかい？　六兵衛さん！（こみ上げて来るいらだちを抑え切れぬようにたばこをにじり消して床に投げつける）畜生！

仕事から眼をそらさずにこつこつとやり続けている六兵衛と、腕組みして突っ立ったままそれを見ている健吉――

スポットと背後の赤煉瓦、フェイド・アウト――しんとした暗やみ――

その自分の努力は実らず、六兵衛は死の床につき、健吉からも疎外されていく利根の心象表現がこの場面に続く。

〈広田・ユリ子・健吉そして古田も加わる「昼」の事務所シーン①〉

手放しに明るい現実の「昼間」ではなく、明るい光りの中に或る不透明さを持つ「昼」――利根の意識の中の「昼」――という説明をもった、かなり長い場面である。

旧来のやり方に懐旧的自信を持ちながら先の見通しには自信のまったくない経営者、頼りにならない調子のよさがあっても見るべき「現実」はとらえている労働者、小企業枠内の暮らしから脱出をはかり、利根の婚約者に擬されながら健吉の方に心を寄せているかもしれない若い娘、機械導入や受注に関してどうしても世話にならなくてはならないのだが、狡猾な体質を否応なく示してくる親会社の中年男たちが、利根のどうにもならない孤独感と相関する状況をつくる。

さきほどかかってきた健吉のデンワの語句がリフレインされてから、古田・ユリ子・広田の声――それぞれがだれの声かは事務所シーンがはじまった後になって確かめられる――が場面に先んじてまず出される手法である。

男一の声（しゃがれて妙に狡猾な感じ）あんたのその考えはちょっと甘いですなあ利根さん
若い女の声　健吉さんてりっぱだと思うなあ　あたし
男二の声（野放図な、神経の粗い太い声。溶暗して行く中で）とにかくなんだ　からだァ楽して工賃の方だけは十二分に取ろうってことばかり考えてやがる（略）
健吉の声　おれ　からだ楽して金が儲かるってないいこったと思うなあ
〈広田・古田・マリに利根が声だけで参加する「昼」の事務所シーン②〉
料理屋からかかってきた広田のデンワで、古田がマリに思し召しがあり、事務所でどうしても飲むといっていうことをきかない、これから連れて帰るのでマリによろしく、という伝言に続く場面である。

マリがすでに工場の事務員として雇われ、経理伝票の書き方を利根の声によって必死に学んでいる姿と並行し、利根がモールディングという機械を入れることについての広田の文句のことばと、マリに対する古田の好色なせりふとの両方が、利根へ向けての嘲笑に結びつけられて、それがふたたび現実の「夜」のシーンに戻ることになる。

〈工場の場面〉が、六兵衛・利根・健吉のそれぞれをスポットライトで照らし出す技法であるに対し、二つの〈事務所の場面〉では、人物を交互に「生きて（動く）」と「死ぬ」――ストップ・モーション――によって示し、利根の意識から観客の意識へと立場を移動させていく手法を採用している。

古田　（略）ふふふ　そんではなにかね？　ただの事務員で傭ってるわけかね？　なに？

　この二階に住んでる？　ほおん　住みこみかね？　へえ　そうかね

　　マリが（マリだけが）「生きて」古田と広田が「死ぬ」。

利根の声　六　仕上げ賃　その製品に要した仕上げ工賃　割るその製品の重量　七　仕上げ雑費

　総仕上げ雑費　掛ける仕上げ総工賃　分《ぶん》のその製品に要した仕上げ工賃　八　営業人件費

営業総人件費　掛ける鋳鉄総工賃　分《ぶん》のその製品に要した鋳型工賃

マリ　（熱心に書きつけて行く）

広田と古田が「生きて」マリが「死ぬ」。

広田　そんな話しとは違うですよ古田さん　そんなお色気やなんかじゃない　ただあたしの娘とおんなじ年頃だしさ　あのキャバレーにいる頃から何となく目ェかけてやったんだ　それだけのこってすよ（略）

こうした場面の活用は現在ではとくに珍しいことではなく、日常的むしろ古風な表現法となっているのだが、一九五〇年という時点ではかなり大胆な実験的方法であったといえよう。

E　「虎よ虎よ　らんらんと　夜の森の深みに燃えて」の世界について

意識と場面とのかかわりで、このドラマを特色づけているものがもうひとつある。それは、虎とくに牝虎の物語をめぐってのシーンである。場面として三度にわたって展開されるのだが、はじめは冒頭、停電の暗黒の中、マリが壁に掛けてある虎の首に呼びかける形ではじまる。登場時に彼女がハミングしていた「大陸」を感じさせるメロディA。そして遠いダンスバンドの音楽が、いつか鼓動のようなリズムをもった低いドラムの音として響き始める。「こうやってあんたのひたいにじいっと耳を

押しつけると　深いところから　ドクンドクンって血の流れる音が聞えてくるわ」「これはあんたの心臓の音？　それともあたしの心臓の音？」というマリのことば。とくに注意をとられるのは、「ある白い微光が次第に室内に充満して来る。その微光の中では一切のものが『影』を失う。机も椅子も、一切が何かわからないただ『物』として眼に映ずる」という指定のト書きである。そのなかで切迫してくるドラムの音。読者・観客は、虎の首そのものの存在に注目し、マリと虎とのかかわり、彼女のことばが生みだしてくるイメージにこころ動かされる。

ドラマの中盤、利根とマリが親しい話合いに入り、マリの出生について利根がたずねたあと、彼女が「古い話しを思い出してるの」と語り出し、同時にドラムの音、メロディAとともに、数行前にあげた同じ表現のト書きの照明下で、牝虎の物語が叙述されていく。観客に「大陸」を感じさせる服装の「青年（彼の声と顔とは利根と同じい）と女（彼女の顔と声とはマリに同じい）」のふたりによって演じられる、わなにかかって苦しんでいる美しい牝虎を若者が救ってやったあと、かわいい女がその青年の前に出現してくる話である。

そして最後は、ゆみに対してマリが、「虎が人間のお嫁さんになる話し御存じ？」といって手短かに物語の内容を告げたあと、メロディAに変わったラジオ音楽のなか、スポット・ライトに照らし出された「利根とマリ」のふたりで進行する。冒頭が「マリの意識」の要素が強く、中間がマリによって語られる「物語」そのものであったのに、ここでは、現実のふたりが相手に抱く心が直接には交錯せずにそれぞれの意識、思いとして流れていき、とくに、メロディAを楽しげにハミングし続けるマリに対しての「利根の思い」が強く表現されるように変化する。

そうか　きみはいつかおれに虎の話しをしてくれたね　男に裏切られた女は再び虎の姿に返って　しかも今度は凶暴な虎になって手当り次第に人間を嚙み殺して歩く　どんな男が虎狩りを志願してきてもみんな嚙み殺されてしまうんだ　ところが最後に夫であったあの男が志願してやってくる　そして彼が虎に向かって矢をつがえると虎は身を伏せて　その男に射ころされてしまうんだ　そしてその男はその手柄で栄達するんだ　きみはいったね「男のほうはきっと知らなかったんだわ　その虎が自分の妻だった女だってことを　虎のほうはきっと知ってたんだわ　その男が自分の夫だった男だってことを」って　きみからその話しを聞いた時は　おれはただ女心の哀れさを伝える単純な物語かと思っていた　そうか　あの虎の中にきみは自分を感じるんだね　つまりきみはあの虎なんだね　そうだ　きみがあの牝虎なんだね

この「虎の話」の場面をめぐって、未来社刊の『作品集Ⅶ』巻末の鼎談で、

堀田（善衞）　ところで、Tyger! Tyger! burning bright / In the forests of the night. っていう詩があって、それと、一方で中小企業の問題があって——

猪野（謙二）　そう。その二つがあの舞台では、いくらか分裂してなかったかどうか。

という指摘がされており、「ピストルの音」などと合わせて、作者は、「この作品はだから、何かスケッチの一つなんだなあ」と述べている。

しかし、作者がそう考えそう述べているとしても、この「虎の物語」は『暗い火花』において決定的な重さをもっており、発想として、作品内容として、不可欠な要素を構成している。なによりもそれは、「男」と「女」の愛、当然「マリ」と「利根」に重ねられていくありようをさし示している。既述したように、マリの思いとして出発し、物語として語られ、利根の意識のなかに位置づけられる「虎の話」の展開は、作者の創作意図を明確にあらわす。

命を救われたお礼に、動物が人間に身を変え、妻として男につくす、木下はすでに『夕鶴』のつうとしてその姿を見事に形象化したが、この作品でも伝承した説話を土台にした愛の物語を参入させる。しかも、「虎」は「鶴」以上に男を愛そうとする。女は、「あたしは生れかわったんだわ　あたしにはもう過去はないの　未来があるだけ　この人と二人でつくり上げて行く未来があるだけ」と語るのである。しかし、利根とマリには、互いに相手を意識し、求め合ったとしても、愛を結実させる現実的保証はない。『夕鶴』のつうは元の姿に戻って空を飛んで行くが、男に裏切られた女は再び虎になって、しかも兇暴な虎になって人を噛み殺しまわった後、夫であった男の矢に射ころされていく。マリの実際をそれに重ねることはできないが、彼女の未来をイメージさせることにはまちがいない。

この時期まで――と限定する必要はないが――木下順二には、「愛」への希求というか「女人渇仰」に近い意識があったように、わたしには思える。『夕鶴』はいうに及ばず、『暗い火花』の前作『山脈（やまなみ）』における山田に対するとし子の激しい恋心が代表するような、ひたすら相手に向かう「率直さ」、打算や思惑を超えた「純粋さ」をもつ女人への憧憬といってよいだろうか。木下の描く彼女たちの姿は、当然現実と歴史との非情さに囲繞され、その条件のなかに歩み、生きなければならないのであるが、その「女」としてのありかた、相手の「男」を支え、動かす彼女の存在こそがドラマを前におし出す原動力となっているのである。『暗い火花』では、中心の流れはあくまでも中小企業の現実と利根の意識を描くことにおかれているけれども、利根とマリとの愛の形相を不可分にからみ合わせながら進行するドラマにもなっているのが基本的な性格である。

さらに「虎」の話は、ドラマの課題をもう少し拡大させていると考えられる。それは明らかに「満州」という地のイメージとかたくしばりつけられ、舞台の事務所壁面に飾られた首の現実の剝製を見続けることによって、広田一家やマリとのかかわりをたえず否応なく保持するものである。満州というこうことばを聞いただけである種の複雑な思いを抱くのは、いまや特定の世代の人間だけであろうか。そうかもしれない。しかしそれにしても、歴史のなかに確として刻みこまれた地であり、いまもまだ、「戦争孤児」の存在などを通して、戦争・戦後の課題をわれわれに問うてくる。「朝鮮・部落・沖縄」を近代日本の原罪と感じ続ける木下にとっては、満州もそれにかかわる内容として位置づけているのかもしれない。

利根　（やがて）満州で生れたんだっていってたね？
マリ　うん
利根　うちは何だったんだ？　　お父さん何してたんだい？
マリ　（無言）
利根　この前もお父さんのことはなんにもいわなかったね　　何か事情あるのかい？　（マリの様子

に）どうしたんだ？
マリ　（涙を一杯ためて）いえない　いえない　だって知らないんだもの　なんにも
利根　まるきり知らないってこたないだろう
マリ　あたしはお父さんを知らないの　お母さんの顔もぼんやりとしか覚えてないわ　いえるのはそれだけ（略）

工場主広田は大陸軍人の庇護をうけて羽振りのよかった満洲時代を記念して、虎の首を飾り立てている。

とにかく腕だァな　職人は　この虎を見ろよこの虎を　こらァおれの　いってみりゃあ金鵄勲章だ　神保って少佐がおれにくれたんだ　まだ向うにいた頃だがな　その神保って少佐から特別な兵器のバルブ作れっていわれたんだ　ところがよ　いくら念入れて作ってみても製品はめて水圧かけるとシューと水が出ちゃうじゃねえか　何度やってもシューと出ちゃう　何度やってもだめなんだ　しめえにゃその少佐とうとうかんかんになっちまやがってこの国賊めっておれのことどなりやがった　おれもそうまでいわれたんじゃあとへは引けねえってんで　一週間眠らねえでぶっ通しだ　キラも黒鉛も使わねえでやってみる　うまく行かねえ　むくり上げでやってみる　うまく行かねえ　やっとのことで　湯を何べんもあけ替えてガスゥ取って湯のなじみよくした奴でとうとう成功したんだ　それでその神保少佐が感激しちまってな　ああありがてえおめえのお

蔭だってんでこの虎の首　牡丹江のあたりに駐屯してた時満人の偉えのからもらったんだってのをおれにくれたんだ

また、女遊びを盛んにした罪ほろぼしの気持ちがマリを雇うことにつながっているのだが、もしかするとマリが広田の子かもしれないということが広田一家の心に微妙な影を落としている。広田は古田に対してこう語っている。「ただね（声を低めて）あとで聞いて驚いたのはね　あの子の生れたのがどうも奉天あたりで　そいで父無《てて》し子だってんですよ　母親はやっぱり水商売だったらしいがね　そうするとあんた　これであたしらもあっちじゃずいぶんしたい放題したからね　今あの子をあずかってやってるのは　とんだところで昔の罪ほろぼしをしてるみたいなことになっちまったわけさあっはは」

そのことに関して、利根の「意識」のせりふに次のことばがある。

しかもきみは三文の値打ちもない下らん女だよ　おじさんが　広田鋳造所長がこさえた子供だかどうだか　そんなことは知らない　誰にも分らない　しかしとにかく　嘗てのあの悪い時代に　日本人の誰かが犯した「悪」と「無責任」の小さな結果に過ぎない下らん女なんだ

とにかく、この「虎の話」は、単に「愛」のためだけに挿入されたのではなく、作品世界の土台として不可分にくみこむ作者の発想に基づく設定があったことを把握しておきたいのである。

（三）

『暗い火花』には、ドラマへの「実験」が確かに満ち充ちている。それは作者のきわめて「意識的」な実験であり、質の異なったさまざまな手法がぎっしりとつめこまれている。木下順二自身も「実験のための実験みたいにもなってしまった」と語っているのだ。

だが、実際にそうであったとしても、「実験」だけが先行し遊離していると私は考えない。その実験は作品内容と緊密に関連しているといってよい。敗戦後五年、自分を囲繞した矛盾の近代的克服を目指しながらそのたたかいに敗れ、身動きならない人間の心を描くこととドラマ表現手法への試みは深くかかわっている。アメリカ軍占領下の現実状況と当時の日本人の意識のありようとが、登場する人間の言動から葛藤から浮かび上がってくる。前作『山脈（やまなみ）』が、敗戦前後の日本人の生き方と思考を具体的に示してくれるように、『暗い火花』は、一九五〇年の時代状況と人間の願望とを作品に描きとどめた。時代の芸術資料としての役割としても重要な仕事のひとつといってよい。そして、わたしがそう思うことは、作品としての価値をひき下げることには決してなるまい。

作品としての不充分さがないわけではない。利根という人物の意識をひたすら追うが故に、意識の中に登場する人間たちがその反映として一面的に淡白に描かれざるをえない。観客に対する説明的なせりふ表現がかなり多いことも確かだ。生産労働のあり方について、「満州」の位置づけをめぐって、またマリの出生をゆみにあらためてたずねさせるなどなど、登場人物のその場面のことばとしてはやや不自然に感じざるをえないせりふもある。「ピストルの音」のドラマ的処理が果たされていないのも作者の言うとおりである。

しかし、くりかえすのだが、そのことが『暗い火花』にとって決定的なマイナスになったとは思えない。この作品における木下の「実験」は、きわめて意識的な採用であるけれども、設定と現実、実験手法と内容、発想とドラマとが、相互に切りはなされることなく支えあい、融合しようとして成り立っていることをわたしは感じとるのである。

『暗い火花』の理解を深めるための一資料をあげたい。一九五九(昭和三四)年二月、五〇歳で死去するまで、木下順二にとって最も身近な人間のひとりであり、その時点までの木下作品のすべてを演出担当した岡倉士朗がノートに書き遺した、ほんとうに短いメモである。

利根が他の人間を同列の人間としてあつかったことの失敗、すべて利根をひんまげる人物、ひんまげる状況。

そこからある見方をすれば、利根は大変喜劇的な人物である。利根の中にその喜劇の原因(世の中がよく見えない)(浮きあがった)(それは奇型の現実を肯定する場合)をみとめることに通じて、現代の悲劇が、現実の喜劇が浮かびあがってくる。

利根は合理的生活、生産を考える、そしてそれは新しい機械(マシン)によるものと思い、それをそなえつけようとするが、その機械のために、自分自らを滅ぼすことになる。

利根の合理性を資本主義の合理性にすりかえられる。或は利根は観念の中では合理的だと考えるのだが、実際（この現実の社会を見きわめないで封建社会ときりはなれないで）しまいにはそのために自分が孤立化されてしまう。

利根に「同化」するだけでなく、「異化」してとらえる視点、そのことによってドラマを客観的に把握し、その特質を位置づけようとする岡倉士朗の認識がある。それは演出家としての鋭い目であるといってもよい。受け手のわれわれは、「ある見方をすれば、利根は大変喜劇的な人物である」という指摘からも、『暗い火花』をより深く受け止められるように思う。形象を通して、ドラマのテーマとそこに描かれた「時代」と「人間」との切実なかかわりのありかたについてである。

『暗い火花』が書かれたころの、木下順二の創作系譜を概略としてたどれば、民話劇、『山脈（やまなみ）』、『夕鶴』、『暗い火花』、『蛙昇天』そして『風浪』の改稿と連なる。その営為の流れは、日本の現実（そしてそれに分かちがたく結びついた歴史）を冷徹にみつめながら、その激しい変動の中を誠実に生きていこうとする創造的な問いかけが一貫していることを感じさせずにはおかない。そしてそれは、木下順二自身の現実のあり方・生き方とも重なっていることを、わたしは学びたいと思う。また、その志向が彼のその後の全作品の形象化に流れこんでいく原動力となっていることも確かである。

『暗い火花』における「実験」は、先行した『風浪』とくに『山脈（やまなみ）』の自然主義的手法に不満を感じ、それを克服したいという強い願望があったといわれるが、ここで試みられた実験は、次作の『蛙昇天』だけでなく、その後の全作品を通し、四十余年にわたって一貫して持続されていくことになる。わたしは、今後その点を具体的に見届けていきたいと思っているのだが、とくに『沖縄』『東の国にて』、小説の『無限軌道』などに強く感じるものであり、木下順二の仕事を問題にするとき、彼の「実験に対する強い志向」を除外して考えることはできない。

持続する木下順二の創作意識は、現実・歴史をみすえる視点、そのための主人公の設定として貫徹されて示されている。彼らはいずれも、歴史や現実に精一杯立ち向かいながら、挫折し、敗北し、時代に置いていかれる人間が多いことに、われわれはすぐ気がつく。それは、ギリシア悲劇やシェイクスピアから彼が学んだものであり、また実作の積み重ねがそうした木下のドラマ観を確かなものとして形成していったものであろう。『暗い火花』の利根もまさにそうした位置づけをもっている人物だ。その共通する設定を受けとめながら、わたしたちが認識しなくてはならないことは、その人物たちからの視点は敗れたものの悲しみを歌うことではなく、その人物のありようからこそ時代と歴史の現実の姿を正確に見すえることができるということ、そして、絶望的なマイナスの地点からプラスへ転じていくエネルギーをなんとしても見出そうとする木下順二の意識・願望がこめられているということである。

その点で、タイトルとした「暗い火花」ということばは深い意味をもっていると思われる。

「暗い」のは、ほとんど停電という条件のなかで展開する場面そのものの暗さであるが、行き詰まった工場経営であり、それを生みだす時代状況でもある。アメリカ占領軍によってとられた政治・経済政策は戦前の天皇制時代の権力支配に匹敵し、さらにそれを超える強大な力であった。それとのかかわりで、敗戦から数年のあいだ明るさのいくつかをもたらしてきたような日本社会が逆ゆれの大きな「戦後」の転換期を迎えたのが、一九五〇年という年であった。そのことは、年表に記せられたさまざまな出来事を想起することで確認されるだろう。『蛙昇天』に描かれた世界もまさにこの年である。「暗い」はそうした時代を現実としても象徴としても体現しているといってよい。

そして、そのことは、状況だけでなく、主人公利根の「意識」を端的に示しているのはいうまでもない。状況と彼の意識の「暗さ」とは相関し、相乗している。

「火花」は、そのなかで動く、利根の意識のはたらきを表わしているといえようか。何度もスパークする火花は、人間としての利根の苦悩の意志ともみることができる。その光ははかないものだ。支配的な「暗さ」に抗してあかあかと照らし出す力では決してない。「火花」が状況の「暗い」ことをかえって強調し、また、「火花」そのものが「暗い」のである。

だがそれでも「火花」は暗さのなかに明るさを生み出すものだ。利根の意識だけでなく、彼とマリとの「愛」のかかわりをも観客にかいまみえさせる。その延長線上に、未来への可能性、絶望のなかにあっても、それだからこそ求められる希望への手がかりを見ようとする光とはいえないか。

恣意的な意見であるかもしれないが、『暗い火花』というタイトルから浮かびあがるイメージはそのようなものであろう。そしてそのイメージは、作者木下順二の、このドラマ、あるいは彼の創造活動に対するモチーフの出発点であり、終結点でもあるように、わたしは思う。

時流にのる立場を決してとらず、むしろそれを拒否して創造しようとする姿勢、前向きに進もうと行動しつつ結果として少数派になったり時代の後衛に位置づけられることを恐れず、冷徹な視線から現実の実態を厳しくとらえ、その視点から未来への希望を少しでもイメージし、力としようとする認識、絶えず新しい手法を加えて確たるドラマを構築しようとする志向、それらをわたしは木下ドラマの基本要素としてとらえる。一九五〇（昭和二五）年の『暗い火花』には、その特徴を明確にみてとることができる。いやそれ以上に、木下順二がそのドラマトゥルギーをきわめて意識して創造した作品が『暗い火花』だといってよい。そして、そのための気負い、表現スタイル・手法の実験的試行に集中したことが、作者に作品の出来に対するある種のマイナス評価、逡巡状態をつくったといえるかもしれない。しかし、その作者の思いとはうらはらに、他の作品を読みすすんでいくための、原点的な意味合いをもっている作品のように、私には思える。

第三の章
木下ドラマの「女性像」

木下順二のドラマでは、女性の占める役割がきわめて重い、とかねがね思っている。それぞれの作品に「ヒロイン」が必ず存在するということではない。もちろん、『夕鶴』の「つう」や『沖縄』の「秀」など、ドラマの全局面をつき動かしていく女性形象が何人もあることは確かだ。わたしがいいたいのは、それらの人物もふくめて、木下戯曲に登場してくる女性たちは、自らの想いを語り、それを舞台に体現するだけではなく、ドラマの課題と立ち向かう男たちと否応なくかかわり、彼らの思考と行動とを支え、そして動かしている。そのことを通して、作品のテーマと不可分に交わる位置付けをもって作品のなかに生きていることなのだ。

どの作家の作品、どのような戯曲でも、ドラマに設定された女性像については同じことがいえるという声もあろう。わたしはその意見を否定はしない。しかしくりかえすのだが、木下ドラマにおける女性たちはより大きなはたらきを果たしながら舞台に登場している。そして、彼女たちに対するわたしの受けとめは、作品に位置づけられた人物としてだけでなく、むしろ、作者のドラマ発想、ドラマトゥルギーの内部にしかと腰をすえている存在、という理解なのだ。さらに感覚的な表現をとれば、地下の巨大なマグマのエネルギーによって活火山の火口に溶岩が溢出してくるように、ドラマ創りを辿る道筋にじっくりとそして休みなく深部から押し出してくる、作者木下の「情念」であるとも思われるのだ。

それは、ある意味では、「おとこ」としての作者木下順二が「おんな」について抱きつづけ、求めつづけるイメージの投影だということもできよう。そして、それ以上にわたしが考えるのは、現実と時代と歴史に対峙する人間のありようは、社会の表面に立つことの多い男よりも、(より正しくいえば、〝男と同じように〟あるいは〝男以上に〟ということだろうか)、実は女性によって強く保たれ、体現されているのではないか、という思いである。わたしにひきつけた推測かもしれないが、木下順二は、「ひとの存在」そのものとしても、観念が先行する思考でない感性とも強く結合した主体性という点でも、現実と時代と歴史を受けとめる女性の力を認めていると思うときがある。そうした想いと視点から、彼女たちにドラマの課題ときり結ばせていることを、木下ドラマに描かれる女性像につねづね感じているのである。

だから、その「女性像」から木下ドラマを考えてみることは、木下ドラマを理解し自分のものとして接近するための必要な一方法だとわたしは思っている。そのために、四人の女性形象をとりあげ、関連して他作品の何人かの女性像を彼女らにつなげてみた。その四人とは、『夕鶴』の「つう」、『山脈(やまなみ)』の「とし子」、『沖縄』の「秀」、そして『子午線の祀り』の「影身」である。

一　『夕鶴』の「つう」

『夕鶴』が人びとの心をとらえ続けた大きな要因に、ながい年月にわたり、一〇〇〇回をこえる上演を重ねた、山本安英の舞台の力がある。多くの地域劇団や学校演劇部によって競うようにとりあげられた時の流れが、その勢いを強めたのも確かだ。（木下は「ぶどうの会」「山本安英の会」など自らのかかわる劇団以外の職業劇団による『夕鶴』上演を承認しなかったが、アマチュアの集団がとりあげることには肯定的な姿勢を保った。そこには彼の演劇・文化への想いがこめられているといえる。）

そして、そもそも、民話「鶴女房」を典拠とする作品が、全国各地それぞれに伝承されてきた、〝異類婚姻譚〟〝恩返し説話〟ともどもに、語られるその内容をわたしたちが快く受け入れる意識の土台を用意していたこともいえよう。しかし、なによりも、木下順二によるドラマそのものが、とりわけヒロイン「つう」の形象が、人びとの心をつき動かすものとして創り上げられていることを認めなければならない。

ドラマにかぎらず、芸術における感動は、作品のなかに客体化され存在しているというよりも、受け手が、作品に触発され、自分のこころのなかに構築されはげしく動くイメージであり、情感であり思念である。受け手が自分の認識、現実意識、願望などを土台にして、それを作品と交錯させるはたらきを通し、それぞれの人間が個別に生成するものである。それは、形象に「同化」する感性的な次元から、知的認識を鋭く刺激されるはたらきまでをふくみ、それらが総合されて受け手の現実存在をゆさぶることによって自らが自分の内に新しく創り出して味わう体験である。だから、「感動」の質となかみとは、受けとる人間によってさまざまだ。その多様性はそれでいいのだが、くりかえしていえば、作者や表現者の切実な創作発想と受け手が抱く創造意識とが、適確な形象を媒介として重なり合ってひろがる（と感じる）時間がそこにあるといわねばならない。三者のその共鳴する営みは強いゆりかえしの連鎖となってひとをつつむ。感動の評価に普遍性があるように思われるのは、その営みが多くのひとととの間に生まれる可能性と実態をもつという所為であろう。『夕鶴』はそういう条件をもった作品として存在している。

『夕鶴』に対しては多くのひとのさまざまな所感がのこされているが、その初期に書かれた上原専祿の文章（夕鶴の効果としての「聖」）の一部をあげたい。

思うに、私を最も感動させるものは、およそ汚濁、野卑、打算と呼ばねばならぬ一切のものに根元的に対立するところの清浄、典雅、純粋というものの、痛ましい運命の実現である、と一応はいえるであろう。しかしながら、より深く私を打つものは、そのような運命の実現にも拘らず、一切のものを雰囲気と情緒において——たとえ原理と意味においてではないにしても——制圧し尽すところの清浄、典雅、純粋の絶対的優越の実証である、といわねばならない。痛ましい運命の実現そのものが私を打つというよりは、清浄なるものの完璧な実証が私を感動させるのである。観衆はつうと与ひょうの運命のために悲しむというよりは、清浄なるものが余りにも清浄なることに全心が領有せられるのである。

そのとおり、わたしも、「清浄さ」「純粋さ」に心うたれる。

『夕鶴』のなかで、わたしが心惹かれるシーンはいくつもあるが、とくに、終幕近く、つうが与ひょうのもとを去っていく場面。

げっそりと痩せたつうが、二枚の布を持って機屋から出てくる。ゆり起こされて彼女の存在に気づき、抱きつきながら泣き出す与ひょう。つうは布の織れたことを告げ、与ひょうが子どものように喜ぶさまをじっと見つめているのだ。二枚あることにおどろく与ひょうに、「そう。二枚。だから今までかかったの。それを持って都へいっておいでね」と、つうはいう。このつうのことばにこめられるこころは、切なく、またはりつめている。事情をなんにも悟ることのない与ひょうの、「うん。都さ行くだ。つうもいっしょに行こうな」に対するつうのせりふは、「……（泣いている）」の行動である。

与ひょう　何だ？　何で泣くだ？
つう　あたしはいつまでもいつまでもあんたといっしょにいたかったのよ。……その二枚のうち一枚だけは、あんた、大切に取っておいてね。そのつもりで、心を籠めて織ったんだから。

与ひょう　ふうん、ほんとにこら、立派に織れた。

つうの想いと与ひょうの喜びとは、まさにすれちがう。そして、くりかえし、「いっしょに都さ行こう」とせまる与ひょうに、彼女は「ううん。あたしは……（笑って、立つ。——すっと白くなる）こんなにやせてしまったわ。……使えるだけの羽根をみんな使ってしまったの。あとはようよう飛べるだけ……（笑う）」と対する。

この、「見つめている」状態から「なみだ」を経て「笑い」にまで質的変化していくつうのこころは、『夕鶴』全体を通しての彼女のたたかいの推移と帰結とを短い場面のなかで見事に写し出しているといえよう。わたしたちは、その局面にいたるまでの、つうのはげしいこころの葛藤とけなげな努力とをすでに見てきている。それを否応なしに加速させる惣どや運ずの策略を、それに誘導される与ひょうの欲望の増大をたどってきている。つうの、汚れを知らぬ、疑うことのない、与ひょうへの素直な対応が、事態をさらに悲劇的な状況に追いこんでいく歩みを、わたしたちは心痛めながら、彼女の「たたかい」を見つめる。

つうの「たたかい」は開幕時からすでにはじまっているのだ。子供たちとの「かごめかごめ」を遊ぶ場面で、彼女のモノローグにそのなかみが端的に示されている。

「与ひょう、あたしの大事な与ひょう、あんたはどうしたの？　あんたはだんだんに変わって行く。何だか分らないけれど、あたしとは別の世界の人になって行ってしまう。あの、あたしには言葉も分らない人たち、いつかあたしを矢で射たような、あの恐ろしい人たちとおんなじになって行ってしまう。どうしたの？　あんたは。どうすればいいの？　あたしは。あたしは一体どうすればいいの？」

「あんたと二人きりで、この小さなうちの中で、静かに楽しく暮らしたいのよ。あんたはほかの人とは違う人。あたしの世界の人。だからこの広い野原のまん中で、そっと二人だけの世界を作って、畑を耕したり子供たちと遊んだりしながらいつまでも生きて行くつもりだったのに……だのに何だか、あんたはあたしから離れて行く。だんだん遠くなって行く。どうしたらいいの？　ほんとにあたしはどうしたらいいの？……」

つうに布（鶴の千羽織）をさらに織らせるために、都見物とお金との魅力にひかれる与ひょうへ惣ど・運ずの入れ知恵。その結果として、「布を織れ。都さ行くだ。金儲けて来るだ」「織らんと、おら、出て行ってしまう」、与ひょうの強請のせりふ。

つう　何だって？　出て？　与ひょう、どうしたの？　あんた……
与ひょう　……（頑《かたく》なに押し黙る）
つう　ねえ……ねえ……ねえ……（与ひょうの肩を摑んでゆすぶる）ほんと？……ねえ……あんた……
　それ、本気でいうの？
与ひょう　……出てくだ、おら。だで布を織れ。

つう　ああ……
与ひょう　布を織れ。すぐ織れ。今度は前の二枚分も三枚分もの金で売ってやるちゅうだ。何百両だでよう。
つう　（突然非常な驚愕と狼狽）え？　え？　何ていったの？　今。「布を織れ。すぐ織れ」それから何ていったの？
与ひょう　何百両でよう。前の二枚分も三枚分もの金で売ってやるちゅうでよう。
つう　……？　（鳥のように首をかしげていぶかしげに与ひょうを見まもる）
与ひょう　あのなあ、今度はなあ、前の二枚分も三枚分もの金で……
つう　（叫ぶ）分らない。あんたのいうことがなんにも分らない。さっきの人たちとおんなじだわ。口の動くのが見えるだけ。声が聞こえるだけ。だけど何をいっているんだか……ああ、あんたは、あんたが、とうとうあんたがあの人たちの言葉を、あたしに分らない世界の言葉を話し出した……ああ、どうしよう。どうしよう。どうしよう。
その与ひょうを自分の手元にひきとめる手立ては、もう一度布を織るしかない、というつうの決意。
与ひょう　あぁあ、おら、もう眠うなった。（ごろりと仰向けに寝る）

間——

つう、気がついて何か掛けてやる。――じっと寝顔を見つめている。
つと立って部屋の隅《すみ》から布の袋を持って来る。――中身を手のひらにあける。ざらざらと黄金が床にこぼれる。じっとそれを見つめている。あたりが急速に暗くなって、つうの姿と黄金のみが光の輪の中に残る。

つう　これなんだわ。……みんなこれのためなんだわ。……おかね……おかね……あたしはただ美しい布を見てもらいたくて……それを見て喜んでくれるのが嬉しくて……ただそれだけのために身を細らせて織ってあげたのに……もう今は……ほかにあんたをひきとめる手だてはなくなってしまった。布を織っておかねを……そうしなければ……そうしなければあんたはもうあたしの側《そば》にいてくれないのね？……でも……でもいいわ、おかねを……おかねの数がふえて行くのをそんなにあんたがよろこぶのなら……そんなに都へ行きたいのなら……そして、そうさして上げさえすればあんたが離れて行かないのなら……もう一度、もう一枚だけあの布を織って上げるわ。それで、それでゆるしてね。だって、もうそれを越したらあたしは死んでしまうかもしれないもの。そ……その布を持って、あんた、都へいっておいで。……そしてたくさんおかねを持ってお帰り。……帰るのよ。帰ってくるのよ。きっと、きっと帰ってくるのよ。そして、今度こそあたしと二人きりで、いつまでもいつまでもいっしょに暮らすのよ。ね。ね。……

「あんたと二人きりで」「静かに楽しく暮らしたい」「きっと帰ってくるのよ」とのつうのこの願いは裏切られる。ドラマは、つうのたたかいが「敗北」していく道をひたすらたどっていく。だが、それは、「敗北」と呼んでしまうのにふさわしくないかもしれない。作者が構築したドラマは、被害者としてのつうの悲劇をただうたいあげるにとどまっていないのだから。

『夕鶴』のドラマは、「自然人」としての「つう」と、商品経済・貨幣経済の進展にのみこまれていく人間たちという歴史の必然的な過程が、構造の土台にすえられているとの作品把握が多くある。その記述の一例をあげよう。

つうは「兄弟盟約」的な「共同体社会」の人格であり、物どや運ずは「目的契約」的な「原利益社会」(の端緒)の人格化といえる。その中間にあるのが与ひょうであろう。その対立は鮮やかであり、明快である。(中略)

貨幣、交易、商品、利潤などの商業社会から隔絶した世界にあり、そこに生きる人々と意志の疎通ができないつうは、純粋培養された自然人、「兄弟盟約」の人格化にほかならない。つまり、現実を超越した一個の抽象体、純粋人間である。(中略)

しかし、木下順二は『夕鶴』の主題を、聖と俗との対立という民俗学的な次元に収斂させたのではなかったはずである。対立の構図はそこを超えて、社会的、経済的次元に及んでいる。それは与ひょうを動揺させ、物どや運ずの眼を血走らせる貨幣、商品、利潤の世界の卑しさと醜さとして表現される。人々が金に支配される商品流通世界の卑しさと醜さを照らし出し、暴くのがつうで、つうはその意味でも純粋清浄でなければならなかった。つまり『夕鶴』は、つうの純粋清浄そのものを、自己完結的に描くのではなく、貨幣経済の暗部を照射することと一対のものとして取り上げたのである。（新藤謙『木下順二の世界』）

また、「つう」を通して女性の自立が描かれているとの考えもある。井上理恵は「演劇学」38号、「木下順二『夕鶴』を読みなおす」のなかで、こう述べている。

> つうは自己犠牲の象徴のように見られてきたが違う。つうは惣ど、運ず、そして与ひょうが覗いたのを知った。一枚だけ織るつもりだったつうは二枚織る。それは「使えるだけの羽根をみんな使ってしまったの。あとはようよう飛べるだけ……（笑う）」と告げることばにあるように、ここから飛び去る羽根を残して織ったものである。つうは与ひょうを見切ったのだ。つうには与ひょうの嘘を見抜くことはできなかったし、また与ひょうを変えてしまったのはつう自身の行為からでた結果であることを認識しえないが、肉体を消費するという自己犠牲を通して気付く。愛は自己犠牲の上に存在するものではないことを……。境界を越えてきたつうは自身を活かす力を残してまた境界を越える。（中略）
>
> 昔話に材料を求めたが、そこにはわたくしたちが今なお抱え、しかも解決されない男と女の間にある〈愛〉と〈自己犠牲〉、〈信頼〉と〈裏切り〉という重い問題が横たわっていた。木下順二はこの国の劇作家の中で、自己犠牲を選択する女を描かなかった数少ない劇作家の一人であるが、この『夕鶴』にもそれを見出すことができる。

この認識でドラマ『夕鶴』の結末の意義を律することには違和感をもつのだが、井上理恵がここに提起している内容は、わたしたちにあまり意識しなかった鋭い課題をつきつけていることは確かである。また、木下順二全作品を貫くドラマトゥルギーの根源的思想、彼自身のことばでいえば、「願望を持ったがゆえに願望を達成し、しかし同時に、願望のゆえに願望を達成し得ないという矛盾、それがドラマの本質なのであり、そして歴史というものは、そのような矛盾の積み重ねなのではないか」が、はやくも『夕鶴』で体現されていることは、ほとんどの人が承認しているといってよい。

『夕鶴』がそれらの「課題」を内在している作品であることは確かだ。だが、読者・観客としてドラマをたどっていると、わたしたちは、「つう」があらゆるものに対して精一杯の「たたかい」をいどんでいる姿を、共感しながらみていくのだ。そのたたかいは、惣ど・運ずに代表される外部世界の侵入——与ひょうを自分からひきはなす力——にだけでなく、彼らと自分との間で動揺する与ひょうに対しても行われており、そして自分自身との緊張したたたかいとも重なりあっている。

その「たたかい」を支えている根源的な力は、「愛」である。そして、その対象である与ひょうに愛を注ぐ行為の積み重ねが、彼女の願う与ひょうとの平和で静かな暮らしを破局に導いていくことになる。与ひょうの喜ぶ顔を見たくて自らの羽を抜いて布を織り、金にかえられる契機をつくったこと、都のことを語り聞かせて与ひょうの強い興味をひきだしたこと、そして彼の強請に応じて再び布を織ってしまったことが、破局の必然性を用意したのはいうを待たない。つうの愛そのものが結果として彼女の願いと対立する。

破局の最も直接的な原因は、異類婚姻譚の禁忌条件となっている、約束を破って正体を（のぞき）見たことにあるわけだが、『夕鶴』のドラマでは、与ひょうのその行為によって彼への信頼が失われることに重なっている。ひたすら「愛」を求めるつうと「愛」も「金」も欲しい与ひょうとのギャップは埋めようがなく拡大していく。つうが差し出す愛の行為が重なれば重なるほど、与ひょうの外へ向かう欲求は膨脹していくことになる。それは「純粋さ」を象徴する「つう」＝「女」が、社会的欲望をすてることのできない「与ひょう」＝「男」に対する痛烈な批判でもある。確かに、女性一般が純粋さをもっているわけでは決してなく、「つう」の示す純粋さは現実性を欠くものでもあり、現実を動かし変化させるための力をもたない。しかしその無力の代償として、打算的な常識を衝く鋭い刃ともなるのだ。わたしたちふつうの人間のなかにも、「自然さ」「素直さ」はまちがいなく存在しているのだが、日常の生活の場に溢出させ人とまじわることはなかなかにむずかしい。その力を「鶴」であるからこそ、「つう」の形象を通して示すことが可能になったのである。

惣どや運ず、そして先に引用した与ひょうのことばが分からなくなるつう、そのことは単なる芝居の設定ではなく、ドラマの本質にかかわっている。作者は、『木下順二作品集Ｉ』（未来社）の内田義彦との「解説対談」でこう語っている。

『夕鶴』の場合だとね、あのつうっていう女性とほかの男たちとが異質なわけなんだ。ところが最初書いた時は同質で書いてた。せりふもおんなじ調子でね。（中略）書きなおしを思いついた時に、同時に、方法としてことばをわける、つまり、つうの場合は、これは決して標準語っていうんじゃなくて、何か純粋な日本語のひとつのありかた。そして男たちの方は、日本語のある意味での共通語的形態というか——方言の要素をいれてきて、そしてどこへ行っても通じる共通の、まあ民衆的なことばっていうかな、それをつくる。この二つを表現として書き分けることによって、二つの別な世界ってものを表現できるのではないかというアイディアが浮んだ。それから、それを考えて行くなかで、もうひとつ、次元の違った世界、人間の表現としては、お互いのことばがわからなくなるという、おんなじことしゃべってるのに、ある瞬間から決定的にわからなくなるという断絶、というアイディアを考えて——（略）

木下は「アイディア」という語を用いているが、この発想は、ドラマの根本的な成立条件となった「アイディア」であった。つうに与えられた「純粋な日本語のひとつのありかた」は、つうに存在の純粋さを体現させ、現実世界のもつ俗的な欲望と対立し、その姿を映しだす鏡の役割を生み出している。

この、「つう」のもつ「純粋さ」は、民衆の俗性を昇華させた典型像あるいは理想像に連なるものでもある。十五年戦争のなかで、また敗戦直後の時期に、つぎつぎと民話劇を創作していく木下順二の意識に、民衆の保持してきた、したたかさと知恵、エネルギッシュな生活感が浮かびあがり、また、その裏返しとして民衆の現出する卑屈さ、みじめさ、自己中心性がみえてくる。その両面をおさえながら、それらの現実性にこだわらず、総合あるいは捨象して得られた形象として「つう」をイメージする創造者のはたらきがあったにちがいない。「純粋さ」——「民衆性」——「女性」の三者が不可分に結合し重層化していく、作家木下の想いを感じとるのである。

とくに、作家の女性についてのその想いは、木下の観念が規定するものではなく、彼がずっと抱き続けている情念だといってよい。あるいは「女性」に対する憧憬の思いに裏打ちされている想いといえるであろうか。もちろん、すべての女性にそれがあてはまることではなく、現実の女性にその理想のありかたを求めることはむずかしい。しかし、『夕鶴』の「つう」にこめられる憧憬は、木下の作品にあらわれる女性形象の通奏低音として貫流していると、わたしは思う。もしかすると、「つう」からよびおこされるわたし自身の想いの作者への逆投影といえるのかもしれない。

女性の示す「純粋さ」は、おそらく「単純さ」「素朴さ」のことばにおきかえられるものかとも思う。その単純であることが純粋であることを支え、それが男性にとってどうにも自分にはない「優しさ」「美しさ」を、さらにそこから一貫されてくる「正しさ」の主張が、対抗できない「靭さ」を感じさせるのであろうか。自分をかぎりなく支えてくれる人間存在といってよいのか。そうあってほしいと願うありようを女性に一方的に求めるのは男のエゴであり甘えであるといってよいかもしれないのだが。

「つう」に近い存在として、わたしが感じる木下ドラマの女性像に、『暗い火花』の「マリ」がいる。彼女は、伝承の世界からやってきた人間ではなく、昭和二十五年の日本の現実に生きている形象として描かれる。戦中旧満州の生まれ、父親知らずで生まれた彼女は、引き揚げてきた敗戦後勤めていたキャバレーで、中小企業に働く利根と知りあい、そのつてで彼の働く工場の住み込み事務員として雇われた。そのきっかけを彼女は次のように語る。

「どうして利根さん　あたしみたいなもの拾ってくれたんだろうって　三、四度遊びに来ただけの人だのに　あの日あたしはほんとに何やってたか分んないのよ　あんたと会わなかったら　あんたとばったり会う前にもし踏み切りか川でもあったら　あたしきっとふらふらっと死んじまってたかも知れないわ」

「ひょいっと眼をあけたらあんたが向うから歩いてくるんだわ　なんだか急に涙が出てきちゃって往来でしがみついて　初めてだなあ　あんな気持になったの」

その気持ちをマリはずっと持ち続け、愛のこころを利根にひたすら向けていく。

戦後の民主化と解放感を力に利根たちが工場の近代経営をめざした時の経過は、東西冷戦下の日米の急速な右傾化、占領軍の緊縮財政の実施によって、下請産業はたちまち経営困難となる。あくどい親会社、古い思想の年配者たちの手管にふりまわされ苦悩する利根の「意識」が描かれるこのドラマでは、マリの利根に対する純粋な思いが、人びとの思惑のあれこれと対比されかみあわされて、展開の流れをつくる。

そしてどうしてもいわなくてはならないのは、『暗い火花』の重要な一設定となっている「虎（牝虎）の物語」についてである。

日本の満州支配を象徴するとも思われる、壁に掛けられた剝製の虎の首に、マリは自分を同化するこころをもっている。そしてドラマの中盤に、彼女が語りはじめる大陸での伝承。わなにかかって苦しんでいる牝虎を若者が救ってやり、その後若い女が男の前に現われてくる。顔と声が利根とマリに同一の「男」と「女」によって演じられる物語。「女」のせりふに、「（独白。小さく）あたしは生まれかわったんだわ　あたしにはもう過去はないの　未来があるだけ　この人と二人でつくり上げて行く未来があるだけ」とある。そして作品の終わり近く、楽しげにハミングするマリを見ながら、利根の、虎とマリを重ね合わせるモノローグ。

　この「虎の話」は『夕鶴』の延長線上にあり、それと同質であるとわたしには考えられる。そして「虎」は「鶴」以上に男を愛そうとするのだ。『夕鶴』のつうは元の姿に戻って空を飛んで去るのだが、男に裏切られた女は再び虎になり、しかも今度は凶暴な虎になって人を噛み殺してまわり、最後に夫であった男の矢によって射殺されていく。そのとき、身動きひとつしないで……。

　木下順二は、『暗い火花』の前年に『山脈（やまなみ）』を発表しているのだが、とし子の山田へのはげしい愛を描いたあと、ここでは、マリの利根に寄せるひたむきな愛のこころを描いた。作品としては実験的な表現手法を強く意識し、一九五〇年の現実を素材としてとりあげた『暗い火花』に、「つう」「とし子」を通過して「マリ」をすえた、木下の「女性」に対する強い思いをわたしは感じとる。

　『蛙昇天』の主人公シュレの母親コロ、息子を守りぬきたい気持ちひとすじの彼女、その姿もまたそうした形象だ。

アカガエルの池に抑留されていればいるで、帰還してくればきたで、息子のありようについて政治家の兄に頼らざるをえないコロである。兄の指示でこっそりともち出したシュレの日記、それはコロの思いに反して、国会の証言台に立ったシュレを窮地に追いこむ。

シュレの自殺後、コロは、母親として、女として、そしてさらにいえば、民衆としての前向きの靭さとありようとをドラマに書きとどめていくことになる。

「あなた方が、御自分たちに都合のいい結論を引き出すための道具に引きずり廻されて、アカガエルにされたり嘘つきにされたり、散々好きなようにこづき廻され踏みにじられ放り出されてあの子は死んで行ったんです。かわいそうです、かわいそうです、あの子はあんまりかわいそうです!」

「一匹のカエルが死んでいくんだって、そこにどんなに大きな深い苦しみがあるか考えてみることもできない方がそんな……そんなに簡単に、何万も何十万もの男や女が死んで行かなければならない戦争のことを……口先だけで戦争の犠牲だとか何とか、そんなことおっしゃったって、あなた方は、あなた方はそんなことおっしゃる資格はないんです! 戦争のことなんか、あなた方何も考えてらっしゃりゃしないんです!」

「いいえ、申しますわ。何の役に立たなくたって申しますわ。戦争はいやです! 戦争はいやです! あの子がそういえと申しました。本当に、心からそう思っている者だけがこの言葉をいってもいいと申しました。」

これらのせりふは、母親「コロ」が語るからこそリアリティをもつ、とわたしには思われる。そして、「ことば」の表面だけをとらえると観念的な提示になってしまうかもしれないことばを、コロという女性形象を通すことで肉体をもった表現として具体化した、作者の、女性の存在にかける、情感的であり、倫理的でもある創造意識を考えるのである。

『山脈（やまなみ）』の「とし子」

とし子は、夫の出征後、夫の友人山田と愛しあい、疎開先の山村から山田の召集先広島に向けて、二人で出奔してしまう。設定の「時」は、敗戦も間近、昭和二十年の夏のことである。

直前に夫村上省一戦病死の報があり、また、この疎開地で同居中の姑をのこして、嫁であるとし子のとった行動である。彼女には当時の女性がおかれていた強い社会的法律的制約（刑法の姦通罪にあてはまる）がある。とし子の父（作品には何も触れられていないが、母の現存が作品からは感じられず、それだけに父娘のつながりは強かったように思われる）は、寄宿舎の生徒が交代に泊りに来て空襲などの万一に備えるというせりふから、旧制中学校か高等学校の教員であることが予想され、とすれば、彼女は、「教育知識人」の家に生育したことになる。その環境にふさわしい家庭の暮らしが娘時代にあったといえようか。また、嫁ぎ先は、姑の「たま」の言動が示すように、「家」としての格式と体面とを厳しく守る意識に支えられている。菊の紋章入りの銀盃を農民に誇示して自らの権威を保とうとするのが「たま」である。次男の家でいっしょに暮らすことなく、長男の嫁を疎開先に同行することにもその意識があらわれていよう。山田の、「長男の嫁は、一たん嫁にきた以上絶対に村上の家を守らなきゃいけないっていう……」とのことばに、とし子は、「だけどね、お母様ってかたも……考えればかわいそうなかたよ。……御自分が今まで生きて来た生き方ってものに絶対的な自信を……自信なんていう意識的なものじゃないけど……とにかく信念があるのね。……その線のこっち側では本当にわけの分ったいいかただわ。（略）……だけど一歩その外《そと》のことは、全然もう別の世界なのよ、それは」と対する。そうした会話のなかみが、嫁姑それぞれの、相手への対しかた、自己を規制するありかたを決めている。加えて、とし子自身が、軽い結核（あるいは肋膜炎か）の病いにかかっていることも、その志向をいっそう強めているだろう。

山田との愛のかかわりでいっても、とし子には外的にも内的にも抵抗感を抱かざるをえない設定がなされている。夫の存在、というより「不在」、そして「出征軍人の妻」が「靖国の妻」へとつながっていく社会的な評価、また、山田の妻子に対しての思いやりは同時に自分の〝罪悪感〟を強く意識させるものである。彼女だけを安全の疎開地においておこうとする彼の一方的な扱いと思いこみとは、とし子の山田に対する気持ちを不安定にさせる因をつくっている。そうした彼女の心の動きをいくつかのせりふでたどってみよう。

第一幕、「ねえ、きょう帰ったら……もうそれきりこないでよ。永久にあたしの前に現われないでよ」と山田にいうことばは、「あたしは今流されまいと必死になって杭《くい》につかまってるのよ。……会っちゃいけないのよ、あなたに。会えば流されちゃうのよ。いけないのよ。会っちゃいけないのよ」の表現にこめられる、うらはら両面の気持ちであり、それはさらに、「行っちゃおうかなあ、あたし……」「あなたといっしょに、いっしょの汽車で……」の方向にゆれうごく心でもある。

第二幕では、前幕の終結部ですでに提示された、東京地区大空襲による父の死、それに夫の戦病死の内報が重なって、彼女の身辺には大きな変化の渦がとりまいている。来訪を拒み、密かに手紙によってだけ結ばれている山田が、自身の召集の知らせをもってここに出現してくるのだが、それ以前に、とし子は農家の嫁きぬにこう話している。

「あてになるのは、自分がこの瞬間生きてるってことだけ。そうじゃない？……だったら、どうして自分の好きなことを、やりたいことを、そのまま正直にそう思うっていっちゃいけないのかしら？　そうしちまっちゃいけないのかしら？……どうしてこうやってじいっと身をすくめていなけりゃならないのかしら？……」

そして、召集令状がきたことを告げ、もはや死を必然としなければならない兵役、自分とのことはなかったことにしてほしいと語る山田に、

あなたはね、あんなに……この前あんなに約束しといたくせに、きょうのきょうまで東京のまん中にいて一つだって自分を安全にする方法を取ってくれなかったじゃないの。ひとのことばかりやれ安全だ健康地だって、一人で安心して喜んで……それが手前勝手だっていうのよ。あたしの気持はこれっぱっちだって察してくれようとはしないじゃないの。……さっきの……今の考え方だってそうだわ。僕はだめだ、君は安全に生きて行け。何よ、それ。そんな……

そして、

「あたし……行くわ。」

「あした、いっしょの汽車で、広島へ行くわ。」

「行ってあたし、とにかくあなたといっしょにいられる最後のぎりぎりまでいっしょにいるわ」


と、決めたこころを語る。彼女への愛の思いを述べながら必死に対峙して耐える山田、その彼が村の兵事係原山とも心をこめた対話を交わすそばにあって、そのあと、とし子は、二幕の幕切れ近く、静かにいう。


「ねえ……行かしてね、あした、いっしょに……」

「嘘をつきたくないのよ、もう……」

「あたしね、少しずつ分ってきた気がするの……今までのあたしではないものになれる自信がついてきたのよ……」


ここでは山田はもうあらがうことをしない。山田はこのとし子のはげしいこころに圧倒される。観念や論理で己を支え、外部に対応している男の自分が、女の強烈な情念と意志とに支配される。そしてその状態は山田にとって大きな強烈な喜びとなったはずだ。

とし子は、「自分でね、自分の足で歩き出すこと」にふみきろうとする。それは「女性の自立」を求めての行動をとることでもある。「女性の」と限定する必要はないかもしれない。「人間の」「自分の」の語を「自立」の上につけることが正しいとも思う。しかし、このドラマでは、あくまでも「とし子」という女性の行為であり、その選択であることを必須の条件として作品が成り立っていることを、わたしは見つめたい。前述したように、彼女は、社会的制約が決定的に強い時代に長男の嫁として姑と同居し、封建的なかかわりに支配される農村の暮らしに囲繞されて生活している。それは彼女の現実存在を抑圧する力なのだが、それが逆に、彼女の「自立」のこころを方向づけるエネルギーを噴出させることになるといえるだろう。加えて、父の死に続く夫の戦病死という「欠陥」状態がプラス・マイナス両面に自分のこころと向きあう緊張状態をつくって、結果としてとし子の背中を押す力となったと考えることもできる。

そして、それらのすべてを超える切り札は、「山田に対する愛」である。「愛」というよりも、それを失なっては自己の存立が成り立たない対象であり条件といってよい。山田との愛のかかわりが、いつ、どのようにはじまったのかはさだかではない。読者・観客がいろいろと想像することは可能だが、作品はそのことについて語らない。というより作者は、この時点でのふたりの、必死におさえなくてはならなければならないほど相手へのはげしい心の動きを描こうとしたのであって、むしろ説明などをはじきとばす「愛」の状況を求めたかったのだ、と理解したい。

その山田は、原爆死、とし子はそのヒロシマの地に遺される。それでもとし子は敗戦の日本と廃墟となった広島で生きていかねばならない。生きる存在理由の失なわれた彼女が、絶望のなかで自分の生きる存在理由を確かめる契機をどう見出すかが描かれるのが第三幕である。作者木下は、未来社刊の『作品集Ⅴ』の丸山真男との対談の中で、「書きたかったことは二幕までのところを実は書きたかったんで、そういう意味からいうと、三幕というものは、どう終結させるかということであったんではないかと推測——もおかしいが——するんだけどな」と語っているのだが、この時点でそのような「思い」があったのは確かだとしても、わたしたちが『山脈（やまなみ）』全三幕を作品として受けとめた場合、敗戦後にまでもちこされていく人間の戦中のありかた、あるいは戦中から戦後への人がどう生きるかの課題に、とし子という女性の思考と行動を描ききるという切実な創作意識をもって木下は対したのである。

疎開先だった山村の農家を数か月後に訪ねてきたとし子の思い、そしてそこでの自己認識を、作者はどう描いているのか、その歩みの基本を、三か所のせりふによってたどってみよう。

家主の松原太一・ミツから訪問を快く受け入れられず、末娘のよし江との対話で語ることば。

とし子　……でも……人間って、ぎりぎりまでくればどんなことでもやれるもんねえ。……つくづくあたし、そう思うわ。だって、とにかく死なないであたし、こうやって生きてるんですもの。

よし江　（笑って）そんな……

とし子　いいえ、本当よ。今都会じゃね、死なないで生きてくってことが、それだけで文字通り大変なことなのよ。……それにね……本当は死んじまった方がよっぽど楽なのよ。……そう思うことが毎日だわ。……

よし江　そんな……どうしてだね？

とし子　ん？（笑って）ううん、大丈夫よ。死にやしないから、あたし。……でも……本当に苦しい。二重に苦しいわ。……ただ生きてくってことだけでも眼がくらみそうだのに、こうやって一人で生きてってみたってそれがなんになるんだって……なんになるんだか、何のために生きてるんだか、どうしたらいいんだか分からなくなって、真暗になっちまう時があるのよ。……何だか泥沼の中でもがいているみたい。ちょっと気をゆるめてるとずうっと沈んで行っちまいそうになるわ。……はっとして気を引き締めてね、その度にしゃんと足を踏ん張るんだけど……またすぐのめりこみそうに……代りばんこだわ、そういうのが。……そして、ほっと顔を水から上げた瞬間に、きまってキューッと締めつけられるみたいにここが懐かしくなるのよ。……どんなに来たかったか分らないわ。……今はどんな苦しくてもあそこへ行きさえすればって……とにかく何でもあそこへ、どんな無理しても一度行って、そして静かな澄み切った空気の中で心ゆくまで思い出にひたって……そうすればきっと新しい力が湧いてきて、今のこんな気持からぬけ出すことができるんだから、って、それぱっかし毎日思い暮らしてきたのよ、この三ヵ月……ここの思い出に……いつかはここへこられるんだっていう希望につかまって、あたし生きて来たようなもんだわ。……やっととこられたのよ、少しお金が……時間のゆとりもやっと少し取れてね……やっと来てみたのよ。……（間――）けさ、汽車を降りて……あたし、歩いて登って来たのよ。……山なみがいつものようにきれいだったわ……澄み切って……急に涙があふれ出して来たわ、それを見たら。……どんどん歩いて来たのよ、夢中にね、山なみに向って。……だけど、ちっとも近づいてこないのよ、山なみが。……歩けば歩くほど向うへ行っちまうような気がするのよ。……どうしたんだろうどうしたんだろうって、あたし歩いたわ。夢中になって歩いたわ。……いつの間にかここまで来ちまったのよ。……（間――）だんだんあたし、分ってきた気がするわ。……やっぱりまだまだ甘かったのねえ、あたし。……静かねえ……澄み切ってるわ、ここの空気……

松原家の長男、兵役がえりの富吉は、自暴自棄の状態であり、周りの人間のすべてに挑みかかる。

とし子　（富吉に）ね？　ほんとに……いくらやり合ったって自分の気持がみじめになるだけだわ。分かるのよ、あたし、よく分るわあんたの気持。だけど……

富吉　何だ、われァ。

とし子　…………

富吉　偉そうな口たたきやがって、何ださっきァ。

きぬ　おめえ……

原山　おめえ……村上さん……

とし子　（同時に）どうしてあなた、ねえ、もっとまじめになれないの？　そんな、そんな、何よそんな、しょうがないじゃないの。誰だってそうなんだわ。誰だって苦しいんだわ。それを、みっともないわ。だらしないわ。いやよ！　いやよ！　弱虫！　あんたみたいにそんな……

富吉　ぬかすかって、このあま！　ひとがからだ張っていくさやってる時ァ空襲逃げ廻って好きなことやらかしときァがって、へえ食えねえとなりゃまたのめのめと乞食面《こじきづら》して……

とし子　だってあんたは生きて帰って来たんじゃないの！　戦争に行って、生き残って帰って来たんじゃないの！

原山　やい……

富吉　当りめえよ。誰が死んでたまるもんか！　生きてけえって好きなことしてえだけしにゃ引き合わねえっちゅうだわ！　畜生！　闇だろうが何だろうが……

そして、村役場の兵事係だった原山の、長い述懐の語りのあとに続く場面。

原山　（略）……そうするうち、どういうだか、おらふいっと、ああ、今頃山田さん、どうしてるだかな……（間――）その頃、山田さん、もういなかっただね……

とし子　……（突然激しく泣く。こらえていた堰《せき》が切れたように）

間――

原山　だんだんとそれから、山田さんの言葉をかんげえてるだ。人間が働いて、働き甲斐のある社会……悩んで、努力して、その悩む、努力する価値のある農村……言葉は忘れただが、いってただなあ、あの、応召の晩、ここで……。おらも、もうそろそろ戦争ぼけもなおっていい頃だし……まあ、おらァ、戦争中あれだけやりまくったこんだ、もうへえ役場もひいて、一介《いっかい》の土百姓としてこの土地に骨をうずめる気だが……まあ何だわ、百姓をしながら、またこつこつとやって行くだわ。……おらまだ民主主義が何やらもよくは知らねえだが……おらァこれで昔っから本読むのは好きだでな、読んだり働《はたれ》えたり、いろいろとかんげえてくうちにァ、百姓なりにやるべき仕事も分ってくるずらよ。……まあ何せ、やっぱぽつぽつとやってかにゃいけねえだ。

とし子　……あたしもね……今のあたしにいえることは……これだけは嘘でないっていえることは……とにかく何もかも棄てて一人の人を愛することができたってことですわ。そのためにこうして一人ぽっちになってしまって……とてもそれは悲しいことなんですけど……だけど、そのことはとっても強い自信——っていうか……力になるんですわ、今のあたしに。

原山　うむ……

とし子　だけど……きょうここに来て……何てんでしょう……本当につくづくあたしはなんにも持ってなかった……自分自身は何も持ってないのに、ただ夢だけを追っかけてたんですわ。……ほんとにあたし、しっかりしなきゃ……いえ、しっかりできるはずだって、改めてそう思いましたわ。……きょうまで息も切れそうにして生きて来たことが無駄ではなかったんだって思えてきましたわ。……ここに来て、やっぱり本当に来てよかったと思いますわ。

原山　……（うなずく。——やがて）石に噛《かじ》りついても、って、なあ、山田さんいってたっけ。

とし子　……（深くうなずく）

とし子の、これらのことばの内容、そこに動く気持ち、意識については、それ以上補足説明することはないだろう。わたしは、そのままを素直にうけとめるだけだ。

原山作太との対話から、とし子は、山田のライフワークとしていた農村の実態調査のことを想起する。戦中時、山田の助手的な仕事、そして彼への「愛」のあかしとして、見聞した事項を誌してきたノート（二幕ですでに五冊になったということが語られている。この幕では、山田の思い出・形見、山田そのものの存在としての意味をこめてであろうが、リュックに入れてきていた）をとり出して、「隠居家」についての説明を書き加える。その行為は、ここでは、もう、とし子自身のものとなっているといってよい。山田の志向と願望とを自らの欲求として受け継ごうとする営みである。とし子が自分自身の頭と手とを使って生きていこうとする出発だと思う。

三幕におけるとし子の心の動きは、あくまでもとし子という形象に付与されたものであるが、それは当然作者自身の想いに重なり、わたしの内部に、その両者を否応なく交錯させるはたらきを生み出す。それは、「戦中」「戦後」を日本のふつうの人間として真正面に受けとめようとする、木下順二の精神であり、さらに、彼の「女性」の実存と強靱さに対する願望志向があったようにも感じるのである。

『山脈（やまなみ）』のドラマでは、とし子の存在、意識、行動は大きな位置を占めて描かれている。しかし、作品ではその他に六人の女性が登場してとし子をとり囲み、彼女のありかたと対照され反射しあって展開していることが理解される。既述したように「家」の格と体面とを重んじる姑の村上たま、疎開先の農家松原家では、年を経るとともに家の実権を手中に入れていくように思えるミツ、富吉の嫁だが彼より年上で結婚前に子をはらんだことを指弾され、家庭内奴婢のように扱われるきぬ、家の娘としてある意味での奔放さ、わがままをいまだけは保持しているよし江、この四人が自分としてのそれぞれの立場からとし子に対応して場面の土台的な状況をつくり、かかわりを通してとし子の意識と行動とに影響を及ぼしつつ、ドラマを支え、動かしていく。

さらに、場面には登場してこないのだが、たまの次男裕二の妻恵子と、山田の妻かつ子の存在も見落とすことはできない。

二幕、兄省一の死の知らせを受けて、山村のこの家を訪ねてきた裕二に、恵子は同行してこない。「何しろ熱海《あたみ》のおふくろがね、恵子の、どうしても会えるうちに一ぺん会っときたいって前からうるさいもんだから……」がその理由だ。二人の家の留守番にたのんだ会社の若い者に「台所のあの下の戸棚ね、あそこの物は何でも食べていいいって、上にもお砂糖やなんかあるけど、これには手をつけちゃいけませんって、こいつは恵子が命令してた（笑う）」と裕二が報告し、たまが、「のんきね、二人とも」と交わす対話から、軍需産業勤めの余禄もあって戦中でもけっこうな暮らしが可能な小ブルジョア的な生活が想像される表現だ。とし子の出奔後に呼び出されて敗戦後までこの家で姑のたまと同居した恵子は、三幕でミツの語るところによれば、「あのおんな衆《しゅ》がまた通し歌ったり笑ったり、おっそろしい賑《にぎ》やけえ嫁殿だった」ということで、恵子の行動あるいは性格がそこからはっきりと示されていよう。次男の妻ということもあろうが、とし子とは対照的な特徴をもった女性として設定されている。

山田の妻かつ子は、山田ととし子との会話のなかで登場するのだが、彼女には、村上恵子とまた対極的な位置付けが与えられているように思える。一幕での山田のとらえかたによれば、「かつ子ってのも……とにかく純粋なことは実に純粋なんだよ。田舎者でね……」といわれ、「あいつの、何ていうか……そりゃね、いいつけたことは実に忠実にやるよ。統計を写しとけっていえばちゃんと写すよ。ねえ、写すんだよ。一所懸命。……だけどそれだけなんだ。そのことが、その写すってことが一体二人の、僕とかつ子との間にどういう意味を持ってるかってことはまるで分らないんだ。そいで、その分らないってことがどんなに淋《さび》しいことかってことが……」と語られる。二幕、とし子の許にやってきた山田の言では、かつ子と別れる準備行動として、一週間ほど前に彼女を郷里に帰していたという。もちろん、かつ子は、山田ととし子とのかかわりについては何も知らない。召集令状を受けて、東京に呼びよせ、ここに来る前に三十分ほど会ったときにも、それは話されることはなかった。

恵子、かつ子の二人は、舞台に登場する四人にくらべれば、ドラマにおける比重は軽いかもしれない。しかし、彼女たちを加えた「六人の女」それぞれの形象は、そのまんなかにおかれたとし子の意識と行動を前面に押し出すための作者木下の設定である。作品が描いた時代（それは今でもあてはまる）の、女性の多様なありかたを配置したものだといってよい。「女性」であることに重なって普遍的な「民衆」の多様な存在の様相がそこから透視されてくる。

『山脈（やまなみ）』におけるとし子は、自分の思いをはっきりと主張して男に向きあい、そのことによって男を行動にふみきらせる女だといえる。その表現は、理性的というよりもそれを内に抱いた情念の湧出である。山田もとし子への愛の心を強烈にもっている。しかし、彼はその感情を当為の理性的な判断と拮抗させる。確かにそれは苦悩であり、葛藤であるのだが、自分の世界にだけ属する思考であり、相手の女をともにつつみこみ、ゆりうごかすものではない。知性のはたらきをもって行動を正当化しようとする意識がそこに動く。全ての者というわけではないが、「男」、しかも教養のある男性に共通する志向だといえようか。しかし自律性をもった「女性」は、そしてとし子は、その壁を一挙にのりこえるエネルギーをもっている。男に行動を選択させてしまうヴァイタリティを示す。その点で男は女に対抗できず、また、その魅力あるいは魔力に喜んで屈伏するときがある。

それに関して考えるのは、『風浪』の主人公は男であったのに、『山脈（やまなみ）』ではどうして女性がドラマの軸にすわったのか――山田が主人公だという意見も決して否定するものではない――ということがある。しかも、第三幕で、自立の生を彼女の課題として背負わせたのはなぜか――これも、「女」「男」にこだわらない日本人あるいはひと一般の表現という考えを否定しない――という点もある。その理由について、深入りすることはしないが、右に簡単に触れた「男」と「女」のありよう、そのことの木下の受けとめが発想の土台にあったとの思いをどうしてもわたしは抱く。明治維新の激動の中での生きかたの選択という課題をとりあげた『風浪』と、戦中のひととしての暮らしを描く『山脈（やまなみ）』、それらに作者自身を内在させた佐山健次と、民衆の生きかたを投影させた村上とし子という、「男」「女」の形象をそれぞれ設定したことは当然のように考えられる。

それこそ「男」である私の論理かもしれないが、二幕までのとし子は、女としての対他的なかかわりにおいて自らのありようを規制し（制約され）、その圧力によって自分の思いを凝縮し、そして爆発させていく。そしてそれらの制約や山田の存在がとりはらわれた第三幕において、彼女は今度は対自的に現実と対峙していくことになる。仮定のイメージとしていえば、もし山田が戦争を生き延びていたら、その後彼女は何を意識し、どう行動したかをしきりと想像する。

三幕、すべてがゼロになった絶望状態から自らの力で再生していく強さ、その出発のありようは、「女」であることとかかわっている、とわたしは思う。ドラマの終結が、縁側に引っくりかえって寝る富吉の姿を、とし子がじっと見つめることで果たされているのを、とし子自身そして作者の創造的意識そして戦後の出発のスタンスとして受けとめたいと、その半世紀後に存在しているわたしは、自分のいまの問題として考えるのだ。

『山脈（やまなみ）』の十年後、一九五九年に発表、上演された『東の国にて』の加代は、作品に登場する男たちにとってはとりわけそうだが、読者・観客であるわたしにとっても魅力的な女性形象として印象づけられた。この作品については別稿で独自にとりあげているので、加代についてだけにしぼって誌しておきたい。

幕末、蘭学塾で学ぶ農民出身の刈谷直記は、そこで女中をしていた加代と知りあう。その後、結婚した妻の力により堂上家の出入り医師ともなって優雅な暮らしに入った直記は、自分の家に奉公にやってきた加代と思わぬ再会、青春時代のあの雰囲気、南の島開発への夢がよみがえる。彼は家も仕事も捨て、加代と同棲し、「夢」の実現に自分を賭けることになる。小笠原島開拓、鉄道建設への上申書提出と実現への努力——方針は政府に吸い上げられてしまい、直記には破滅の道しか与えられなかった――がそれである。
第二景での夫婦の対話。

加代　（行燈に灯を入れる）
直記　（やがて）何をずっと考えておったのだ？　お前は。
加代　あなたは何を考えていらっしゃったの？
直記　おれか？　――こういうことになってしまったのは、一体何なのだということをさ。
加代　わたしは――もしこんなふうにならなかったらということをよ。――島だとか鉄路線だとか、そういうものにあなたがもしとりつかれたりなさらなかったら――
直記　しかしそんなことを今さら考えても――うん、もしとりつかれたりしていなかったら？
加代　さぞ楽だったろうということ、今頃は毎日が。
直記　平凡な毎日さ。（略）
加代　その穏やかな毎日を破って、あなたをこんなふうにさせてしまったのはあたしだったんだわ。
直記　ばかなことをいうんじゃない。おれをこういうふうにしたのはおれ自身だよ。それから時代だよ。（略）

直記が加代にどうして惹かれたのかはわからない。蘭学塾時代、加代が直記に好意を寄せたにしても、「なにしろ、書生と小娘の、罪のないつきあいだったな、あの頃は」「本当に」ということであったろうし、医者になったあとの再会では、「わたし、驚いたわ、しばらくの間にこうも変るものかって」「おれも驚いたよ。あんまりお前が変っておったので」というせりふもある。

加代とともに直記が家を出るという行動——この稿で先に述べた『山脈（やまなみ）』のとし子がとった出奔を否応なく想起するのだが——の契機は、加代そのものの存在というよりも、加代がもちこんだ、蘭学塾、青春の希望への回帰だったといえるだろう。塾時代の回想、直記が加代に無人島の話を語ったせりふはこうだ。（別稿でも引用したが、このくだりの部分をここでもあげておきたい。）

直記　（略）——加代、無人島の話をしてやろうか？
加代　無人島？
直記　伊豆から辰巳へ向けて五百海里だ。幾日かかるのかそれは知らん。三宅島を越して新島を越してみくら島を越して、黒瀬川という黒潮の大潮流を乗っ切って八丈島を横に見て、まだあと南へ三百六十海里を突っ走ると、そこにはもう冬がない。秋もなければ春もない。あるものは一年中緑欝色にひろがる夏の海と、それを踏んまえて天空一ぱいに立ちはだかる蒸れるような大気だけだ。するとやがて、真青な天へ向って立ちのぼる太いもやの柱が何本も、水平線の彼方に見えてくる。——思っただけでもわくわくするじゃないか。
加代　それはなに？
直記　島だよ。島々に近づいたしるしなのだ。
加代　島々に？

直記　島々の低い湿地に密生する野芭蕉とびろう樹の重なりあった葉末から、一面に天へあがって行く濃い乳色のもやなのだそれは。そして島々の高みへあがると、そこには一斉射撃の弾道のような椰子の木の林が、大理石のように輝く空へ向けてどこまでも伸びきっておる。そしてその密林の中にはいると、びっしりとからまりついているつたかずらや下草のあいだへ、低地から匍いのぼってきたあのもやがじっと動かないで、そこには真昼でも乳色の闇が立ちこめておる。するとその乳色の闇の底に銀や錫や硫黄や硅石の鉱脈が、至るところに肌を地表にあらわして、にぶく光ってみえておるのだ。

加代　まるでご自分で見ていらっしゃったようね。

直記　そうだよ。おれはもう自分で行って見てきたような気がする。行きたい、おれはあの島へ。

加代　（叫ぶように）行けばいいじゃないの。行けばいいじゃないの。行きたいなら行けばいいじゃないの。行けないのなら行けるようにご自分でなされればいいじゃないの。

加代との対話に示された内容。そしてとりわけ、加代の「叫ぶように」のはげしいせりふにこめられた誘いがある。加代のこうした魅力は直記をとらえ、呪縛し、新生活にスタートをきらせる強大な牽引力となる。

木下に近い人間のひとり、劇作家福田善之は、「魔女」ということばを用いている。

「みんな私がいけなかったんだわ」と加代がいうのはほんとだ。加代は直記にそっと寄りそい、直記の夢を掘り起こしかきたて、その実現に向わせようとする。すなわち結果としてはひきずりひんまわすことであって、たとえば直記の親兄弟の眼から見れば、悪女、魔女。一番怖いのがこういう女にちがいない。彼女はそっと寄りそっているつもりなのだから。

『東の国にて』のドラマにおける、「魔女」としての加代のはたらきは、刈谷直記にとどまらない。未来への希望を抱いて日本にやってきた鉄道技師クリスティの心をもとらえる。彼自身のことばを借りよう。

「ぼくが日本にきてから日曜ごとに一度も欠かしたことのない日本探検の、それはおそい帰り道だった。（略）――すると、その宵やみの中にぽっとあそこらへんに、ある世界が浮んでいたんだ。ぼおっとアンドンがともっていてね。――ウメの花の香りが薄くただよっていた。――そうしてそこに、何かがいたんだよ。――そうだ、あれはウメの花の精だったかもしれないな。」

「アンドンの不透明な光がそのまわりにほんのりとつくりだしている真珠色の世界の中に、きわめて優美ななにものかがいたんだ。――ウメの花の香りがただよっている中に。――そおっとぼくは近づいてのぞき見をした。――日本の女性の小さな白い素足はまるで独立の生命を持ったかわいい生きものだというのがぼくの持論だったんだが、その時ぼくは、日本の女性の耳たぶも大変愛らしいということを発見したね。」

加代のために、機関車の火で家を焼かれた直記の家の補償問題にタッチし、その次元をも超えて、「小笠原開発」にまで直記・加代の立場に立つ活動に入りこんでいくクリスティは、当然、役所と対立し辞職、帰国への道をたどらざるをえない。

加代の影響は、さらに日本の若者河原信吾へと及んでいく。明治を迎え、英語塾で学んだ河原は、クリスティの通訳の任を経験することによって、直記夫婦とかかわることになり、第六景で、自由民権運動に参加していく決意を固める。

この景の幕ぎれ近く、その河原に対して、加代は語る。

加代　わたしはこれからも、わたしたちの上に、重い重い毎日が続いてゆくような気がするの。いつも濃いもやが立ちこめて、キラキラと輝く島々は、ただその濃いもやの向うにあるらしいということを感じるだけの毎日が。けれどわたしたちはその重い重い毎日を背おいながら、何とか生きて、歩いていかなければならない。――わたしはそういう気がするわ。あなたやクリスティさんと最初にお会いした日からきょうまでをふりかえってみて、わたし、そういう気がしますわ。大変に強く。

河原　（深く頭を下げて礼をし、暗やみの中へ去る）

加代　（じっと河原の去ったほうをみつめる）

ドラマ『東の国にて』の、最後の最後におかれた、加代のせりふはこうだ。

（目の前に河原がある如く）本当に一所懸命やって下さいね。それはきっと——あの小笠原島へ渡ろうとして島流しになった人と同じように——重い重い苦しい毎日にちがいないのだけれど——どうぞ一所懸命にやって下さいね——本当に一所懸命にね。

『山脈』のとし子、『東の国にて』の加代の形象は、わたしにもうひとりの女性の設定へと導いていく。『オットーと呼ばれる日本人』に登場する。「宋夫人《スン》」である。彼女はアグネス・スメドレーを下敷にしたアメリカ人だが、作者はドラマにおいて、彼女と「オットー」との強い愛を土台にした二人のかかわりの姿を描いていく。

「オットー」が国際諜報活動に参加していく主因は「ジョンスン」の存在にあることは確かであるけれども、この「宋夫人」もまた大きな位置を占めていることは否定すべくもない。それは歴史的事実ではなく、あくまでも作品としての設定であり、作者木下順二の抱く欲求によって創造されたものである。

「とし子」「加代」「宋夫人」は、「山田」「直記（クリスティ・河原）」「オットー」を惹きつける。それだけでなく、危険と挫折そして死とが待ちうけている行動を彼らに選択させる。その契機を用意していく。

もちろん、男たちがそうした選択をするのは、時代とともに自分の内に生まれる願望であり、使命感である。未来へ向けて、社会の進歩にかかわっていきたいとの欲求が彼らを動かしているのはいうまでもない。「宋夫人」がいなくとも、「オットー」は「ジョンスン」とともに歩むコースをとったかもしれないのだ。しかし、木下順二のドラマでは、男たちの脇に彼女らを配し、彼らに深くかかわらせ、彼らを前方に動かしていく力を発揮させている。それは作者のドラマ発想にとって決定的な要素であるとともに、木下順二という人間の内にあって自分を存立させる不可欠な「情念」だといえるのではなかろうか。

「とし子」「加代」「宋夫人」は「山田」「直記」「オットー」を愛している。しかし単に相手に愛を注ぐのではなく、彼女たちは「自分の愛」への強い自覚をもっている。相手の示す情熱と生きかたを受けとめ、そこへの共感を豊かに抱きながら、自分としての「自存」「自立」の認識を守り育てている。ある意味では男と対峙しつつ愛を寄せる相手との共存を求めていることに注目したい。そういう主体的な力をもつ女性として形象化されている。

そうした女性たちだからこそ、男たちは彼女たちに心を奪われ、彼女たちに誘導されて、自分の行動を決断する。彼本人にとってはあくまでも自身の意志であり、そのことをまったく疑うこともないのだが、事実は、彼女の心の内の要求を増幅して受け入れ、現実の歩みをたどっていく。福田善之がいう「魔女」はまさに適切な表現であり、それはシェイクスピア『マクベス』の主人公が魔女のことばに導かれて破滅の歩みに突きすすむことの、木下順二としての日本現代劇への適応である。それは、手法にとどまらない、ドラマとの本質的なかかわりであり、そして、木下の「女性」に対する一つの情念的認識の発露であるといってよいだろう。それは、ここにあげた女性形象だけでなく、その他の作品に登場する女性たちにも共通して見出せるものではないか。

『沖縄』の「波平秀」

この作品の主軸となっている「秀」という女性像は、元日本兵山野を殺し、自らも崖から身を投じる道筋をひたすらにたどっていくがゆえに、一見とらえやすい形象のように感じられるのだが、作品を読んでいくにしたがって、なかなかに実態を把握しにくい人物である。彼女が持ち続け求めている意識のなかみを、わたしたちは作品を読みこみながら理解していかなくてはならない。想像し、反芻し、思考していかなければいけない。それは当然、作者木下の『沖縄』に賭ける現実意識・創造意識と切りはなしがたく結びついているのだから、読者は、「秀」――「木下順二」の相関から放射される作者の認識を否応なく感得する営みが要求される。そのことはどの木下作品であっても同じようなことがいえるわけだが、この『沖縄』では、とりわけその作業が不可欠になる。

それはなによりも「オキナワ」（しかも日本本土復帰の可能性がまったくみえなかった一九六〇年ごろ）がドラマの素材であり内容であり課題になっていくからだ。それを背負う重さを、作者は、さまざまなところで語る。木下順二は、日本近代史における「三つの原罪」と藤島宇内が挙げる「朝鮮人・部落・沖縄」の問題を自分も全面的に受けとめ、中国侵略・朝鮮植民地統治をその罪に加える。しかも「沖縄」についていえば、多くの沖縄民間人の、虐殺されたといってよい死——原爆や東京大空襲と同一といってよいのだが——は、日米の戦場となったことでの二重に残酷な現実であることを意識しなければならないし、その後のアメリカ軍占領統治の実態からも目をそらすことはできない。

そしてさらに、〈沖縄は沖縄がこれまで一度も自立し得なかったことに対する責任を負うこと、本土は本土が沖縄に対して犯した罪の責任を背負うこと。——双方の自己変革とその結果としての自立がなければ真の結びつきは生まれえないこと、それこそが沖縄の祖国復帰の最も本質的な根本的な問題なのだ〉という認識を、作品成立の一九六三年（沖縄が日本に返還される一九七二年までにはそれから十年の年月が必要だった）に木下順二は強く持ち、作品中の喜屋武という青年にそれを荷わせようとしたことを、わたしたちは理解しておかねばならない。木下は、江戸時代の薩摩藩支配時から現在まで（作品としては、「当時まで」といわなくてはならないが）のオキナワの歴史と課題とを『沖縄』の土台にすえていた。

作品が発表されてから施政権の日本返還までの十年、日本復帰後の三十余年が経過したが、沖縄も本土も、資本主義社会の発展、世界の政治情勢の変質はあっても、当時と状況は全くといってよいほど変わっていない。「観光地」の面が強調されて日本人の意識に入りこんでいることだけはいえるかもしれないけれども、広大な米軍基地の存在はそのままに置かれている。沖縄を訪ねる人はその実態に触れて認識を新たにするだろうが、そうであってほしいし、そのことを通して日本と世界の現実を考える契機にする必要があると思う。作者のドラマ表現を超えて、現実の課題は、わたしたち自身に対してさらに厳しくすえられていることが、作品の受けとめをより困難にしていることをかみしめなくてはならない。作品『沖縄』に触れるものは、おのれへのその問いかけを避けることはできない。そして、「秀」の存在は、木下のその思想と不可分にからみあいながらドラマを進展させていくのである。

『沖縄』は、「沖縄本島から西南数百キロの小さな島で敗戦から十五年目の夏に――」の場所・時間が指定されてはじまる。それは、きわめて具体的であると同時に、きわめて象徴的な設定であるようにも思われる。

沖縄本島からはるか離れた、おそらく八重山諸島にふくまれるであろう小島（宮古や石垣といった大きな島ではない、周囲二十キロの島とせりふにある）、それは日本本土からとらえた沖縄全体の位置に、沖縄本島から対称される位置付けだ。伝統的風習と人びととのつながりが日常の暮らしにまだ色濃く遺されている地でもある。しかしかつては、日本の製糖会社に支配され、戦中に軍の飛行場が建設されたことによってアメリカ軍の激しい爆撃にさらされた島となった。そのことは「オキナワ」の類型そのものであり、また縮小版であるといえようか。そして現在、アメリカ軍通信基地の設置、本土の製糖会社の再進出の可能性のプランが示されてくる。そのスタンスから、逆に、「オキナワ」↓「日本」がとらえられている。

「敗戦後十五年」といえば一九六〇年、あの「安保闘争」が展開した時であり、「強行採決」からの激しいデモは「自然成立」によって収束、急激に沈静化をみた「夏」の状況と重なる設定である。作者はそのことについて直接触れていないのだが、その時点に作品内容をすえて出発していることを読者のわれわれはどうしても考えないわけにはいかない。

まず、そのこととかかわって、「波平秀」について語り出していこう。

彼女は、この小島の出身であり、戦中に「女子師範」の生徒として本島に留学した。戦後、小学校の教員もしたようだが、十五年間この故郷に一度も帰島することはなかった。それはどうしてなのか、そしていまなぜ帰ってきたのだろうか。

山野　（略）（喜屋武に）この人はおれと逆だ、最近島に帰ってきたですよ。突然にね。（秀へ）あんた、戦争が負けてから十何年、初めて戻ってきたちゅうんでしょう？　どこで何をしとったんだか、ツカサの婆さまもおっかさんも知らねえらしいじゃないですか。――何であんた、ずうっと生れ故郷のこの島へ帰ってこんかったんですね？

喜屋武　（秀を見つめる）

秀　（喜屋武を見つめる）――それは――あることを思いつめていたから――

喜屋武　なぜ帰ってきたんですか？

秀　（喜屋武を見つめたままで）――そのことが、空しいように思えてきたから――

喜屋武　空しいように？

(山野は元日本兵。沖縄戦で米軍の捕虜となったとき、沖縄人であることにすれば有利と考え、以前飛行場建設にたずさわっていたことからこの島出身と申告し、送り返されてきた。土地の女と結婚しているが、ここでは他所者。日本資本進出の報を得たことで、その実現で自分の勢力の確立を計ろうとする人物。喜屋武《きやん》は島の区長の息子で、本島の大学から夏休みで帰省。沖縄解放・基地反対の運動者である。)

このくだりのせりふで秀のいう「あることを思いつめていた」、「そのことが、空しいように思えてきた」のなかみが何かをさぐっていかなくてはならない。そして、「喜屋武を見つめる」秀の意識も確かめることが必要だ。手がかりのひとつがまず示されるのは、この一幕二場の終わりの部分、次の対話にある。

秀　あたしもあなたと同じように、現在と未来とで胸を一杯にふくらませて暮らしてきたんだわ。この十何年をひといきに。
喜屋武　(待っているが)——それで?
秀　時代も新しい未来へ向ってどんどんと動いていたもの。——あっちこっちで起った土地闘争、沖縄全体が島ぐるみ「怒りの島」に燃え上がったとよく新聞に書かれた頃、戦車の前にすわりこむ農民の写真があっちこっちで見られた頃、そうして沸きたつようなみんなの気持の盛り上りが、とうとう那覇に「赤い市長」を出現させてしまった頃——

喜屋武（待っているが）――そうですか。空しいというのはそういうことですね？　事態は急速に変ってきてしまった。米軍の高等弁務官は更迭されて、今までと逆のものわかりのいいおじさんがやってきた。通貨はドルに切り替えられて、これはアメリカの占領が永久的、少なくとも半永久的であることをはっきりと示した。新聞の論調もそれに応じて、微妙に明瞭に変ってきた。基地に依存する生活がいくらいやでも、それが現実なんだから現実をはっきりと認識して、その上で少しでも生活をよくするように努力しようじゃないか、というふうに。――空しいですよ。今の那覇の街など、空しい繁栄で一杯です。空しい充実そのものです。――しかし、どうして島へ戻ってきたんですか？

「あること（そのこと）」と「空しい」という内容がいくらか見えてくる。そして、喜屋武が語る「空しい繁栄」へ向けてアメリカのとった施策は、すでに前場、彼の友人玉城《たまぐすく》のせりふのなかに説明されていた。

――ついきのうまで盛んだった装甲車の前の坐りこみ、「島ぐるみの土地闘争」、「怒りの島」の沖縄というやつは、あっというまに昔話になっちまったんだよ。沖縄におけるすべての権利は、土地を死守することによって守り通せる。そういう素朴な信念から、装甲車の前に坐りこむ農民たちを、装甲車で海の中へ追い落すことが、世界の世論に気兼ねしなければならんということになってくると、アメリカさんが次に打つ手は、そういう素朴な信念を裏付けとる現実のほうを変えることだ。取り上げた土地の代金、ちゃんと払います。土地を離れた農民諸君は、基地でどうぞ働きなさい。商売しなさい。アメリカ相手の貸付住宅たてなさい。そのうえ、通貨をドルに切りかえたから、アメリカ資本の会社はふえる。ドルを通して日本本土の資本もはいる。沖縄資本といっしょになって、あっというまに大きな製糖会社はいくつもできる。どうかそこらに雇われて、賃上げ闘争、労働時間の短縮闘争、砂糖キビの目方をへらすな、どうぞ、何でも大いにさわぎなさい。それならば構いません。そして――

喜屋武と玉城には、アメリカの支配と沖縄の現状とがかなり冷静にとらえられている。そのことは、作者木下の認識がそこに具体化されていることである。「安保闘争」以降の日本社会の変質がその土台に裏打ちされ反映されているのは当然だ。だが、作者の形象する「秀」は、もっと情念的な対しかたでその現実とかかわろうとしている。一幕二場の最後のせりふはこうだ。

遠い別世界からのような砲声――
アメリカ兵の日本語が、かすめるように中空を舞う。

秀　（やわらかく喜屋武を抱く）あたしはあなたがやりたかったに違いないことをやってきただけよ。――それをやって行こうとしているだけよ。――たぶん今夜のうちに、あたしはそれをやってしまうんだわ。そのことをするために、あたしはきょうまで生きてこられたんだわ、きっと。――

それが何なのかはまだあたしに分らないけれど、今夜あたしはそれをしなければならない。あたしにとってとり返せないことを、どうしてもとり返すために。――（強い抱擁）

秀のこのことばによって、そのなかから感じとれてくるものと、さらに彼女のこころの内にはいっていかなければ理解できないものとの、両者が生まれてくる。秀が「あなた」と呼んでいる対称は「南風原《はえばる》」である。この場の冒頭、戦中彼女が恋心を抱いていた男子部の学生。後に本島南部の激戦地島尻で日本兵に斬られて死んだという南風原の存在が浮かんでくる。秀にとって、その彼のイメージは、現前の喜屋武と重なっていく。

右に引用した秀のせりふをくりかえすが、「あたしはあなたがやりたかったに違いないことをやってきただけよ」――（あなたがやりたかったことに違いない）に寄せる秀の具体的な思い、（やってきた）は何をやってきたのかについては少しわかった気がする。

「たぶん今夜のうちに、あたしはそれをやってしまうんだわ」「それが何なのかはまだわたしに分らないけれど、今夜あたしはそれをしなくてはならない」――（やってしまう）（しなければならない）「それ」とは何か。（分らない）といいながらの「今夜」という予測はどうして生まれてくるのか。「あたしにとってとり返せないことをどうしてもとり返す」――この内容はいったい何だといえるのか、当然、「それ」とかかわっているのだが。

ということがらは、まちがいなく「秀」の意識と行動の基本となるものだと言えよう。ということは、ドラマ『沖縄』の中核にすわる問題点である。

第二幕は「夜、深い森の中の広場」での祭、この地に伝承されてきた、「神」を中心として群舞・歌謡が延々と続けられる。そのなかで、現在ただいまの出来事、近未来の確かな可能性であるアメリカ軍の基地建設の話、本土資本の進出の件などが、村人のあいだで交錯して語られ、人びとにあれこれの思惑がつくられていく。

秀とこの島とのかかわりが次第に前面に出てくる。「それ」の内容が秀のはげしい心の動きとともに少しずつわたしたちに手渡される。出発点となるのは、前幕で、次の山野のせりふによって準備されたものである。

「あんた、いま妙なことといったね。あんたの心の鳴り寄せだって?――あんた、やっぱりそういうことができるんだね?」

「あんた、この島のツカサの婆さまの、何だ? めいですって? ツカサの婆さまの後継ぎだってな?」

山野は、秀と自分とのつながりを強め、今晩の祭で彼女を次のツカサにすえることで、日本資本の進出にともなう自分の勢力強化を画策しはじめる。

巫女の頭である「ツカサ」の問題に関わって、秀がこの島に敗戦後十五年帰ってこなかった、そしていま帰ってきた理由の一つがあると推察できる。

彼女は自分がツカサの婆さまの後継ぎとして周りから目されていることを知っている。それを拒否する強い思いとともに、その伝統を受け入れる要素も心のどこかにかすかに存在していたかもしれない。そしてそれ以上に、過去からひきずり続けてきた葛藤を秀は抱えこんでいたのだ。

ツカサの儀式が始まる時刻がやってくる。

盛りあがるような踊り——
それが急速に暗やみに呑まれて行き、唄だけが残っている。
やがて、とどろきわたる太鼓の音——
唄がぴたりととまる。
老女の姿が浮びあがる。彼女はイノリゴトをしている。
いつのまにか、白衣の女たちが、秀を囲んで、イノリゴトをとなえながらぐるぐると廻っている。
月光は白くかがやき、その中で彼女たちの踊りは次第に律動的になって行く。

（略）

秀、何度か踊りの輪から逃れようとしては皆に押さえられる。秀の抵抗は、踊りが高潮し、老女のイノリゴトが強まるにつれて激しくなる。

秀　（あえぐ）あたしは、あたしは、あんたたちの思っている人とは違う、あたしは！

彼女は再び輪の中に押し戻される。——抵抗。——最後に彼女は絶叫する。

秀　あたしのからだはきよくもなんともない！　あたしのからだは何度もけがされた！　日本兵からも、アメリカ兵からも、何度も何度も！

混乱――

（略）

混乱の中を秀の声がつらぬく。

秀　南風原さん！

秀は人々の囲みを脱出する。そして逃げる。――月光の中に、喜屋武が立っている。――喜屋武は秀を抱きとめる。

秀　（喜屋武の腕の中で）ああ――南風原さん！――

喜屋武　え？　（秀はぐったりと彼の腕の中に倒れている）

秀は沖縄戦のさなか、日本軍人から差別と暴行を受け、こもった洞窟で米軍の火炎放射、ぎっしりつみ重なった死体のにおいと這いまわる蛆虫のなかで生きてきた。そして戦後もアメリカ兵によってからだを汚された体験をもつ。ツカサになりうる女は、清い処女でなければならないとされている。秀の絶叫、混乱を経て、彼女がずっと生きてくることを支えた力に「南風原」の存在があったことを、わたしたちに鋭く想起させる。「あなたが生きとった時は一度もあなたとことばを交わしたことのな」く、「初めて向いあって、それきり別れてしまった」南風原、「黒砂糖のかたまりを雑のうから取り出してあたしの手に握らせてくれ」た彼は、「島尻で日本兵に斬られて死んだというわさ」をのこしたまま、秀の心に生きている。南風原が望んだであろうことを、日本兵に殺された恨みに重ねて、秀はここまで沖縄の地に生きてきたのである。

二幕の最後は、秀の、次のせりふで終わる。

（半ば醒めない意識の中で喜屋武の顔をじっと見つめる。――彼から離れてうつろな眼で誰かを探す。――山野の顔が彼女の視野の中にはいる。突然彼女は山野を指して叫ぶ）ああ、この人、この人が――（喜屋武の顔に彼女の視線が行く。喜屋武を指して）この人を殺したんです！　この人がこの人を殺したんです！　この人がこの人を殺したんです！

山野が南風原を殺したというのは、秀のその時の直感である。ツカサ的な能力をもつと思われる彼女の透視である。のちの三幕で山野は、スパイ行為をしたとの命令で学生を斬り殺したことを確かに告白する。それが現実に南風原かどうかはわからないが、秀にとってははっきりと重なりあうものである。

秀が心に生き続けさせている南風原のイメージ、しなくてはならない「それ」は南風原への思いとかかわっており、彼と重なる喜屋武の現存在につながっている。一幕二場終わりでの秀のことばは先にあげたが、それにつながるせりふは処々に現われる。そのうちから一つだけをあげる。

喜屋武　（略）――あんたは今夜、どうしてもそれをするんですね？
秀　どうしてもあたしはしなければならない。それが何なのかは、まだあたしに分らないけれど。――あたしをしっかりと見ていて。それをあたしにさせるのはあなたなんだから。
喜屋武　しっかりと見ていますよ。あんたがやること、それはきっと、おれがやろうとしてどうしてもやれないことなんだという気がする。（抱擁）――（略）

「それ」のなかにこめられているものとして、殺された南風原の恨みをはらすこと、彼が生きていれば願ったであろう、屈辱的な日本への従属、（それにひき続くアメリカの支配）から自立する沖縄の姿があることを充分理解できる。そしてそれに加えて、「今夜」つまり年一度の島の祭り、ツカサの儀式のはじまる夜に、「それをしなくてはならない」と秀は思う。彼女のその意識の動きに、作者木下順二は何を表現しようとしているのだろうか。

秀は島のツカサの後継ぎに目されている。その能力をもっていると考えられている。その力は、ながいながい伝統の暮らしの世界から醸し出される透視力であろう。その秀のこころは、抑圧のない「沖縄」の姿をいま思い浮かべるのだ。

「あたしの中には昔の島がまるごと息づいてる。それは光った羽根が空気を切りさく音などまだ島の上に聞えてなかった頃。海の色がもっと青く澄んで深かった頃。真白なさんご礁のはだがもっとキラキラ輝いていた頃。——砂糖キビのはたけはまるで十町も百町も千町も万町もひろがっているジャングルのようで、そのジャングルの中をどこまでもどこまでもかきわけて行くと、ひょこっと絶壁の上から海へ飛びこみそうになったり、さびたレールの上を走ってくるトロッコにひかれそうになったり——」

「——夕方になってみんなでうちへ帰るころは、もう暗くなった道のあっちこっちに竜舌蘭や蘇鉄やガジュマルの樹々のかたまりが、むくむくと黙ったまま送り迎えのことばをかけてくれる。空を仰ぐと、昼間遊んだ海岸のさんご礁を細かく砕いてぶちまいたような一杯の星。——」

秀の子供時代の思い出は、喜屋武がいうように、「ヤマトの大製糖会社がこの島全部を領有し」「われわれの親たちを劇しく搾りあげとった頃の思い出に過ぎん」ものかもしれないが、戦中・戦後の時間の進行と並行して、彼女のこころに保たれて美化された純粋な沖縄のイメージである。それはさらに、沖縄の人々が「苦しい生活の中から生み出した理想の国」＝「ニライカナイの国」をありありと思い浮かべるはたらきである。

「一人一人がからだに充ちあふれるいのちを恵まれる国」

「誰もが誰もを愛していて、誰もが誰ものしあわせを喜んでくれて──」
「よるは空一面がさんご礁の星で充たされる国」

だが、現実と実際の歴史はそのようなものではない。それは、秀もよく理解していることだ。ヤマトの苛酷な、差別意識によるながいながい支配、アメリカ軍による全土の基地化、そしてとりわけ悲惨な沖縄戦での残酷な日本軍の行為の数々。秀のせりふ──

「日本の兵隊は十人のうち九人までがひどいことをしたわ。島尻で壕から水を汲みに出て行ったとき、突然の機銃掃射で近くの壕へ逃げこんだら、誰がはいれといったこのオキナワ！っていきなり銃を突きつけたのはヤマトの兵隊だったわ。あたしらの壕にあとからはいってきて、刀を抜いてあたしらを追いだしたのはヤマトの下士官だったわ。オキナワ人はみんなスパイだといって拳銃をふり廻したのも、逃げようとして壕の入り口でもみあっとるところを斬り殺したのも、赤ン坊が泣くと敵に知れるといって母親に子供を締め殺させたのも、みんなヤマトの将校だったわ。」

祭りのなかで、秀が、南風原を殺したのが山野だと直感したとおり、三幕、がらりと態度を変えた山野は秀に告げる。

「あらァアメリカーが沖縄本島に匍いあがってからふた月目くらいだ。五月の終りにちかかったかな。情報宣伝に使っとった学生よ、組にして毎日近辺の民家を、爆撃のなか軍情報の伝達に廻らせとった、そン中の一人がスパイ行為やっとるから斬れちゅう命令がきたんだ。」
「夜中にぐっすり寝とるとこォ引き起こしてある地点へ案内命じといて、やい聞け！　聞くんだ！さみだれのビショビショ降っとるまっくらやみの中ァスタスタと歩かしといて——」
「聞けちゅうに！　ビショビショ雨の降っとる中ァスタスタと歩かしといて、うしろからクバ笠ぐるみバシャと叩っ斬った」

この学生が事実南風原であったのかどうかは重要なことにちがいないが、それ以上に、その学生は南風原をあわせふくみ、彼を超えた「オキナワ人」であるとする、わたしたちの感性的受けとめが必要にして不可欠なものだと思う。

秀が山野のぶらさがっている綱を切って彼を無意識的であっても殺したことは、戦争中の行為への責任を山野が代表する日本兵にとらせたことであるが、それだけではあるまい。あのときの日本軍全体の蛮行、ながい日本権力の差別とヤマト資本による搾取の歴史は、さらにずっと江戸時代の薩摩藩のそれへとさかのぼっていく。そしていまも本土の支配が沖縄に復活していく姿をこのドラマは見すえている。山野の責任はそれらすべてにつながりかかわっているのは当然である。

さらにいえば、山野の存在は、秀の意識のなかで、アメリカの占領統治とも重なっている。彼女が日本軍人に犯されただけでなく、アメリカ兵からの暴行を受けたということは、両者による支配が同質のものである事実を物語っている。

その告発は、外からの力に向かうだけでなく、そうした事態を支える沖縄それ自体にも向けられている。作者木下の意識は鋭い。伝承されている、次の二つのことば、

「ものくれる人、わが御主人（ムヌクイシド、ワガウスュウ）」

「昇るおてんとさんは拝んでも、沈んでく太陽は拝まない（アガリティダ、ドゥ、オガミュル、サガリティダ、ヤ、オガマヌ）」

山野が秀にいいはなつことばだが、それは秀のなかにも、沖縄の人びとにおいても、そして日本人全体に対しても突きつけられる、弱点の告発といえようか。

冒頭にあげた、「本土と沖縄の責任」「双方の自己変革と自立」をどうしても必要とするとの木下のことば、そのすべての問題をドラマで背負うのが、波平秀という女性形象である。沖縄戦から戦後十五年の経験、歴史と伝統、沖縄の現実と未来、それらを全身に受けとめながら、彼女は山野のぶらさがっている綱を切って彼を殺し、その後、自らも崖から跳びおりて死を選ぶ。

秀　だのにあの人のぶらさがっていた綱が切られてしまったのはなぜ？

喜屋武　それは——あんたに綱を切らせたものがあったからだ。——そうだ、あんたに綱を切らせたもの。——あんたにそれをさせるのはおれだと、あんたはいいましたね？

秀　それはあなたよ。——けれど、あなたではなかったのかも知れない。——綱を切ったのはあたしではない誰かだったのかも知れないという気がするのとおなじことだわ。——そしておっさんは、自分の責任ではない全部の責任をしょって固いさんご礁の岩の上に落ちてしまった。（死体

の方向を見る）――あたしに、あたしに綱を切られたために。

喜屋武　あんたじゃない、綱を切ったのは。それはおれです。しかし、おれではない。おれだけじゃない。みんなです、この島の。いや、この島だけじゃない。みんなです。沖縄のみんなです、この責任をしょわなければならんのは。そうだ。あんただけの責任じゃない。

秀　だのに、あたしは責任を負わねばならないのよ。おっさんがすべての責任をしょって行ってしまったように。

ドラマのなかで、秀がたえず口にする、しなければならない「それ」は、問題のすべてを包含する意識であり行為であることを、わたしは、そこまでたどりついてようやく理解する。そのとき、「それ」にかかわって秀が語る二つのせりふが、今一度重い意味をもって迫ってくるのだ。

ひとつは、いずれも喜屋武との対話で、四回にわたってくりかえされることば、「どうしてもとり返しのつかないことをどうしてもとり返す」。

もうひとつは、「それが何なのかは、まだわたしにわからない」をいい続けること。

両者とも論理的な表現ではないし、論理で把握することは困難な内容である。わたしも論理でもって自分に説明しようとすることはやめたい。ただここからいえるのは、前者の厳しい課題が、木下の歴史認識・現実意識・ドラマトゥルギーの基本となり、その土台としてはっきり位置づけた思想であること。後者では、しなければならない「それ」は、テーゼでも、知的判断で定められるものではなく、感覚・感性を豊かにあわせた「情念」によって動かされるものといってよく、全身的なはたらきによって実現されるものだといえることである。

ドラマ『沖縄』の中心人物は、どうして波平秀という「女性」なのか。「女性」ではなくてはいけなかったのか。作者木下順二はその女性形象とかかわって何を思い、何を意識したのだろうか。

結局、そのことを、わたしは、自分の問題として求めてきたのだ。

秀は、南風原という若者を愛した。そのイメージをいまも生々しく持ち続けている。そして彼に重ねて、いま、喜屋武という青年への愛を抱く。南風原と結びついて生じたオキナワへの想いは、ドラマの時点で喜屋武へと伝えられ、新生されて未来へ向かうことになるだろう。その想いを保ち、また新しく誕生させるのは、女としての秀の力、その愛の力である。女性としての魅力に加え、母性的な存在としての彼女の形象を、登場人物喜屋武だけでなく、読者である私にも感じとらせる。

秀は、日本軍人の暴行を受け、またアメリカ軍兵士によって肉体を犯されてきた。戦争時における被害者であり、人格的に汚されても、なお生きているかぎり、その体験をからだに刻みつけながらその後を生き続けなくてはならない。日本だけでなく、世界の歴史の数々にそれこそ数えきれない実例が示されてきたし、現在でもそうだ。被害という点では男性であっても同一であるかもしれない。だが女性について感じることでいえば、被害者的立場に耐えに耐えて日常生活を過ごし、それだけでなく忍耐をバネにして、その矛盾を社会に示し、解決を具体化しようとする靭さをもつ女性も多いことをわたしはいいたいのだ。

秀は、島のツカサの後継ぎと目され、呪術的な透視能力のある女として周りから見られている。その力と感覚とは現実に対するだけでなく、幼ないころの島の思い出から、理想の国「ニライカナイ」にまで連なり、現在から未来に向かう願望へと彼女の心象をいざなう。そして秀のこの設定は、民俗・風習・伝承をたどり、弱点をもふくんだ日常生活の流れとしての歴史をわたしに意識させ、その土台の上に秀の行動がゆれ動いていくさまを具現する。「女性」であることが、そのありようを全人的なものとして示す、と思われるのだ。

秀は、明確な意図をもたずに、山野を殺す行為をとり、自らの死を選ぶ。それは彼女の論理的な帰結としてというより、右に述べてきたいくつかの彼女の立場と認識、そこからのドラマの進展にともなう発見と自己確認による「責任」のとりかたであった。「死」は遺されて生きるものに課題が与えられることを意味する。ドラマ的な課題でもあり、現実についての課題でもある。とりわけ秀の死によって、喜屋武たちだけでなく、観客・読者にとっても重い課題がつきつけられたといってよい。

「オキナワ」の現実と歴史を象徴するだけでなく、民衆の立場、日本人そして人間の存在を内在する、「女」としての波平秀の形象づくりは、木下順二の、オキナワ・日本・世界の現実についての認識を示すものであり、それを前提とした、「ドラマ」との格闘をあらわすものでもある。秀に語らせる「どうしてもとり返しのつかないことをどうしてもとり返す」営みは、木下のドラマトゥルギーの根幹に位置付くといえるのだが、考えてみれば、ドラマに具体化されるその方向は処女作『風浪』から一貫して求められていたといえるだろう。そして、『沖縄』における秀という女性像は、そのことをドラマのなかではっきりと体現するものとなった。

そしてくりかえすのだが、わたしが挙げてきた秀の特徴は、作者が女性に対して深いところで抱き続ける想いにつながっており、女性でなくては背負うことのできない役割りを通してドラマに形象化されている、と思う。

木下作品を通して、「秀」の存在を延長させたところに、わたしはもうひとりの女性像にぶつかる。『神と人とのあいだ』の第二部『夏・南方のローマンス』の女A（漫才師トボ助）である。それは、「どうしても取り返しのつかないものをどうしてもとり返す」という「秀」のことばを彼女も語るからであるが、「秀」でみた「木下の女性像」と重なる位置付けをももっているからである。

トボ助は、巫女ではないが、それに準じるような芸人であり、戦争中客としてかかわりをもった男F（鹿野原）を愛し、焼夷弾の中での別れの夜の思いをその後もずっと持ち続け、BC級戦犯（彼が無実であるのは明らかなのだが）としての彼の絞首刑の執行にいま対そうとしている。そして何よりも、鹿野原（ら）の死を、戦中・戦後の人びとの残酷さや弱さ、非合理性をもふくめ、自分が背負おうとしている。

ドラマの終局での彼女のせりふにはこうある。

「あたいは絶対忘れないよ、あんたが絞首刑になったっていうこと。誰かさんは、なんにもみんな忘れちまいたいっていってたけどさ。」

「あと十年か二十年してみんながいろんなこと忘れちまった時分になったら、もうはや皆さんお忘れでございますかって、お高いとこからあたいわめいてやろうと思ってるんだ、この話（轟音）。もしその頃まであたいが生きてて、そしてまだ芸をやってるんだったらね（轟音）。」
「その墓石を本当に建てるとこは、あたいの胸の内しかなさそうだね。（略）（彼女は母親のように鹿野原を抱く。――あたりはいつか、既に暗い。――やがて一人になっている）さあ、寄席の時間だ。芝居じゃないけど、そろそろ幕のあがる刻限が近づいて来たらしいや。（去っていく）」

この作品は、第一部『審判』とあわせて一九七〇年に発表されたが、作者はこの作品だけをどうしても満足できないとして上演許可せず、十七年後の一九八七年に初演することになった。もちろん、大きな改稿がそれにほどこされたのはいうまでもない。

『夏・南方のローマンス』の作品、改稿の道筋や内容については、別の章を立てて述べたいのでここで触れることはしないが、「秀」と「トボ助」とは、時をへだてて木下作品のなかに誕生し、描かれる対象と問題とは異なっているが、作者木下順二が同質の位置付けを想定して形象化にとりくんだことがいえると思う。

そして、地に足のついた存在として、時代と歴史への責任をとろうとする「女性像」に、木下順二が心を熱くする思いを持ち続けたであろうことを、わたしは、こんどは自分自身の想いとしてその重さを受けとめたい。

『子午線の祀り』の「影身」

この作品に登場する「影身」という女性は、「厳島の内侍」と呼ばれ、平家の氏神である安芸国厳島神社に仕えていた舞姫であり、平清盛がまだ生きて権力をふるっていたころ、西八条の館に後白河院を招いたときに、その前で舞を踊った八人の内侍のひとりとされる。平家一門の頭領平宗盛とこのドラマの主人公知盛の同腹の弟本三位中将重衡の思われ人となり、平家の都落ちとともに一門と同行して、一谷そして屋島へと渡ってきた。もちろん、史実ではなく、作者による虚構の設定によって形象された女性であることはいうまでもない。

「影身」の舞台への登場は、ドラマの展開する現実時間でいえば、屋島に到着後十日あまり経った、満天の星空の夜のただ一度だけのことである。それは四幕ある作品の第一幕、それも相当に長いこの幕のはじめの部分にである。（そのなかで、到着した日の夜、同じ浜辺で知盛が影身にことばをかけたことが語られているが――）。そして次の日、京への使者の任を託して彼女を出発させる夜、幻影であり実像でもある姿で知盛の前に現われ、また、第三幕の第二場、それこそ知盛のイメージのなかで、彼と対話をする。

この「影身」について、わたしの理解と想いとを若干語りたい。それにしぼりこんで述べようと思うのだが、『子午線の祀り』の舞台を観たことのない人、作品を読んだことのない人を意識して、ドラマのあらすじをあげておくことにしよう。それは、源平の争い、「平家物語」という古典にこの作品が拠っていることからでもある。わたしの恣意的なことばにならないよう、少し長文にはなるが、わたしが上演に接した、「山本安英の会」一九八一年第二次公演のパンフレットから引用させてもらう。

○事件の推移

紀元一一八五年、元暦二年三月二十四日の午前七時、関門海峡壇の浦の天空に跨って眼には見えぬ天の子午線を、下弦の月が音もなく過《よ》ぎっていったその約九時間後に、平家一門がこの海域で全滅した大きな理由の一つは、その月の起潮力が関門海峡につくりだした激しい潮流であった。

自然の運行が、源平の命運の帰趨と深くかかわりあっていたのである。

第一幕　一一八四年、寿永三年二月、平家は一の谷の合戦に散々に敗れてしまう。平家の大将軍新中納言知盛は、わずか十六歳の息子知章の犠牲によってようやく海上へ逃げのびるが、名馬の誉れ高い愛馬を、生かそうとして源氏の方へ追い放つのだ。これまでの勇将知盛ならば、考えられないような処置であった。

平家は再び屋島に退却せざるをえない。知盛は老獪な後白河院を利用して、源平の和平を実現しようと考え、院にあてた手紙を平家の氏神、厳島大明神の巫女であった影身の内侍に託し、京都へ上らせようと計画する。しかし、あくまで抗戦を主張する阿波民部重能は、影身を殺し、知盛の願いを断ち切ってしまう。総大将の宗盛をはじめ平家一族は、無為に評定を繰り返すばかりで、知盛は、「徒らな首の取り合い」の戦闘に、一門を率いて突き入らざるをえなくなる。

第二幕　あくる元暦二年二月、義経を大将軍とする平家追討の軍勢は、屋島を急襲して、平家を海上へ追い落としてしまう。屋島を占領した義経は、さらに下関引島《ひくしま》に城を構えている知盛のもとへ集まった平家一門を撃滅しようと、策をこらすのである。重能の息子の教能は、義経の部下の機略によって義経の味方となる。戦いはいっきょに決戦へともちこまれようとする。

第三幕第一場　しかし、源氏にとっては、はじめての海戦である。義経はその準備のために、船を操る水主《かこ》楫取《かんどり》を徴発し、自らも潮の流れを知ろうと精魂を傾ける。さらに義経は、出撃直前になって、壇の浦の潮流を知り尽す海賊衆の長、船所五郎正利をも、味方につけることに成功する。

第三幕第二場　壇の浦決戦の前夜。平家も緊迫した雰囲気につつまれている。そのさなかに重能は知盛にたいして、たとえ戦いに敗れようとも、三種の神器ある限り国外に逃れて再起を計れ、とせまる。日本を離れ、高麗、宋に亡命してまでも盛り返せばよいという考えは、すぐれた戦略家として一門を率いる知盛にとって、まったく「思ってもみぬこと」であった。愕然とする知盛の前に、今は亡き影身が現れる。非情にめぐる星々を仰ぎつつ、影身とことばを交わしながら知盛は、たまゆらの人間が、永遠の相と交わる瞬間の深い意味に思いを致させられる。

第四幕　元暦二年三月二十四日、戦いの火蓋がついに切られる。源平たがいに譲らず、すさまじい攻め太鼓、鬨の声、矢音のなかで、義経は「海の戦さの法」つまり戦いの不文律を破って、非戦闘員である敵の水主梶取を殺すことを決意する。しかも亡命が不可能と知った重能は、義経のもとへ寝返ってしまうのだ。やがて潮流は反転して源氏に有利となり、平家の敗戦が決定的となった時、知盛は鎧二領を身につけ、「見るべき程のことは見つ。今は自害せん」と、壇の浦の水底に深く沈んで行くのである。

人間の力を超えてどうしようもなく働く自然の法則、歴史の必然の、その非情の動きの中にもがくわれら人間にとって、生きるとは何か、死ぬとは何か、平和とは、戦いとはそもそも何なのか

——

右の文章にもあるように、影身は「巫女」であった。厳島大明神の前で舞うことは、神に仕えることであり、また、神と人とを結びつける橋渡しの役割を荷うことでもある。舞の名手であることに加えて、得意な能力をもつ女性として貴族たちにも認められた存在だともされる。知盛のせりふでは、このように語られている。

だがあれはもう何年の前になる？　わが父故入道相国清盛公、京、西八《はっ》条の屋形に後白河院をお招きのおり、花を挿頭《かざ》し大口を着て舞うた八人の内侍のお前は一人だったが、その舞い姿が、やがて十何年もの昔にいた祇王という白拍子にあまりに似ているという者があったのへお前は、知るはずもない祇王の身の上を、野洲、江部の里に生まれた日のことから始めて、祇王その人になったかとばかりこと細かに、生き生きと語ったというので評判になった。

本三位中将が彼女に思いをかけたのは、このできごとがその契機となったのかもしれず、知盛自身もまた、この影身の舞い姿を目にしたひとりであったと思われる。
影身のもつその力は美しさと重なり、「女」の魅力となって知盛をとらえたのであろう。一の谷から屋島に吹き戻されてきた日の晩、やはり満天の星の下での磯辺で、彼女に自分の一大事の問いかけをする。

あの晩おれが問いかけた問いに、影身よ、十日あまりが経ったというにまだお前は答えてくれぬな。一の谷から淡路の瀬戸をやっとどうやら漕いでぬけて、やっと再びこの屋島に吹き戻されて来たあの晩、今宵と同じ満天の星の下のこの磯でおれがお前に問いかけたあの一大事の問いに。

その問いかけはつぎのことだ。知盛にとって、そしてこのドラマにとって核心となる内容である。

――負け戦さ――わが子知章を眼前に見殺しにして逃げたこと――馬を敵の手に放ったこと――いや、さかのぼれば都を捨てて落ちたこと――その一つ一つが、すべてがそうなるはずのことであったといま思われるのはどういうことだ？　それが何であるのか、いつどこでかは分らぬが、いずれは必ず起きるはずであったこと、それがまさしく起ってしまった。――今そう思われるというのはどういうことだ？

そして、一幕終わり近く、幻想の場面、影身の姿がだんだん薄れて消えていくなかで知盛が彼女に語るせりふ。

見ろ、無限の彼方に黒々とひろがる天空が、無数の星々をちりばめて音もなくめぐって行く。そして、あの夜空にやがて昇ってくる月の動きと共に息づき続けるこの大海原の吐息が潮の流れとなって走るとき、人はどうやってそれにあらがえばいいのだ？鳴りどよむ辻風に捲きこまれまいと必死に闘っているのは、影身よ、おれも同じなのだぞ。だがおれの思いを訴える相手は誰一人いない、影身よ、お前のほかには。お前になら何でもいえる。何でも聞ける。すがりたいのだ、おれはお前に。

しかし、巫女という条件以上に、知盛の影身に対するこころは「愛」である。「あの好き者《もの》の本三位の愛にくらべて、心の奥深いところでおれはお前をいとおしんでいる。」また、「影身よ、おれこそ真実お前を愛している、このおれの思いがお前は分かるか」と、知盛は自分に確認する。ドラマの場面として彼女は幻像かもしれないが、彼はまさに実像として影身を抱く。

その思いは、影身にとっても同様であった。都への使者としての任を与えられたとき、知盛の役に立ちたいと答え、「いつまでも影身、新中納言さまのおそばにいとうございますもの」というのだ。

このふたりの「愛」のかかわりがどうして生まれたのか、どういう経過をたどってきたのかについて、作品には説明はない。触れることもない。むしろ、影身を「思い人」とした重衡が一の谷の合戦で平家公達唯一の捕囚の身となっていまだ生きていること、影身を京に使いとして出立させる条件のひとつに重衡に対面できる手だてをとってもよいことを、知盛は彼女に告げている。「愛」のありようでいえば、重衡の生存は、ふたりにとってマイナスのはたらきをする設定だともいえよう。しかし考えてみるに、「愛」とは、そしてこの『子午線の祀り』では、必然性をつくる理屈は不用である。「愛」が存在することだけで充分だろう。

（木下順二ドラマでは、男と女との愛のかかわりが不可欠で根元的な要素になっていることが多いのだが、ほとんどの作品ではその愛の成立の経過に筆がほとんどとられてないことに気がつく。『山脈（やまなみ）』のとし子と山田の熱烈な愛がなんによって生まれたのか、読者・観客は各自で想像するしかない。『沖縄』の秀と喜屋武の愛は南風原を媒介にした直感的な力によって生じたとしか想定できない。『夏・南方のローマンス』で、トボ助と鹿野原とのかかわりも、芸人とお客との関係ということで、それ以上の設定はなにもない。）

くりかえすが、知盛と影身とには「愛」が存在することだけが決定的なのだということを、わたし（たち）は確認する。ドラマのいちばん最後のせりふは、入水する知盛の「影身よ！」の「絶叫」である。その強烈さ、深さは知盛の想いであるとともに、ドラマ『子午線の祀り』の「ドラマ」を体現するものだ。

作品が影身に与えた特徴として、さらにいえるのは、彼女の出自と意識とが示す「民衆」性である。

「近江の百姓の娘」の生まれとされる彼女は、一幕、知盛の幻想のなかで、八人の舞い姿を浮かびあがらせながら、変調し、次のような、群読としての表現をつくる。

優雅な舞いはそのまま続きながら、今様歌はいつか怨嗟の調子を帯びた以下の群読に変っている。

去んぬる治承養和の頃より／諸国七道の人民《にんみん》百姓ら／平家のために悩まされ／源氏のために滅ぼされ／家《いえ》を失いかまどを捨てて／春は東作《とうさく》のおもいを忘れ／秋は西収《さいしゅ》のいとなみにも及ばず――

知盛　何だ、その声々は？　その声々は何のことだ？

そして、そのあとに――

知盛　（略）影身よ、いつも中に邪魔のはいった知盛のあの問い、今宵こそ終わりまで聞いてくれ。（略）答えてくれ影身！　お前は今宵限りこの知盛の前から消えてしまうのだ！（影身を抱く）

影身　（知盛の腕の中で）すべてがそうなるはずのことであったなぞと、思うひまなぞないのがわたくしたちでございます。この乱れた世に、どのみちわたくしたち人民《にんみん》百姓ら、滅ぼされ悩まされ踏みしだかれて行くものときまっております。現　心《うつしごころ》でわたくしの口から洩れます言葉、お聞きとり下さいませ。――

度々《どど》の戦さに命を落すもの――(低く二、三度繰り返すうちに、徐々に群読が重なってくる)
平士源氏の兵《つわもの》どもは更にもいわず
諸国七道の人民《にんみん》百姓ら
とこうの弁《わきま》えにも及ばぬうちに
忽ち鳴りどよむ辻風に捲きこまれて
あるは空しき屍《かばね》を野天《やでん》にさらし
あるは千尋の海の底によこたわる

木下ドラマを一貫して流れる通奏低音のひとつに「民衆」の存在があり「民衆性」からの視点がある。それは、木下が、初期からの創造活動を一貫して意識し続けた課題、知識人と民衆との相関あるいは相対的な独自性の問題でもある。素材とした源平興亡の歴史のなかにもくり入れなければならないドラマの要素として、作者は「女性」の形象影身を通して「民衆」を作品に投入した。

そして影身は、自然と宇宙の摂理にのっとって、人間と歴史の実存を見つめる存在だ。その凝視力と洞察力は、木下順二が力をこめて、彼女の形象に付与したものである。それは影身自体というより、平知盛という人物自身の心の葛藤を、彼女を不可欠な対象として投影して描かれた認識だといえる。

作品冒頭に、読み手Aによって行われる、有名な朗読は、同じAによって作中何度か語られる海峡の満干の潮の激変の刻の表現と合わせ、『子午線の祀り』のタイトルによって作られた作品の土台となり、人間を歴史・自然と対峙させ対立させ融合させる力であり、作者のドラマトゥルギーの幹となる不可欠な思念である。そのドラマ思想の具体化が影身という女性によって果たされ、そして果たされなければならなかったことを、わたしたちは、把握しなければならない。

三幕二場、知盛のこころによびおこされる影身との対話をあげる。

知盛　（略）――（寄り添う）見ろ、影身よ、きららかな北斗だ。
影身　破軍の星が西へ回って、夜のふけたことを告げております。
知盛　あの星から眺めれば、いつか必ずそうなるはずの運命の中へ、ひと足ひと足進み入って行くわれら人間の姿が、豆粒ほどの人形の動きのようにも見て取れるのかも知れぬ。――星々にもし情《こころ》あらば、それを哀れと思うか、健気と思うか――
影身　星々に情《こころ》なぞございますまい。
知盛　なに？
影身　情《こころ》ありませんからこそあの星々は動きを乱すこともなく、あのようにいつまでも老いず静かにめぐっているのでございましょう。
知盛　星は静かにめぐっている。だが影身よ、わが心は修羅だ。われらうつそみの人間たち、あすはただ無益《むやく》な首の取り合いへと、無二無三に突き入って行かねばならぬ。
影身　あの北斗の剣先は、万劫の過去から尽未来際《じんみらいさい》、十二の干支《えと》を順々に、狂うことなく尾差《おざ》しながらめぐっている――そうおっしゃったのは、新中納言さま御自身ではございませんか。大自然の動きは非情でございます。

知盛　人の世の営みとはかかわりもないことといいたいのか！

影身　非情なものに、新中納言さま、どうぞしかと眼をお据え下さいませ。非情にめぐって行く天ゆえにこそわたくしどもたまゆらの人間たち、きらめく星を見つめて思いを深めることも、みずから慰め、力づけ、生きる命の重さを知ることもできるのではございませんか。

知盛　（ほとんど慟哭する）

影身　（すがるように、やさしく知盛を抱く）新中納言さま、人の世の大きな動きもまた、非情なものでございます。非情の相を、新中納言さま、どうぞ、どうぞ、しかと、しかと眼をこらして見定めて下さいませ。――（だんだんに姿が薄れ、消えて行く）

知盛　（やがて、消え去った影身へ、その姿なおあるが如くに）――影身よ――そうか――非情の相を――しかと眼をこらして――見定めよとか。――われらたまゆらの人間が、永遠なるものと思いを交わしてまぐあいを遂げ得る、それが唯一の時なのだな、影身よ。――（略）

そういえば、舞台に三度登場する影身の場面は、いずれも「満天の星」の下であることを想起する。

影身という女性像の特質を、わたしは、「巫女」としての透視力、「愛」を貫く強靭性、「民衆」としての存在、現実への「洞察力」という四つの点としてとらえてみたが、それ――とくに前の三点は

——は、すべての木下作品に描かれた多くの女性たちが、それぞれに保持し、それぞれのドラマのなかに明確に示すものだと考えられる。それらはドラマの中心にすわっている男を支え、その心をつき動かす。男に思考することを導き、自らの歩む道に否応なく立たせる。また同時に、彼女たちは、「女性」として「自立」する。

そして、『子午線の祀り』では、その男性は平知盛である。かれの視点から影身とのドラマをおさえてみる必要もあるだろう。

原典『平家物語』に描かれた平知盛像は——それを受けた木下ドラマでも当然——、ある意味で、矛盾した二つの面を読者に強く感じさせる。歴史学者石母田正は、一九五七年に刊行した『平家物語』のなかに、そうした知盛の姿を、この物語の創作思想とかかわらせて述べ、多くの人びとの注目を浴びた。

わたしも、かつて、自著『藤原定家——美の構造』で、この知盛に触れたことがある。自分の作文で恐縮だが、ここに引用させてもらう。

虚無とはまったくの絶望から生まれるものではない。いや確かに深い絶望から生まれるものなのだが、それは正確な現実凝視との緊張したかかわりから生じるのだ、とわたしは考える。だから、深い絶望、絶対的な虚無が、ある場合には求道的な生き方につながったり、きわめて社会的政治的なふるまいとしてあらわれることもあるのである。われわれは歴史のなかから、あるいは芸術家の生き方や作品の人物たちからその事例を見ることも多い。たとえば、「平家物語」における平知盛という形象は、その意味でわたしをとらえる。

知盛は一谷の合戦で最愛の子息武蔵守知章を自分の眼前で討たれるのだが、その姿を見すててかれはひとり沖の船にと遁れるのである。「武蔵守におくれ候ぬ。監物太郎うたせ候ぬ。今は心ぼそうこそまかりなつて候へ。いかなる子はあつて、親をたすけんと敵に組むを見ながら、いかなる親なれば、子のうたるゝを助けずして、かやうにのがれまいつて候らんと、人の上で候はばいかばかりもどかしう存じ候べきに、よう命は惜しゐ物で候けると今こそ思ひ知られて候へ。人々の思はれん心うち共こそはづかしう候へ」といってさめざめと泣く知盛は、まさに地獄そのものの世界を体験したのである。かれの深い絶望ははげしくわたしたちの心をゆさぶる。

しかしその後の知盛の行動はきわめて沈着冷静な態度をとり続けるのである。とくに壇の浦での一門滅亡の混乱時に、かれは御所の船にのりうつり、「世のなかいまはかうと見えて候。見ぐるしからん物どもみな海へ入れさせ給へ」といって、舟を走りまわってみずから掃除をする。いくさの状況を問う女房たちに、「めづらしきあづま男をこそ御らんぜられ候はんずらめ」と、からからと笑うのである。そして総大将宗盛らが見ぐるしいさまをさらすなかで、「見るべき程の事は見つ」と述べて鎧を二領重ねて身につけ、乳母子の家長と手を組んで入水していく。

この知盛の描写は、深い虚無を抱く人間の行動を示す一つの典型であろう。そして、華やかな美をおのれの歌に構築してみせる定家のような虚無の示し方もあるのである。

木下順二も、石母田正の著に強い印象をうけ、知盛とギリシャ悲劇の主人公との相似性を意識しながら、自分のドラマトゥルギーの根幹となる「人間と人間以上のものとの根源的な対立」の視点から、ドラマを構築していく。

石母田の著作から十年後、一九六七年、「山本安英の会」で「ことばの勉強会」が発足、テーマのひとつに〝古典原文による朗読〟があり、いわゆる「群読」の試みが具体化する。そして翌年「平家物語による群読――『知盛』」が発表され、以降数多くの発表がくりかえされることになる。木下に、『平家』のような語りものにおいては、作者はいつの間にか源氏側でありまた平家側であり、または天から全体の状況を眺めわたしている存在であったりします。複数の読み手の全体と部分を駆使しつつ、いかに語りものとしての『平家物語』を今日の聴衆へ伝達するかが、この〝群読〟の試みでありますと記した文章がある。ドラマへの移行も、回を重ねる試行の時を経て、静かに熟していったことが想定される。

その後また十年を経た一九七七年、それは『子午線の祀り』として大成した。「見るべき程のことは見つ」といって身を海中に投ずる平知盛は、木下ドラマを体現し集約する人物として位置づけられ、豊かに骨肉化されて出現したのである。

『子午線の祀り』の主人公は、確かに平知盛である。多くの人物が登場し、源義経が場面をリードすることがあり、また阿部民部重能もきわめて重要な位置づけをもっている。だが、かれらの照射する問題と表現は知盛に反映し、知盛の内に吸収されるものである。

うこと。

そして、わたしが強く想うのは、そのドラマに「影身」という女性がどうして設定されたのかということ。

まず、知盛にとって、自分の心情もふくめて真意を語ることができるのは女性でなくてはならなかった、といえようか。戦乱の世、興亡の絶えまない時代において、彼をとりまく多くの武士・貴族たちは、対立者、敵対者であり、上下の関係を排除しえない存在であり、相手の心を計算しうかがう必要のある対象でもある。肉親一族であってもそういうかかわりを捨象することはできないだろう。自分の悲しみ、悩みと交錯しながらの思いを率直に交わせるのは、「男」からみた「女」である。「おんな」であればいいというのではない。そこには相互にはたらく「愛」があること、しかも誠実でこころのこもった愛のある、男と女の間を支える力である。

そしてさらにいえば、『子午線の祀り』における「影身」は、知盛にとって、現実の存在である以上に、自分の心の内にある存在といえる。自分が心から依存する対象であると同時に、自分自身そのものでもある。彼女との対話は、自分ともうひとりの自分との対話であり、「影身」を媒介にすることによって、そこからより深い認識を生み出し発見自覚させるはたらきでもある。ドラマに三度登場してくる影身は、二度は実在していない。そもそも「影身」という命名そのものを考えてみる必要もある。

作者木下順二は、このドラマを構築し、上演を計るときに、そうした知盛の心的なはたらきを可能にする女性、そのための魅力と能力と本性とをもった女性をどうしても必要としたのだ。そして、「影身」の役を演じる女優は、その影身を包含して、ドラマ世界全体を司る存在でもあった。

知盛と対話する三つの場面のほかに、ドラマの冒頭、「のちに影身の内侍を演じる女優の」声が、知盛自身のことばを語る。一の谷敗戦後、兄宗盛たちの前でさめざめと泣いて語ることばである。また、開幕時読み手Aの語った、あの詞が、ほぼ同じ内容で終幕時に語られ、ドラマ『子午線の祀り』すべてのしめくくりとなるが、それを行なうのは、「影身の内侍を演じた女優」である。

やがて、満天の星空となる。
その星空の下に、影身の内侍を演じた女優の姿がある。彼女は次の詞を読む。

地球の中心から延びる一本の直線が、地表の一点に立って空を見上げるあなたの足の裏から頭へ突きぬけてどこまでもどこまでも延びて行き、無限のかなたで天球を貫く一点、天の傾き、天頂。
地球を南極から北極へ突き通る地軸の延長線がどこまでもどこまでも延びて行き、無限のかなたで天球を貫く一点、天の北極。
遥かに天の北極をかすめ遥かに天頂をよぎり、大空に跨って眼には見えぬ天の子午線が大宇宙の虚空に描《えが》く大円《だいえん》を、三八万四四〇〇キロのかなた、角速度毎時一四度三〇分で月がいま通過するとき
月の引力は、あなたの足の裏がいま踏む地表に最も強く作用する。

そのときその足の裏の踏む地表がもし海面であれば、あたりの水はその地点へ向かって引き寄せられやがて盛り上り、やがてみなぎりわたって満々とひろがりひろがる満ち潮の海面に、あなたはすっくと立っている。

永遠の時間の中を、幕が静かにおりて行く。

「影身」そして「影身の内侍を演じる女優」の存在は、『子午線の祀り』の基本構造を集約して示すものであるとともに、木下順二のひととしての想い、作家としてドラマ創造のとりくみを貫くモチーフ、その土台にすわるものである。そこには、「女性への深い渇仰」ともいえる、木下の情念と祈りもこめられているように感じる。この稿で述べてきた「つう」「とし子」「秀」という女性形象に共通する特徴をはっきりと具現しているように思う。木下の戯曲「作者」として、また、「男性」としての、切実な願望の追求であり、また救いである。そして「影身」は、そうした木下作品の女性たちのありようを総合して描かれているように感じられてならない。

ここで、突然のことと思われるかもしれないが、演劇評論家宮岸泰治氏の『子午線の祀り』についての文章をあげる。宮岸氏は、わたしの信頼する評論家のひとりである。かつて、わたしの著作『久保栄「火山灰地」を読む』のなかで、久保栄についての氏の評論をいくつか引用し、それへのわたしの意見を対置させてもらった。

この稿を書いていたとき、宮岸氏の死去を知らされた。病床にあったことはすでに聞いていたが、その報に衝撃を受けた。氏の論は、問題とする対象者への深い敬意を寄せながら、あくまでも自分の課題に則して考え、おのれの想いを率直に述べることに忠実であった。

宮岸氏への感謝をこめて、「影身」についての氏の論述の一部を引用させてもらう。それは、宮岸氏のすぐれた認識をどうしてもここに紹介しておきたい気持であるが、それ以上に、わたし自身の木下ドラマへの想いを確認する上で氏のはげましを感じるからでもある。

そこで、この作品がすぐれていると思われるのは、知盛がなぜ影身を思いつづけるのか、またなぜ影身がそれに身をもって応えるか、事実彼女は彼のために命を投げだすのだが、そのなぜかが常識を破って全く描かれていないことだ。恐らくは知盛が平家の滅亡を予感しながら、一門の行末を案ずるより影身の方へぐんぐん心動かされて行くのは、滅亡の悲劇から一歩も逃げまいと覚悟した彼にとって、もはやかつての栄耀栄華は取るに足らず、共感されるのは影身が内奥に秘める人民百姓の、人間の、本当の怨み、嘆き、悲しみであるからだろう。しかしその場合、問題はなぜ影身に魅かれるかではない。知盛に必要なのは影身への共感そのものの深さであって、それ以外にない。知盛に影身の内奥をのぞくすべはないが、自己の心底に影身をうつすことはできる。そしてその影身の姿を心底深くうつすのはまた作者であり俳優であり観客各自でなければならない。この作品は戯曲の可能性をそこまで押し進めたのだといえる。（『ドラマと歴史の対話』）

影身と言えば、彼女の幻影に疑いのない実在をみた知盛の感覚は、その後の極限状況の中でこそいよいよ磨ぎすまされる性質のものであっただろう。それは唐突に見えても、今次大戦下の状況を考えてみるといい。戦場はもとよりだろうが、空襲下の国民も連日敵の来襲を待ち、爆弾や機銃や火の下をくぐらされ、結果としては死ななかった者だけが生きのびられたにすぎない。そんな中で「首の取り合いの無益さ」を感じてしまった者はどうすればよかったのか。私は木下氏の描く知盛に氏の戦争体験の陰影を感じないわけには行かない。と言うことは、私自身の体験もまたそこに触発されるのだが、知盛を見ていると、軍国主義国家の圧迫が日増に気違いじみてきた時に、誰の心にも依るべのない空しさ、無が占め始めるのをどうしようもなく見守っていた自分、また人々を思い出す。そして知盛がたった今、この「今」という生まれてきたばかりの時間の一刻一刻とめぐり会っている自己というものを、少くとも誰のものでもなく自分のものだとする感覚に、私も自分のどこかで思い当たる。（同上）

（略）あの異様に赤い夕焼けのあと、知盛には優雅に舞って見えた影身――その時刻には死んでいた――が実在と認められたのはなぜか。それにその時、彼女が現心《うつつごころ》で答えるといって答えた意味は何か――。

それはこうも考えられるだろうか。影身は生きているあいだは知盛の外にいた。だが、知盛が乱世の酷薄な別れを思い、だからいっそういとしいと思った時に、すでに影身の肉体はなかったのだが、スピリットは彼の内面に呼応して、彼とともに生きはじめる。知盛は影身をいとしく思うから瞼に浮かべた。それはふつうにいう幻想だが、その時影身もまた知盛を思うために純粋な一体化が生じる。作者はそこのト書きに〈実在〉という言葉を与え、さりげなく従来の等身大のリアリズム

との決別を宣しているのである。（略）
影身の内侍は、知盛がとり返しのつかない窮地に陥る時になると現れる。（略）
「見るべき程の事は見つ。今は自害せん」といって水底深く沈む知盛は、最後に、「影身よ！」と絶叫するが、彼の姿をそこまで見守るのは影身その人なのだろう。（略）いやもう一人いる。それは影身の内侍を演じた女優である。（『木下順二論』）

木下順二のこころの内部、とくに「女性」への具体的な想いの深奥に入りこんでいくことは困難である。勝手な憶測はできるとしても、その検証は不可能である。わたしたちは、作品に設定され、形象化された女性像そのものを把握し、自分としての理解を少々情念をまじえて記録するしかない。

「つう」「とし子」「秀」「影身」という形象、それに「加代」や「トボ助」などの女人を加えてもいいのだが、彼女たちは「靭さ」を持っている。そしてその「靭さ」は、はっきりとした自分の意志をもって他や社会に向きあうことにあるのだが、それは「論理」の面が強調されるのではなく豊かな「感性」によってその意志が包まれていることが基本的な特徴である。そのことによって民衆がそのありかたの土台に保持しているともいえる強さをも示すのだ。そしてまた、彼女たちは、相手の男性と深い「愛のかかわり」をもっていることで、そこから自分のエネルギーをつくりそれを相手や外部に発散することができている。

木下順二の作劇を支えている要素のひとつには、そうした女性形象を欲求した木下自身の作家として、男として、ひととしての想いがあったことがいえるだろう。

おわりにもう一つだけつけたしていわせてもらうと、それらの女性形象の成立に、女優「山本安英」の存在があったことは確かでないだろうか。わたしがこの稿でとりあげた女性像たち、「つう」「とし子」「秀」「影身」は、「加代」も加えて、いずれも山本安英がまずはじめて舞台で演じた役である。そのことは上演上のひとつの条件でしかないのかもしれないが、そもそも、木下が演劇と現実のかかわりをもったのは、大学入学後、宿舎東大ＹＭＣＡでのクリスマス芝居に、山本安英の指導を求めたことを出発としたのである。その後山本宅に何度も出入りして親交を深め、そのなかで、演劇史の学者を目指していた彼の心に、劇作への志向が具体的に生まれた。大学を卒業するころにはその志望をはっきりと固め、前から戯曲執筆を勧められていた山本安英に、その思いを手紙に書いて相談した木下である。その年の軍隊入営前日までに、『風浪』の第一稿を書き上げたのは、その結果の全精力をそこに集中した努力のあかしである。

木下順二の劇作活動については、その後劇団「民藝」や岡倉士朗、宇野重吉とのつながりが大きな位置を占め、多くの友人たちとの交際の力が支えになったわけだが、戦前から、そして戦後の「ぶどうの会」「山本安英の会」による山本安英とのかかわりは木下の劇作に関して決定的に重かったといえるだろう。山本安英というひとの実態については、わたしは、自分が観たいくつかの舞台、そしてのこされた文章、資料、写真などから遠くうかがってきたのだが、宮岸泰治さんの遺稿となった『女優　山本安英』は、宮岸氏の息づかいを通して、山本安英という「女優」のありようを生々と伝えてくれる、すぐれた著述である。それを、いまにして読むことができた。そして、わたしが「影身」の特徴としてあげた四つの点のすべてにつながるものが山本安英という女性にはあったのではないかとの直感がはたらいてくる。

そして、それ以上のことは、いまのわたしには述べる必要はないし、いうこともできない。

第四の章
小説『無限軌道』のドラマ

Ⅰ　『無限軌道』と「説明」表現

小説『無限軌道』は、一九六五年「群像」九月号に発表、その稿に手が加えられ、一九六六年に講談社から単行本として刊行された。

小説作家が戯曲を書くことは昔の時代からさほど珍しいと思われないのだが、戯曲作家が本格的な小説執筆にとりくんだ事例はあまり多くないのではないか。わたしの読書感度の狭い、一面的な思いこみであるかもしれない。かつての拙文を引用する。

アーサー・ミラーの『焦点』は、興味深く読んだ小説だった。

『みんな我が子』（一九四七年）でデビュー、次作『セールスマンの死』（一九四九年）によって戯曲作家としての位置付けを不動のものとしたA・ミラーが、この小説を発表刊行したのは一九四五年のことで、戯曲制作に先んじた作品であった。

眼鏡をかけて顔付きが少し変わったことで、ユダヤ人と思われてしまう主人公が、周囲から差別の眼を向けられ迫害にさらされていく展開は、『るつぼ』や『ヴィシーでの出来事』と同じ土台の上に立っているといえる。そして、テーマが人種差別や偏見への告発という次元ではなく、歴史的現実——あくまでも人間によってつくられるのだが、人間の意識や存在をどうしようもなく拘束していく力——に向き合わざるをえない個人のありかたの追求にあることを考えると、われわれが知っているアーサー・ミラーのすべての作品に貫流している同一課題であることを思わざるをえない。

ベルトルト・ブレヒトが書いた『ユリウス・カエサル氏の商売』は、まちがいなくブレヒトの仕事といった作品になっていた。

ジュリアス・シーザーと古代ローマ史の事蹟を現代資本主義の基本構造と重ねる視点で丹念に叙述していくのだが、未完の小説でありながら、遺された部分だけでもブレヒトが求めた創作課題を充分に受けとることができる。執筆は一九三八年から三九年にかけてすすめられているのだが、この時期はデンマークでの亡命生活で、『ガリレオ・ガリレイの生涯』『セチュアンの善人』『肝っ玉おっ母とその子供たち』というブレヒト・ドラマの代表作群が発表される時と重なっていた。ブレヒト自身もこの仕事を戯曲で書きたいという意志をもっていたらしいが、内容をドラマの枠に収めることの困難さが、彼に小説という形式をとらせたと考えられる。

シーザーの死後二十年に時をすえ、ある経済学者に回想をふくむ文章を記述させ、そのなかに多くの語り手を登場させるという手法、そして客観的描写のつみ重ねなど、ブレヒト劇作の特徴はここでも明確である。

そして、木下順二『無限軌道』である。

三人の国鉄（当時）電車運転士の一日の行動を叙述していくこの小説には、木下順二のドラマトゥルギーの特徴、ドラマ創作を通して彼が追究しつづける課題が明確にみてとれると思うのだが、その点については後述したい。1から5までの番号が付せられた各節は、「1」で三人の運転士としての日常生活が丹念に示され、「2」「3」「4」で一人ずつがその章の主人公に設定されてその行動——むしろかれらの心に想起されてくる意識が主軸といってよいかもしれない——を描きながら三者の重なりあいを深め、そして「5」で三人が同一の場面に存在して、そこで生じた事件と向き合うことになる。早朝五時から深夜一時過ぎまで一日の「時」が三人の労働のなかを流れていく展開である。

ところで、この作品には、冒頭部に「0」と記された文章があり、二つのことがらが詳しく述べられている。「喚呼」と「逸走」である。

前者は、進行中の電車が目前にする信号機を運転手が絶えず確認しながらその確認を声に出すことの規定である。作者の調査によると、東京の山手線でいうと、一つの駅と次の駅との間にはふつう四本から六本の「閉塞信号機」があり、駅には「出発信号機」とプラットホームに入る地点の「場内信号機」とがある。一つひとつの間が「閉塞区間」であって、それが緑色であると次の信号機までに列車は存在していないことを示すのである。運転士は運転する線区の全ての信号機の存在・特徴について記憶していることが必要であり、もし駅間に四本の信号機があるとすれば、運転士はある駅を出発してから次駅に到着するまで、「出発……進行」「第四閉塞……進行」「第三閉塞……進行」「第二閉塞……進行」「第一閉塞……進行」「場内……進行」、電車がホームに停止し運転台のパイロット・ランプが消えると「滅」と少なくとも七回は喚呼しなくてはならない。

「喚呼」は、信号を確認したことを正確に意識することがねらいであり、その上に指で指し示す「指差」の動作が加えられることが当局側から奨励されている。両者を合わせて「指差喚呼」といわれる。木下順二はそれらについての綿密な説明を行ったあと、次のような表現でしめくくっている。

運転士は——これらの知識、細かい運転諸規定に関する知識、それから電車という極めて複雑な構造を持つ機械に生命を与えるための極めて複雑な知識、それらの諸知識を現実に働くものとして所有し得る能力において、しかもそのような能力を持つ自分を、当不当さまざまな、しかし窮極的には運転士が完全に電車を制御することを目的としている複雑で巨大な国鉄機構の中に置くことにおいて——つまりは必要な注意力を洩れなく機能させ、不必要な関心は一切を捨象し得る一箇の器械人形たることにおいて——電車を完全に制御し得ることを当然の前提として、運転士は運転台に坐っているのである。

「逸走」とは、「制御する人間が乗っていない上にどこで停止するかの保障がされないまま、車両がレールの上をはしること」で、入換線などで動いている車両に連結手が乗れないまま突っ走るのもあれば、「自然流出」によって生ずる場合もある。作者はこの「自然流出」の事例を力学的な論理をたどって興味深く叙述していく。

自重四〇トンの客電が一〇〇〇分の五の勾配の真直ぐな線路の上に、ブレーキがかかっていない状態で存在しているとする。車を静止させておこうとする一二〇キログラムある「出発抵抗」は、動かそうとする「勾配抵抗」二〇〇キログラムとの差八〇キログラムの力によって敗れ、車は一ミリ、一ミリとレールの上を音もなく押し出されていくのである。それは一一、四秒滑ったときには時速一キロとなり、三一、六二秒で三キロ、一分三二秒では時速一〇キロともなる。そして「出発抵抗」に替わって、さまざまな摩擦力によって生じる「走行抵抗」と「加速力」を生み出しつつ増加する「勾配抵抗」とのたたかいは、一定の勾配線路が続き、強固な障害物の妨害にあわないかぎり、時速九〇キロの速度をゆるめることなく「暴走」していくことになる。

走り出す前の彼がもし〝死んで〟いたのだったらいま彼はまさに〝生きて〟いるというべきだろうし、もし〝生きて〟いたのだったらまさに今は〝死んで〟しかも死んだまま再び生き返ったとしか考えられないすさまじい様相でどこまでも、どこまでも、どこまでも彼は突っ走って行かねばならないのである。

「0」に記述されたこの二つの事項の表現は、小説『無限軌道』の内容と展開とに不可分にかかわっており、作者木下順二の創造志向を明確に示しているのは当然なことである。

抱いた関心と創造への志向を力にして、調査の取組を深めに深めていく、そうしなければ満足できないという性向が木下順二にはどうもあるようで、内在する作者のそのような資質が彼の形象表現の特徴にもなり、また独自の魅力ともなっていると思う。ドラマでは人物のリアリティを阻害するまでに説明をセリフとして饒舌に展開することはできないし、ドラマチスト木下順二も戯曲としてのことばの効果を十二分に意識して制御し活用しているところなのだが、小説の分野では「説明」を思いきって具体化してしまうところがあるようだ。

小説とはいえないだろうが、彼の自伝的随想作品『本郷』のなかでもそうした特性が随所にみられる。二つほどその実例を示してみようか。父の隠居にともない小学校四年から第五高等学校卒業まで十年余を過ごした熊本の生活にかかわる叙述をあげてみよう。

一つは、一九二五年、家族四人熊本に到着したときの記憶からはじまる。

熊本市としてのいわば本駅《ほんえき》である熊本駅より一つ手前の上熊本駅に下りたことを覚えている。駅の前に、今まで私たちが乗って来たのよりずっと小さくてチャチな汽車がいた。菊池軌道という軽便鉄道で（中略）坂道にかかると乗客が降りて押すのだということだったが、私たちはこれに乗らず、駅前から人力車で真東へ京町台という高い台地に上り、台地を過ぎると新坂を下った。

熊本市役所編纂一九三二年刊の『熊本市史』を見ると、ここでまた漱石さんが出てくるが、私たちより二十九年前の四月十三日に、五高の先生になるべく熊本にやって来た漱石さんが、「『上熊本驛』から俥にゆられながら、京町臺を越え、『新坂』にかゝられた時に、樹木鬱蒼たる市中を鳥瞰して、『や、これは森の都だな』と感じた、といふ話は、何時しか世上に傳はつて、その後、廣く熊本市の別名のやうに用ひられるに至つた、と想像せられて居る。」とある。ずいぶんまわりくどい文章だがこれには注がつけられていていわく、この「傳説は平野委員の『肥後史談』による。」そこで早速文学士平野流香著、一九二七年刊のその本を開いてみると、漱石が「上熊本から京町臺を通つて、一目に熊本の町を見下した時、『あ、森の都だな』と思つたといふ事を、當時の『文章世界』か何かの上で云つて居られたのを、見たことがある。」とある。どうでもいいことだけれども、平野さんが折角「あ、森の都だな」と普通に書いているものを、どうして『市史』の筆者は「や、これは森の都だな」なんかとへんてこりんに書き直したのだろう。（そういえばあのころ、『や、此は便利だ』というベストセラーがあったぞ。ちょっとカンがひらめいて今『下中彌三郎辞典』をあけてみたら、『や、これは便利だ』の著者はやっぱり下中さんで、私の生まれた年に出版されていて「これが平凡社の創業」だったとある。故事熟語や新聞用語の解説書であるかと思えば用字便覧であったり、当時として甚だ新しい着想の一種の珍書で一九二〇年には第六十版、結局百数十版を重ねたのだそうだ。）

ところで、小学校四年の私自身は車で新坂を下りながら、一体何を見たか何を見なかったか、まるきりなんにも覚えていない。

はじめ数行の体験叙述から、三冊の出版物を次々に追いかけていく営み、漱石の有名な言葉を出発点として、「平凡社」の創業のベストセラーまでたどって精査、ことば表現のおもしろさを述べながら、終わりの、「私自身は」「まるきりなんにも覚えていない」と、落語的なオチで文章を締めくくっていく。

もうひとつは、一九二八年、中学生になったばかりの木下が、登校時、「山東出兵」する陸軍兵士の隊列を見たことに関してである。

熊本市大江町宮ノ本四百三十八番地なるわが家から、細い道を三度曲りながら五分も歩くと大通りに出る。大通りといっても、両側には空地や空家やおんぼろの倉庫などがあるだけの白茶けたいわゆる兵隊道。その道を右へ十分も歩くと広い広い練兵場にでる。練兵場の一隅をまた十分も横切った向うにわが中学はあったが、その周辺には歩兵連隊、騎兵連隊、野砲連隊その他の広大な軍隊屋敷が散在しており、そこから今の白茶けた大通りを通ってほぼ真西へ熊本市を突っ切ったところに熊本駅はあった。だから、これから汽車に乗って〝出兵〟するその隊列は、その大通りのこちら側にたたずむ私の眼の前を、東から西へ、右から左へ、むうっと押し黙ったようにして、靴音だけをザクッザクッと響かせながら流れていたのである。

曇った朝だったという記憶がある。

一九二八年四月の——動員令は十九日に下ったと歴史年表にあるが、近代軍事史が専門で、茨城大学に転任してからは勝田市に住んでいる大江志乃夫にいま電話をかけて聞いたら、ちょっと待って下さいといって一分もたたないうちに、〝出動準備三日間、二十三日早朝駐屯地熊本を出発〟という返事がたちまち返ってきた。そこで今度はすぐ土浦市の科学史家岩崎孝志に電話をかけてその日は何曜日だか計算してくれといったら、いや計算して計算違いをするより、何とか生命保険株式会社の不思議な暦があるといってそれを操ってくれて、その日は月曜日であるとたちまち教えてくれた。

一九二八年四月二三日月曜日の早朝に、だから、つまり、入学したての県立熊本中学校へこれから登校しようと家を出て、細い道を三度曲りながら五分ほど歩いてあの大通りに出たところで、曇り空の下で私はその隊列にぶつかったのである。

これも、終わりの何行かを明らかにするために、二人の知人にデンワをして、日時と曜日とを確かめる。前半の、その日の思い出を、ふつうであればそのイメージの次元でとどまるものを、まさに歴史的事実の具体的設定として結論づける。体験的イメージは、確かな客観的イメージとして読者に示される。

こうした記述が、木下の資質を体現しているだけでなく、読み手をかなり意識し、効果的な設定・表現として果たされていることも確かであろう。筆者の叙述に誘導されて、われわれもその状況への認識とイメージとをどんどんと拡げられ、またそれにしたがって自分自身の興味をより喚起されることになる。

木下順二の「説明」の営みはきわめて有効で創造的な働きをもっている。

―　舞台を観ていて気になることに、「説明」過剰のセリフや設定がある。人物がその場面状況で話すには明らかに不自然なことばを語らせ、あるいは舞台状況をつくり、社会や歴史の問題点、ドラマの背景となっている課題、人物を場面に登場させる必要性などをまず観客に理解させるねらいで用意された設定である。ときとして、わたしをいらいらさせ、怒りをもいだかせる場合がある。

確かに一過性で展開していく芝居では、作者や劇団としてどうしても観客にわかっておいてもらいたいことがあり、それがドラマにとって不可欠な条件になっていることが多いのも理解できる。むしろ、その意味では、芝居には「説明」要素が満ち充ちているといってよいのかもしれぬ。

だが、すぐれた作品・舞台の場合、そうした説明的要素は、人物の心に充分溶けこまれたセリフや行動となり、場面のくみたてと展開のくふうに生かされてドラマをうねらせる。また、作者の熱い思いや俳優の豊かな人間的包括力のある表現によって観客は納得させられることも多い。困るのは、書き手や上演者が観客の上位の立場に立って、そこから、「わかっていない」お客たちに、〝こういうふうに説明しておきますから理解してください〟〝滑稽に表現しておけば観客はおもしろがってついてくるだろう〟という意識からの設定が前面に押し出されている舞台である。そうしないと広く一般の観客には喜んで受けとめてもらえないという理由（確信犯的正当化）があるといえようか。しかしそれは、想像する楽しみを観客から奪い、上演者の一面的な解釈をおしつけてくる芝居であって、その勝手な努力は観客を愚弄する営みだと思うときがある。

と、「観客としてのわたし」はいつも感じ続けながら、一方、文章の「書き手であるわたし」はその未熟な弱点を平気で示してしまっている場合がある。

木下順二の戯曲作品にも、「説明」表現はそれこそ多くふくまれている。彼の想像のはたらきが時代や歴史の現実、人々の生きざまに誠実に向き合おうとすることであればなおさらのことである。しかし、木下は、「説明」を前に立てたのではドラマが成り立たないことを熟知するドラマチストである。作者としての説明を抑制し、登場人物の意識に時代・現実の状況・課題を溶かしこませつつ人物の肉体・心理の行動によってドラマを展開する経過が作品から十分にみてとることができよう。「説明」の延長線上あるいは平行線上にありながら、ドラマの有効な表現手法として、同一のセリフを後の局面でくりかえすのは戯曲作家木下のくふうのあらわれのひとつであり、そのことばが人物・場面にとってきわめて重要であり、作者にとって、ドラマにとって不可欠な内容として観客に届けたいとする思いがこめられている。

そしてその木下は、小説や散文の世界においては、「説明」を思うままにかきすすめていく。とくに評論では、〈せりふのくりかえし〉の次元でなく、以前の自分の文章の一部を（それもかなり長く）引用する事例をわれわれは何度も目にしてきたはずである。小説では人物（あるいは作者）が自分の認識を戯曲にくらべて語ることがかなり許されるという条件があるだけでなく、内容に否応なくからみあう要素として作中に展開でき、読者もその提示を通して作品世界に入りこんで自分のイメージを形成していくことになる。この『無限軌道』では、まさに「説明」そのものとしての役割をはっきりと示しながら、その綿密さが、時間・法規・権力そして自然力によって人間がおさえこまれる姿を描いていく作品の課題と響きあうことになる。

「説明」表現には、作者木下の強い表現への志向とくふう、それを動かす創作の情念とが働いている。

Ⅱ　『無限軌道』を読む

小説『無限軌道』は、三人の国鉄電車運転士（東京の山手線）の一日の行動を時間を追って叙述していく。その三人、西口信吾・南庫吉・北川出は、まず付与された姓名を見るだけで、作者が現実の普遍的な問題を描こうとした意図を感じることになろう。西・南・北の方角の姓に加えて、それぞれ「信号」「車庫」「出発（進行）」という電車運行を想像させずにおかない名前が付けられている。労働組合分会役員の中年の西口、南は定年の時期がもう遠くないベテラン、若者の独身者である北川とそれぞれが設定されているのは、状況と課題の表現に広がりをもたせようとする作者の意図がさらに確かなものだということを示しているだろう。

〔1〕から〔5〕の展開を、時の経過にしたがってみてみよう。

〔1〕

三人の人物を並行的に登場させ、電車運転士としての生活と行動とを具体的に描いていく。西口信吾を南・北川の意識のなかにまた現実の場面にも遭遇させることもふくめ、序章としての役割をもってすべり出したといってよいだろう。

午前五時である。

「西口信吾」は、早暁出勤のため、ギーコギーコと音を発する中古の自転車に乗って電車区へ向かう。二十八日を周期として一日一日の行動が分きざみで精密に仕組まれている。そうしたある一日の勤務であった「きのうの仕業《しぎょう》の順序」が「何のよどみもなく」「頭の中を流れて行く」。

五時三〇分には起きて飯を食って六時一〇分頃に家を出て、きょうと違って大急行で自転車をすっ飛ばして六時二九分電車区着。すぐ運転助役室で運転助役のほうは見向きもしないで名札を返し行路表《カード》をもらい〔それが「出勤」だ〕、向い側の運転乗務員詰所の更衣函《ボックス》へ走って行って制服に着替えて掲示板から点呼事項を大急ぎで乗務員手帳に写し取って六時三九分運転助役の前に立って「出勤点呼お願いします！」。制動弁ハンドルを握ってかばんをぶらさげて庫へ行って、八両連結の車両のまわりをぐるぐるぐると歩きまわって点検がいつもより早く終って七時〇《コロ》五分。誘導掛が添乗《てんじょう》誘導にやってくるのを待っていっしょに運転台に乗り入替《いれかえ》速度を少し控えて一三キロ。「一旦停止標」で誘導掛をいったん降ろして、入換信号機があいたところで2番フォームへ持って行って乗りだし七時三一分。内回りをぐるりと一丁まわって八時三七分にはもとのS駅へ戻って来、今度は九時〇《コロ》一分着の外回り荷電《にでん》を担当して九時〇《コロ》一分三〇秒発。九時四九分にT駅の、山手線なら3番線だが京浜東北の南行4番線にはいり、S駅のいつもは2番線だが5番線に戻ってきたのが一〇時二七分三〇秒。次に担当の客電は一〇時四九分発内回り。一一時五六分に戻って来てまた一丁上がり。これはここの止まりで客を降ろして空車回送に変わり、同じ電車が回送になってT駅内回りフォームに一二時〇《コロ》一分着。中線《なかせん》へ引っぱり上げておいてケツのほうの運転台へ歩いて行き、京浜東北の北行4番線に据えつけて、空車のまま今度は別番号の回送車になって折返しの出発が一二時二三分三〇秒。二駅止まって一二時三三分K駅着。そこのフォームでK電車区の構内運転士に引きついでその車はそのまま入庫。こっちは京浜東北客電の運転台に便乗して一二時四三分に戻って来、次の担当の客電が一三時〇《コロ》五分に着くのをフォームで待って交替乗車。一三時〇《コロ》五分三〇秒に発車して内回り一丁一四時一二分帰着。フォームで交替して、その電車が三〇秒あとに出て行く後ろ姿を見送ってそれで本日は上がり。

というきのうに続くきょうは「トラの日」――「三日続きの早朝早暁出勤がきょうの昼頃で終ってあすの夕刻まで自由になり、次の日からは夕刻出勤の夜業に変わる」「わたり（トランシジョン）の日」である。あすからは二晩の泊仕業、六日目の早朝に帰宅する日が「明け晩」だが、この日はぐったり、翌日は「公休日」だが次の日の早暁出勤を考えるとものんびりできない。だから、この「トラの日」がいちばん気が楽になる、楽しみな日なのである。

　そして、きょう、彼は、五時四一分に電車区に着き、四六分出勤点呼、六時二一分にフォームに出て三分後に到着する客電に乗車、六時二四分三〇秒発車で、西口信吾の本日の労働がはじまった。

「南庫吉」は、五時きっちりに、K駅のプラットフォームで五時六分に運転する荷電の据えつけを待っている。きのう一四時五九分に出勤点呼をとってから休養室での仮眠もふくめ二時間あまり後の七時二四分の退区点呼まで、定められた仕業をこなすことになる。

吹きさらしの暗いフォームで一人立っている南庫吉は、「またあの情けないような腹立たしいような思い」を味わっている。それは組合役員である西口信吾にもかかわる「運転士の仕業交番表」についてである。運転士を近距離通勤者（歩いても出勤できる）・遠距離（片道一時間以上）・中距離（その中間）に分け、それぞれの都合を考慮して、電車区運転士会の交番委員が組むのである。南庫吉は二時間近くかかる「遠距離」のはずなのだが、最近「近距離」に変えられていた。労働組合の立場からいってそれは懲罰的な意味をもっているわけである。張り出されていた勤務割表でそのことを発見し、情けないような腹立たしいような気分を抱えていたそのときに、担当者の一人である西口信吾に声をかけられたのであった。

とにかくけさは、南庫吉は別に西口信吾の顔を思い浮かべていたわけでは全然なかった。彼は、風がやけに冷たい暗いプラットホームの上で、何とも情けないような腹立たしいような気分にさらされていただけであった。〈誰に何をいうこともねえんだ〉

やはり胃が、少し痛むような気がする。

ずいぶん長いこと生きてきちまったもんだな、おれも、というような思いが自分の中に流れていることを、南庫吉は気がつくともなく気がついていた。〈どうせ死ぬのだとするとどういう死にかたをすることになるんだろうおれは……〉

Ｋ電車区乗務員休養室で睡眠中だった「北川出」は、五時五分に起こされる。郷里の高校で同級生、いま東京で電話交換手をしているＫ子とスキーをしている夢をずっと見ていたのだった。どうしてか真赤なスカートをはいて先を滑っていくＫ子の姿だった。

五時四五分車庫から荷電を出庫し、六時二〇分の発車である。ブザーを待ちながら北川出は、「スキーのことと西口信吾のこととＫ子のこととが、ごっちゃになって頭の中に残っていた」。今年のはじめ、スキーに行くからいって一ぺんに二八日間の休暇をとろうとして西口にたしなめられたのである。

七時二七分退区の点呼のあと、自由になってフォームに出た北川は、乗務交替で電車から降りてきた、その西口信吾に声をかけられる。夕方からまた半徹夜の乗務があるので、青年寮の部屋ですぐ寝ようと心を決めた北川の脳裏に、朝見たスキーのＫ子の夢がよみがえる。

けさは何であんな夢を見たんだろうとまた思っていた。何でまた、スカートをはいてスキーしてる夢なんかを。――眼をつぶると電車の走って行くリズムに乗って、真赤なスカートの中の真赤な世界をぐるうんぐるうんと回っている感覚が、あの不安な〈いつへりからあっと飛び出しちまうか――〉気分といっしょに、まぶたの裏へよみがえってくるようであった。

組合の活動家ではあるが、女房の内職にも頼っている、まさに民衆的な生活を背負う西口、労働者としての晩秋期の意識をもたざるをえない南、そして北川の若者特有といえる自己中心的な感覚と女性に対する性意識、三者の特徴づけが簡潔な表現のなかにきちんと表現されている。

電車運転士としての日常生活を精密に描きながら、各人の意識に浮んでは流れていくイメージを現実の時間とかみあわせて展開していくこと、後の場面とかかわってくる伏線の設定、西口とのつながりを他の二人の立場から具体的に用意していることも、小説という特質を先に立てつつ、木下ドラマにとっての不可欠な手法が設定と表現の土台に存在している。

〔2〕

国鉄青年寮でふとんの中に入った「北川出」の頭に浮んでいく思いである。大きく三つにまとめられるだろう。

① 高校時代から国鉄運転手になる志望をもった生活、そして東鉄に採用されてから一人前の運転士になるまでの課程が詳しく語られる。

東鉄採用試験・S電車区清掃員として臨時雇傭員（三か月）↓同電車区試用員として雑務（二か月）↓整備係として本採用・客車の清掃（一年足らず）↓教習所電車科の試験・教習所卒業（四か月）↓K電車区配属↓翌年T電車区運転助手・教習所電車運転士試験科・卒業（半年）↓S電車区電車運転士見習（六か月乗務見習）↓電車運転士登用実務試験↓

乗務見習の期間、「教導運転士」通称「お師匠《つしょ》さん」として彼についたのが、あの南庫吉である。南の指導とふたりの言動が十何ページにわたって丹念に叙述されていくのだが、その精密さこそ木下順二の特徴ともいうべきものであり、またこの表現に作者が志向した作品内容の主軸がすえられているといってよい。われわれは、作者のたくみな「説明」にしたがって、国鉄運転士の現実の世界にどんどんと入りこんでいくことになる。〔0〕の章で詳述された「嗚呼」の説明がここで有効にはたらき、読み手の理解を加速させていくことはいうまでもない。

② 南庫吉のことばと思いとを通して、太平洋戦争時、敗戦、戦後の国鉄運転の状況、その間の労働者たちの生活や意識が具体的に語られる。それは、作者がこのくだりに設定した、もうひとつの大きな内容である。

「安全運転」闘争（戦後、運転士の若手が、山手線の速度をもっと落とさないと危険だと意見を出し、それを一方的に強行、電車がじゅずつなぎから完全にストップしてしまったという労働闘争）を生き生きと語る南の姿に「何だか分からないが不思議な気がした」北川出である。それに続く南のことばはこうだ。

しかしとにかく――と南庫吉は調子にのってしゃべり続けた。――みんな威勢がよかったよ。未来は明るいと信じこんでたからな。その頂上が、あの二・一ストだ。あの中止命令がマッカーサーの野郎から出ておれ達ンとこへ伝わって来たのが、あれが夜中の何時頃だったたっけな。あの時ぐらいがっくりと来たこたア、まず一生のうちになかったといってもいいくらいだ。ってことは、それだけみんなが、まあ命がけで盛り上がってたってことさ。本当にあの時ぐらい生甲斐ってものを感じたことはなかったからな。——

そこでふいっとことばを切ってから、すぐ南庫吉は、

「いや」

と、自分で自分を否定した。

「いや、もう一度あったっけ。その時のほうが……なにしろ二・一ストのあたりはまだ自分で自分がわからないまんまにわいわいやってたとこもあったからな。……そうだ、おれにとっちゃあ、あのあとの時のほうが……」

(そのあとの時ってのは何ですか?)と、北川出はもう少しで声に出しかけたのだが、それを声に出させないような、一種きびしくて淋しいような空気が、握りこぶしをぎゅっとかためたみたいに小さく固い、そしてどす黒い南庫吉の顔のあたりにそのとき漂っていた。

「いや、もう一度あったっけ。その時のほうが……」の内容は、〔4〕において、南庫吉自身のことばで語られることになろう。いずれにせよ、人物の意識の流れのなかに想起されてくる他の人間と自分との意識表現によって状況や課題を生々しく有効に示す手だてである。戯曲『暗い火花』ではまさにその手法によってドラマすべてを構成したのだし、木下順二のドラマトゥルギーにとっての根幹的な方法論であることはいうをまたない。

③　一本立の運転士として初めて電車を動かした時の緊張感、これも初めての「マグロ」——人身

事故——をやってしまったことが、一生忘れることのできない体験として生々しく回想される。
事故は、「春のある晴れた朝、ラッシュアワーも大体終った内回りで、自分の電車区を出発してから二二分と少し行ったあたりの第三種踏切、つまり自動警報機のついた通称『チャンチャン踏切』においてて」生じた。轢いたのは、真赤なスカートをはいた若い女性だった。

〈落ちない！　落ちない！　速度が——〉ずっずっずっと制輪子の車輪に圧着しだしている感覚が、やっと靴の裏から北川出のからだに伝わり出し〈畜生！　畜生！　畜生！〉最初に女を見た瞬間だめだと分かっていたことが急にはっきりしかけ、すると突然この電車は全く自分の制御を離れた物体だという感覚に襲われた北川出の、主幹制御器のハンドルの頭を圧しつぶしそうに押えている左手の腕と制御弁ハンドルを握りつぶしそうに握っている右手の腕とが、踏んばった二本の脚ととも に全力をこめて電車を引き戻そうとしている。〈止まれ！　止まれ！　止まれ！〉前面のガラス板へ自分の顔がぎゅうっと吸いつけられるようになって腰が浮き、つんのめりそうに前へ出た北川出の眼の中にぐうっと近づいて来た女の顔がこちらを見ていた。女の両眼が極端に大きくなりルージュをぬった唇が音もなくゆっくりひらくのといっしょに非常な速さで女のからだは北川出の眼の下に〈真赤なスカート！〉捲きこまれて行き、二条のレールをその下のバラスの灰色の縞が、非常な速さでいつまでもいつまでも流れていた。

赤いスカートは〔1〕の夢でのＫ子を直ちにイメージさせる——その逆のコースかもしれない。Ｋ

子と「マグロ」事故の両者が意識のなかで混交していく。

赤いスカートがゆらゆら揺れている。

なにか自分が残忍になって行く気がした。

「そうだ、課長のやつきみたちのスカートまくって歩くんだって?」

北川出はいきなりK子のスカートをまくってみた。すると真赤な世界がくるくる回っている真中に、確かにK子の肉体があった。〈今度は大丈夫だ〉自分のからだ全体がゆらゆら揺れているようであった。〈今度こさ　今度こさ——〉揺れるたんびにからだの内から刺激が北川出の肉体をしびれさせて行く。〈畜生!　畜生!〉揺れながら北川出はK子のからだにしがみつき、しがみつき、こちらへ引き戻そうとした。しがみつきながら北川出ははあはああえぎ、何度も何度も自分のからだをK子にこすりつけた。

「もう一度行くぞ!」

咲きみだれる桜の下に、遠く小さくK子が立っている。確かに赤いスカートをはいている。電車は六〇キロで走っている。(略)ぐんぐんと電車は走り、北川出の全身に力があふれ、興奮が北川出の心をとらえる。(略)

快感が増してくる。パシャッ!　と制動管の排気音がした。〈あっ!〉ずっずっずっと制輪子が急速に車輪に圧着し始めたとたんにK子の顔がすぐ前ではっきりこちらを見ている。〈あっ

あっ　あっ　あっ〉あえぎながら抱きついていた。〈止まれ！　止まれ！　止まれ！〉恍惚感がたちまち北川出の全身をひたして行く。ひたして行く。――パシャッとまた音がして、そして北川出は眼をさました。

こうした性意識または性心理の描写は、木下順二の作品の中にはほとんどみられないものである。しかし、戯曲では表現困難なその叙述が、電車運転やスキーの体感覚などとあわせ、若者のリアリティを感得させることも確かである。

北川出は目覚め、K子への電話をかけ――〈K子はきょう夜勤でいなかった。勤務明けの早暁に電話を欲しいと伝言する。そのことは〔5〕での北川出の意識にかなりの影響を与える設定となっている〉――もう一度寝ようと部屋へ戻りながら腕時計を見たのが、九時七分である。

〔3〕

「西口信吾」は、その九時七分、故障してストップした外回り客電の運転台にいる。汗まみれの事故対応限度の八分が経過し、電車はとうとう「重連《じゅうれん》」となってしまった。「重連」とは、「ここまで運転して来た八両連結の乗客を全部フォームに降ろして空車にし、後ろから来ている八両連結の客電がそれを前に押し出してフォームに止まり、その乗客を全部フォームに降ろして空車になり、合計十六両の空の車両がひとつながりに、ただし『死んで』いる前半が『生きて』いる後半に押されながら時速二五キロ以下でどこにも停車することなく電車区へ帰って行く」ことである。ダイヤの大巾な乱れもふくめ、乗客にとって、そして運転関係者にとっても大きな迷惑となることは当然だが、乗務員としてきわめて不名誉な記録であり、賞罰の対象として昇給停止などの処分を受ける可能性がある。

孤独な西口信吾が運転台に坐って思い浮かべるイメージは、「彼の長い運転歴の中で、きょうをのければただ一回だけの」重連故障である。数年前のその体験が今回と重ねられ、鮮明に綿密に辿られていく。具体的対応の経過、事後の反省、そして西口の意識は、国電の運転と彼ら労働者とのかかわりの実態へと導かれていく。器械の一部にだんだんなっていく自分たち、世界一の過密ダイヤ、それを余儀なくする東京への人口集中……。

過密ダイヤに追い立てられているのはこっちだが、過密ダイヤをいわばつくりだしたあの人間どもも、あのものすごい状態から分かるように、やっぱり何かに追い立てられて、あるいは何かに（われわれが仕業時間に縛られているみたいに）結局は縛られているわけなのだろう。解くことも突き破ることもできない大きな枠みたいなものが、つまり存在しているわけだ。つまり人間のつくった社会というものは、それを人間がつくったのであるにもかかわらず……〈とにかくくたびれた――〉

組合役員としての西口は、休暇申請の北川出への対応で生じたおかしな食い違いを回復しなくてはと考え、安保闘争以後組合活動から脱落していく南庫吉ともよく話しあわなくてはいけないという想いをも抱く。それと並行して、かつての、「時間内に食い込む職業集会」「強力な順法闘争」「賜暇戦法」などの高揚、あの政令二〇一号で剝奪された公務員のストライキ権を六〇年安保のとき「六月四日ストライキ」で実現した日、それぞれのたたかいと自分とのかかわりを頭の中に詳しく描写し反芻していくのである。

自分が体験し、そして足早に通り過ぎていった日々、現在も同じような状況に直面しているのに闘いではなく対応だけに変化していく時代、自分自身のありかたもまたそうだ。西口信吾のこの想いは、作者が付した見事な「説明」であり、その思いは作者の心持ちとも重なり合わされたものだといえる。西口のいまの感覚を描写する、この章末の表現をあげておこう。

　本当に降り出しそうな空の暗さであった。

〈寒い！〉

さあ――と、西口信吾は、無理してどうにかここまで棚の上に上げ続けて来た感じのあの〈「重連」＝不名誉〈畜生！〉〉を、いよいよ棚から取りおろすことにした。

取りおろしてみるとそれは全く重く、その上あっちこっちが濡れているようで、たちまちぴちゃぴちゃと西口信吾の頭や肩に貼りついてしまった。

〈あ、あ――〉

そして、〈……もう九時三〇分かな？……〉と思う。

〔4〕

九時三〇分ころ、「南庫吉」は、東京西郊の我が家にようやく帰りつく。

広大な米軍基地と飛行場が存在する農村地帯、鉄道仲間の呼称によれば「半農半鉄」（国「鉄」または「鉄」道ということ）の家で、父もまたそうだった。かみさんだけが、一人でともかくも農業を、当初から頑張ってやっている。

ふだんは朝食をとり仮眠するのだが、きょうは食欲がなく、眠られず、日曜大工やかみさんの農作業を手伝ったりしてほとんど休まずに、十四時三〇分きっかりに家を出て、半徹夜勤務の職場に向かう。

二回の乗りかえ、三本の国鉄路線に乗っていく南の頭に、次の三つのことがらが順次浮かび、またとりついていく。

① 「基地拡張反対闘争」への参加

一九五六年、米軍立川基地の拡張に反対する運動、「砂川闘争」といわれるものである。国鉄労組の一員としてのときもあったが、多くは地元の住民として、南庫吉は「大いに闘争に参加した」のである。

家には支援の学生たちが泊りこみ、おかみさんはおかみさんで鉢巻をして飛んで歩き、それがなにも南庫吉の家一軒だけのことではなかったから、亭主たちは飯たきや風呂たきや掃除なんかも文句なしにやらざるを得なかった。ここいらの旦那がたが家事に勤勉になったといわれるゆえんだが、とにかくいま思いだしても胸が熱くなってくるような毎日の連続で、それはあった。〈あれからもう　といったらいいか　たった　といったらいいか　とにかく十年が過ぎちまったな……〉

坐りこみのスクラムに対して警察機動隊員の警棒使用、「ごぼう抜き」で「パイプ輸送」されて放り出される人間のなかに、地元民南庫吉も何度か入っていた。石田一松のノンキ節「日本は基地の外にある、ハハノンキだね」をうたってまた「戦列」に戻って行くことに耐えた自分だった、と南は当時を思い出す。こういう表現に作者としての木下順二の力量を感じる。

わたしも、ここにいわれる「支援の学生たち」の一員として、現地で闘争のメンバーに加わったことがある。滑走路直前の一条だけの鉄条網で基地と仕切られた畑地に坐りこんでいるわれわれの頭上を、それこそ超低空で離陸していく巨大な翼の米軍用機——高度十メートルはあったのかどうか、怖ろしかった——のイメージとそのときの感覚はいまもわたしに残っている。そして、木下順二が『一九五六・一〇・一三——砂川』という長文の報告記を著しているので、その文章を読んだ人もあるだろう。

（この基地はいま「昭和記念公園」となって多くの行楽客を集めている。そこには、あの当時を想起させるものは何もない。人びともそのことを意識することはない。しかし、隣接した一部は自衛隊の基地として残り、近くには「横田基地」が半世紀以上米軍の支配下におかれて現在もある。）

南が「生甲斐」を感じた経験として〔2〕の部分で述べた「二・一スト」に加え、「いや、もう一度あったっけ。その時のほうが……」の「その時」は、この「基地拡張反対闘争」であったことが理解される。「とにかくいま思い出しても胸が熱くなってくるような毎日の連続」だったわけだが、それからとにかく十年の歳月が過ぎ去っていってしまったのだ。ベトナム戦争や時代の情勢をみる南庫吉の目には、そうした熱い感覚はもうない。

② 「ガソリンタンク車の暴走、激突、炎上事件」の体験

作者はこれも固有名を出していないが、国鉄立川駅青梅線ホームで現実に生じた大事故であり、その現場に南庫吉が遭遇した設定、彼の意識に深く入りこむかたちで鮮明に状況を提示していく。このプラットホームに立つとき、南庫吉はいつでもその恐ろしかった一瞬間を思い出さずにはいられないのだ。

事件という言葉で呼ぶならそれは無人車の暴走事件であって、あの正月の晴れた朝、娘といっしょに南庫吉がこれから乗って帰るはずであったうす汚れたあずき色の在来車へ、ガソリンを一杯に詰めた一台のタンク車が向うの駅から突っ走って来て激突し、結果、奇跡的に死者こそ出なかったが、フォームは一面の火の海になるし、路線沿いの商店街も大火災になるという事件であった。南庫吉と娘とは、よくも助かったといいえばいいえるような逃げかたをして、ともかくも無事であった。

そして、南庫吉の記憶の中に、「本当に恐ろしい瞬間」として「現在形のまんま残ってしまったもの」は、火の柱やそれに続く阿鼻叫喚でもなく、突然現われたタンク車が顔を正面に向けたその瞬間だった。暴走、止める方法がないということが全部分かってしまった、「既にもうどうなるものでもない」ことの恐ろしさなのだった。

南庫吉が自分ひとりで原因・経過を検討し調査した結果が細密に語られる。〔0〕で説明された「逸走」の表現より、いっそう具体的でダイナミックに叙述されていく。当然そのことは、〔5〕で生じるカタストロフィの前提を形成するものだが、そこでは、南庫吉自身がその当事者になっていくというドラマ的展開が用意されるのである。

③　自分の将来の生活への不安と動揺

運転士であることにくたびれてきている南庫吉の心はこのところ揺れ続けている。今後のありかた、当局側に近づいて助役に出世していく道を歩むか、そうでなければ同じ運転士でも本線の運転から退いてもっと楽な、その代わり日の当らない職場で定年を待つかである。本心でいえば、後のコースをとりたい氣持にいる。

この日出勤のために乗っていた山手線でやはり勤務につくために同乗していた北川出に対して「構内運転士」――電車区構内だけの運転で、空車をフォームから車庫（入庫）、車庫からフォーム（出庫）、車両の入換の担当――になろうかなと語りかける。北川が南について思っていたという「指導運転士」――前者の出世につながる――になる気持ちもまったくないわけではない。図星を指された気もする南である。

作者は、この〔4〕の終末部に、三人を現実時間・現実場面に一堂に会させる設定を行なった。ここまで各自の記憶や意識のなかに三者相互のかかわりを描いてきたのだが、作品展開の集約をたくみにはかるとともに、次の〔5〕での事件をドラマ的に組み立てる前提を用意したのである。

山手線内でいっしょに勤務に向かう南と北川はフォームで西口にぶつかる。「トラの日」になるはずの西口信吾は組合の仕事が入って今日は夜中まで帰宅できないというのである。西口は南に「一度ゆっくり話したい」と呼びかけ、北川にはきょう退区の後自分の家に泊りにこい、乗務員詰所で会おうと約束をとる。

〔5〕

深夜、濃霧が立ちこめている電車区構内、そこには人の気配はまったくなく、静まりかえって並ぶ車両群のなかに、三人だけが存在して局面が展開する。

北川出が四分延着の外回り終電を構内運転士に引き継ぎ、点呼後、詰所で待っていた西口に会い、忘れていた約束を思い出す。汽笛を鳴らして内回り終電が入ってくる。南も延着だなと北川は思う。車庫まで行って組合の連絡をする必要があった西口とともに、ふたりは視界のまったくきかない白い闇のなか、構内の線路を歩き出す。

南庫吉は終電車を車庫まで移送する。運転台を下りようとしてドアを開けると押し包んでくる真白な霧。車内を歩いて反対の車掌台（運転台）への道を辿る。運転台で頭が混乱しだし、何もしなくていい終わったはずの入庫操作を新しい「折り返し」運転操作と入れ混ざって行っているうちに、「白いものの遠い奥にある星々がぐるりと回った気がし」、そのまま「しゃがみこむようにして運転台の床の上にくずれ、頭を両膝の間に落した」のである。

制御弁のハンドルを緩めの位置にもっていってしまったこと、手ブレーキを捲ききっていない状態が残ったこと――それだけでは電車は動かないのだが――、〔0〕で説明された勾配による力学的自然条件が加わっての電車自然流出がはじまったのである。

暴走電車を発見した西口・北川の壮絶ともいえる必死のたたかい、意識の少しもどった南の抱く恐怖感などが、たたみこまれて描出される。木下順二の筆は細密でありながら満を持したように自信に充ち、おどっているようにも思われる。

深夜、静まりかえった広大な構内、目先きもきかぬ白い闇、舞台では実現困難な状況下で、ドラマ的破局が進行する。読者のイメージを誘発する小説の世界のなかでこそ可能な設定がなされていることに、小説表現を強く志向したドラマチストの想いが逆にあるいは正統的にそこにこめられているといえるだろう。

作品の最終表現はこうなっている。

　そのときもし北川出がからだを起こして視線を前方へ投げたなら、真白い闇の中に、あの真黒い大きなものの真黒い後部が、微かにからだをゆすりながら、吸いこまれるように静かに消えて行く瞬間を見たはずであった。

Ⅲ　『無限軌道』のドラマ性

ひとりの作家にとって、自分の著わす表現形式が小説であれ戯曲であれ、またはそれが評論や随想であるとしても、彼の表現意識には決定的な差異があると思えない。とくに木下順二という作家についていえば、どの文章、いかなる作品を読んでみても、そのことが強く印象づけられる。しかし、戯曲作家としての彼がわざわざ小説の制作を選んだのには、小説でなくては求められない表現の特質の追及を意図したことも確かであろう。

おそらくその最たるものは、三人の登場人物のいまの意識の流れの中に過去や現在の状況と行動とを交錯させ、他とのかかわりを空間・時間的に自由に展開していく手法にあったといえようか。

それは小説であれば当然の手法認識であり、むしろそれを採用する安易さをどう克服するかが大きな課題となる。戯曲作品の場合でみれば、人物の意識の流れの上を場面が自由に往復する表現は、不可能ではないが、なかなか困難である。また、舞台に存在する人物の行動とセリフによって意識の移動を示そうとしても、観客にとって充分に納得できる形象表現として具体化できず、過剰な説明表現におちいることが多いのは前述した。

戯曲作家木下順二は、小説『無限軌道』において、「説明」表現を恐れることなく、逆に強力な武器として、人物の意識内に入り込み、そこに生じる感覚的でもある有機的な心理と認識のイメージを詳しく言語化していく。その営みにはなにかドラマ創りの束縛の条件から解放された喜びといってもいい感覚がある気がする。

しかし、そもそも、人物の意識の動きを軸にして外部とのかかわりを現在あるいは歴史的現実とかみあわせて描くという方法は、木下順二ドラマの大きな特徴である。その方法を意識的にとりあげてドラマづくりをつぎつぎに果たしていったのが木下順二であった。『風浪』『山脈（やまなみ）』という最初期の作品、木下自身が「自然主義的作品」と認めている創作でも、主要人物が「語り」といえるセリフによっておのれの「意識」を思い切って表現している。作者の思いはその内に強くこめられている。『夕鶴』にしてもそうだ。「つう」のいくつものモノローグは、彼女の意識の葛藤を観客に直接伝えてくる表現だ。

そして、新しい表現手法へのとりくみである。

『暗い火花』はまさにそのものを意図し実験した作品であり、経営難に追い込まれている町の鋳物工場を背負う青年利根の「意識」そのものを軸にして、一九五〇年という時代のドラマとしようとしていた。最後期の『子午線の祀り』の主人公平知盛の意識のなかに登場してくる女性影身の内侍は、知盛の過去の意識でありながら彼の現在を動かしていく存在である。そして他のほとんどのドラマでも、人物の意識を通して歴史の状況と人間との緊張したかかわりを描こうとする木下のドラマトゥルギーは貫徹されているといえよう。それは、「木下順二のドラマ」の根幹に据えられている作劇思想といってよい。

『無限軌道』では、Ⅱの節でその概略を示したように、〔2〕〔3〕〔4〕とそれぞれ北川出・西口信吾・南庫吉の行動と意識とがそこから想起される過去の体験のイメージと重なり合わされて叙述されていく。それらは、「二・一スト闘争」に集約される敗戦直後の労働運動であり、「砂川闘争」に代表される地域に結びついた平和運動であり、「安保闘争」に示される広汎な市民の参加を得た政治運動である。あくまでも個人の意識としてのイメージで描かれるが、それぞれは戦後から一九六〇年までの日本の現実を形成した重要な社会的経験といわねばならない。それ以前、南庫吉を通して戦前・戦中の生きかたから、組合運動への積極的参加も「安保」体験もない現代的な若者の北川出の感覚表現までをつなげて、日本現代史と人間の実存の姿が縦糸として作品を貫徹していく。

それに加えて、国鉄勤務者の日々を拘束している過密な生活の「ダイヤ」の実態や新人訓練に示される数々の制約、運転士として痛恨な事故である「重連」や「マグロ」などなどが横糸としてこの労働者たちを囲繞している。そのなかで各人物は呼吸し、時が否応なく流れ去っていき、現在を過去の世界へ追いやっていくのである。

歴史は一つひとつの事実として客観的に存在するが、一人ひとりにとってはおのれの体験においてのみ保存され、また、次第に変質と忘却の次元に入りこんでいき、意識のなかの回想としてしか現在によみがえることはない。しかし、そのことこそが、その人間の現在と未来とを規制する条件となっている。そうした一九四〇年代から六〇年代までの日本の歩み、形成されていった社会組織の強権的支配と人間との桎梏は、木下順二の戯曲でいえば、『山脈（やまなみ）』『暗い火花』『蛙昇天』『白い夜の宴』という系譜に対応するものといえようか。

小説『無限軌道』における「ドラマ性」は、そうした基本構造の上に立って、すべての出来事をある日の早朝から深夜までの一日の展開として描いたことにより明確に現われる。それは、ギリシャ劇から近代古典劇まで遵守されたドラマの基本性格の一つであり、木下順二はその特徴を意識的に採用した。戯曲ではなく小説ということでドラマの制約から解き放たれ、思いきった充分の説明と意識描写を具体化しながらも、作者はきわめて「意識的に」作品構造の土台にドラマの原則を据えた。そればかりでなく、三人の人物を最後に一堂に会させ、予期することのできなかった「電車流出事故」に遭遇させ、それと闘わせ、敗北させる。その事故は人為的で社会的な原因をもちながら、それを超えた自然の力学的法則の所為でもあるのだ。三人（というより国鉄労働者）すべてが日常的にかかわり、そのことによって「生きて」いる電車は、かれらの人間的力を超えたものとして現実の状況を形成して歴史のありようを象徴している。「無限軌道」というタイトルは、その位置付けを端的に示しているといえよう。直接的な意味では東京「山手線」という環状路線の終わりのない路線の表現であるものが、その線路はつながりつながり日本中の全地域へとどこまでも延びていき、それに結びつく労働者・支配者のそれぞれの位置付けを示し、人間を規制する組織の機能、さらに日本人すべてといってよい人びとの暮らし、近代日本百年の時を流れてきた歴史までもが、「無限軌道」のつらなりとしてある。ひるがえって、「電車流出事故」はそうした無限軌道の末端で生じ、その軌道の上を流れ走行していくのだ。作者が設定した三人の人物は、「無限軌道」と対峙し、その上に実存し、自分たちのありようと未来とをその状況によって選ばれるのである。

「戯曲というものは、劇作家が、人間の力を超えるなにものかと緊張感を以て対峙しているという地点からしか生産されないものであるだろう」、「人間の力を超えるなにものかと緊張感を以て対峙している地点から生産されていないならば、どのように精緻な会話とどのように巧妙な構造を持った戯曲らしい作品も戯曲とは呼べないだろう」という見解をくりかえしくりかえし述べる木下順二は、自分の実作に意識的あるいは結果的にその「思想」を貫徹させ続けたといえる作家である。ドラマ「思想」は作者の創造精神の次元にとどまらず、作品の登場人物たちのありかたにも具現されている。処女作『風浪』からスタートした創造生活は六〇年にわたって模索され深められ展開されてきた。小説『無限軌道』もその例外ではない。

わたしはここで木下順二のドラマ論を詳述することはしない。いまは、ドラマと異なる多様性を有すると考えられる小説の創作においても基本発想は同根にあることを確認しておきたいのである。

『無限軌道』の理解に直接つながらないかもしれないが、木下順二が中江丑吉という人物を叙述している文章が、わたしには気になってならない。わたしは中江丑吉については、木下の表現を通して、中江兆民の子息であり、学問研究書として『中国古代政治思想』の著があること、晩年は中国北京に在住し、昭和十七年五十三歳で死去したことを知るのみである。わたしが注目するのは、

中江丑吉という人が（彼が兆民の嗣子であるなどということとは別に関係なく）私は前から気になっているのだが、それはこの人の存在自体が気になるということと、ドラマというものとの多少

の関連においてこの人の存在が気になるということとの、二重に重なった気になりかたのようである。

という、木下順二の叙述の「二重に重なった気になりかた」の内容である。この表現のある、『ドラマとの対話』の「どこにドラマは成り立つか」の文章から、二、三の箇所を引用したい。

〈中江丑吉は何か非常に大きなもの、人間の力を超えるある高いものと対峙し、その対峙が生み出す強烈な緊張をほぼ二十年間自分の中に維持し続けてその生涯を終った人だと私には思われる。〉〈中江丑吉の一見際限ない広い関心がある焦点を持っていただろうということを先ほど私はいったが、（略）その焦点から当然のことながらいわば放射される劇しい現代批判と、その上に立っての時代洞察が中江丑吉にあったということの、二、三の例をあげておきたい。つまり、今日われわれがやっと常識として持っているものを、当時の中江丑吉は先取りしていたということなのだが、例えば一九三八年に彼は、「日本はあたかもチフス菌に罹ったようなもので、ある程度高熱が進昂してから後でなければいま何をやっても無駄であると語り」、日本の破滅までは「いわば『病理学者』の立場を取るほかないと判断」する。「狸が機関車にぶつける」にひとしい行為をやろうとする「この軍部という奴が負けてふみにじられて嫌というほどゴーカンされる図を、生きて見てやる」つもりだが、「しかしその時はわれわれ国民も全部ゴーカンされるんだ」。独伊と軍事同盟を結んだその手で米と握手しようというのは「牡牛から乳を搾ろうとするに等しい」行為で、そして「終戦後の天皇は帽子《シャッポ》になる」

あの何か非常に大きなもの、人間の力を超えるある高いものに対峙する気力と、そこから生れる強烈な緊張を維持する粘着力とを中江丑吉の中につくりだした根拠の一つは、このように絶望的に情熱的な現代批判と時代的洞察であったのだと考えられる。

〈もし戦争ののちにまで中江丑吉が生き続けていたら中江丑吉は何をしただろうか。（略）中江丑吉は――と断定すべきではないだろう、さきほどもいったような、中江丑吉によって代表あるいは象徴されるような人間は――戦後にあってもやはり「『病理学者』の立場」をとり続けるという本質を本質としてその中に所有しているのではないか。ある時期社会的な行動をその人がとるかどうかはその人にとって――誤解を恐れずいえば――むしろ二義的である。いわゆる社会的行動がその人の本質なのではない。だから表われかたとしては、その表われかたを単純に形容すれば、その人はいわいいいい行動をしないいい。にもかかわらずその人は、非常な努力と勉強を自分に強いることによって、絶望的に情熱的な現代批判と時代的洞察を持ち、それと表裏した生きることの確かさへの確信を持ち、そのことによって、何か非常に大きなもの、人間の力を超えるある高いものと対峙し、その対峙が生み出す強烈な緊張を、生きている限り持ち続けるのである。〉

木下順二のドラマ思想の基本がここにも示されている。

中江丑吉という存在から喚起された人間のありかたは、そのまま木下作品の主人公に位置づけられ、それぞれのドラマの課題を背負って終幕まで歩んでいくといってよい。しかし、引用した文章で、木下が、「社会的な行動」の「表われかたを単純に形容すれば、その人は行動をしない」と判断する中江丑吉的な人間に比せば、木下ドラマのほとんどの主人公たちは、現実に対して歴史に対して人間の力を超えるあるものに対して、積極的に行動し、たたかいを挑んでいく。自分なりのありかた・生きかたを自分の意識の力をもって選択していく人たちである。そしてそれぞれが現実と未来に対して強い願望を抱きながら結果として状況に敗北し破滅していく、そしてその姿を自分でも認めざるをえない。それは、ギリシア悲劇・シェイクスピア劇に範をとる木下のドラマ思想に忠実な形象として描かれるからである。「行動」することによって矛盾が強まり、破局の「急転」に導かれていくのはドラマの基軸であって、『風浪』の佐山健次から『子午線の祀り』の平知盛に至るまで、ほとんどの木下ドラマの主人公はそうした「行動する」人物であった。

そのことを照らしあわせると、社会的な「行動をしない」、「病理学者の立場」は、ドラマの主人公というよりも木下順二その人の認識に深くかかわっていると、わたしには思える。中江丑吉の存在のありかたは木下順二の「ドラマ」に対する意識を強く刺激し、「『中江丑吉によって代表あるいは象徴されるような人間』が、そのような人間であるゆえに外へは表わさず内に強烈に持っている『行為』をどのようにして『劇的行為』としてとらえることができるのかという、私が私に発しつつある問い」を実作に生かそうとする力になっているのは確かである。その認識が木下順二自身のこころに共振をつくりだし、作者として現実に存在させ、創作行為を支える思想となっているのは、より確実なことだといえる。

中江丑吉について述べる木下順二の文章をもうひとつだけあげておきたい。『議論しのこしたこと』

に収められた「平和への視点」の一部分である。一九八三年の執筆であった。

そこで中江丑吉さん、あなたが今日この核世界に生きていられたとして、あなたならどうなさるでしょう。

中江丑吉と直接間接に心を通わせることを〝浄福〟と感じた若い人たちが、それぞれの形で書きとめている〝中江語録〟の中から、今日のわれわれの問いに答えてくれる言葉を探すと、それは意外に平凡な響きを持ったものである。例えば〝選手ではなく〟――というのは、突出して時代の犠牲者となるような英雄の場合は別だが、という意味だ――〝自覚した大衆《マッセ》の道をはばからず行くこと、生活者、市民としての人間の生活を死守すること〟というような言葉だ。平凡だが、しかしなるほど、それこそが一番基本となる問題であるではないか。

そしてこのようないいかたが、中江丑吉における限り決して平凡なものでないのは、前にいったように彼の本質が、一方で絶望的なまでの時代批判へと激しく開き、しかし同時に一方で、永遠なるものへと奥深く連なっているからである。

現実との闘いに向けてただ激しく突出するのでなく、しかし永遠なるものとの対話にただ静かに座り込むのでもなく――この二つの間の緊張に身を置きながら、しかも自分の座をしっかり据えようとすること、それが実は、現代がわれわれに課している最も困難で重要な課題なのではあるまいかと考える。

小説『無限軌道』ではどうなのか。もちろん根底的なドラマ思想は、既述したようにこの作品でも貫徹されている。電車運転という労働の性格上の必然、組織の一員として組み込まれて存在する機構の制約、容赦ない経営や政治権力の支配、そして近代の非情な歴史進展、そうしたなかに登場人物は否応なく囲繞され、刻々の生活が流されていく。終局としては「電車流出」という決定的な重大事態にも直面し、その強大な動きに圧倒され、肉体的な打撃も受け、流出していく電車を停めるたたかいに敗北していく。「敗北」という表現は適切ではないかもしれないが、この一日だけのことをとって加えれば、西口信吾は運転士生活二度目の「重連」事故が合わさっており、北川出は交際の相手K子との連絡の可能性を奪われ、電車内に存在する南庫吉は将来の暮らしの不安よりも自分の生命自体を失うかもしれない危機におかれる。

戯曲作品との差異をいえば、戯曲に設定される中心人物の多くが、木下ドラマ論を荷うべく選ばれ、「行動する」また「行動した」人間、いってみれば知識人であることが多いに比して、小説『無限軌道』の三人は、ごくごくふつうの民衆であり、その視点から抽出された存在であるといえよう。西口は組合役員といっても現場での末端に存在する一活動家であり、北川は組織に束縛されず、そこからの課題をもあまり意識しないまさに若者としての意識と感覚にとらわれており、南はさまざまな労働者生活の終末に近い生活人としての立場にいる。もちろん、戯曲の主人公としてそうした設定をすることがありえないとはいえないが、木下ドラマの課題を背負うには必ずしも適当とはいえないであろう。だが、戯曲では困難であるとしても小説では充分その任を負わせることが可能な人物たちである。木下順二がこの小説を構想するときにそうした意識があったのだ、とわたしは考える。

現代の民衆をとりまく「非常に大きなもの、人間の力を超えるある高いもの」は、現代社会の機構そのものであり、それらを形成している人間関係と規定の力であり、そしてそれらのなかにあって、そのために利用され、それらを動かす自然力でもある。現代の多くの人びとにとってそれらは、とりかこまれているという感覚はあっても、自分と対立し、たたかうものとしての意識はさほどないし、またなくなってきているといえるのではないだろうか。そうした状況において、木下順二の創造課題をより広くより良くより正確に体現する人物は、時代を冷静に見すえるエリート的な存在ではなくて、一日一刻の時の進展のなかに現実を生きていく民衆でなくてはならないだろう。庶民としてのふつうの生活人でなければ、現代の現実との「対峙」のさまを全体的に描くことはできないといえようか。木下順二がこの小説を発想し構成した直接的な要因はその点にあったのである。ドラマチスト木下の創作思考は、彼のなかに一貫する「ドラマ論」に絶えずおかれ、小説『無限軌道』は、その線上にあって、「現代」の「歴史」に新しく挑戦した作品として位置づけられるものである。

この問題に関わって、わたしは、二年後に発表された戯曲『白い夜の宴』の内容と人物設定とを想起する。戦前・戦中の権力の様相と「転向」の現実の凝視、戦後の支配勢力の異常とも思える再生への評価、そして、「60年安保闘争」が遺した課題とそこに参加した人間の癒しがたい傷痕が描かれている。『無限軌道』と同じように、戦前から戦後、60年代と経過する、「現代」の「歴史」と人びとのありかたを問うドラマである。

しかも、いずれも、いまの時間を生きている三人が場面を展開していく。だが、戯曲の三人は、祖父・父・息子とつながる三代であり、いずれも知識人である。小説における南・西口・北川の三人が世代的なずれをもちながらも、同一職場で働く労働者であることと設定を異にしている。

両作品を重ねて考えてみると、二つのことが意識されてくる。ひとつは、木下順二が、現在の課題を近現代の歴史に照らしあわせ、くりかえして作品に位置づけていく粘り強い創造であり、もうひとつは、小説と戯曲の表現の質のちがいを生かしてその課題を作品に形象化していく、実験性にとんだ作家思想である。

第五の章
『夏・南方のローマンス』の改稿について

はじめの章

第一部『審判』と第二部『夏・南方のローマンス』とで構成されている木下順二の戯曲『神と人とのあいだ』は、一九七〇年「群像」に発表された。劇団「民藝」による上演は、『審判』はその年の秋、そして『夏・南方のローマンス』は十七年を経た一九八七年五月のことであった。同時に成立した作品の上演にそれだけの歳月がへだたったことには、それを必然とさせた、作者の強い思いに充ちた意思のはたらきがあったのである。

わたしは、『神と人とのあいだ』の舞台は八七年の「第二部」に接したが、七〇年の「審判」は観ていない。二〇〇六年の再演でようやくその機会を得た。戯曲については七〇年一〇月号の「群像」誌をすぐ入手して読了している。

二部構成で成り立っている作品なのだから、この稿では、『審判』『夏・南方のローマンス』の両方を合わせて考えていくことで、『神と人とのあいだ』としての全体把握も、それぞれの作品評価も果たしていくのは当然だし、常識でもあろう。しかし、わたしにとって、第二部『夏・南方のローマンス』のほうへの関心がより強い。予定されていた発表直後の上演を作者が制止し、完成をみせていた作品のさらなる「改稿」を至上命題としたことが、なによりもわたしの心をとらえている。そのことをめぐって木下順二の内に動いた創造意識はいったいなんであったのか、現実に果たされた改稿の実態とその内容はどうかについてである。

わたしは、完成稿を、上演稿（劇団「民藝」の上演台本）を経てさらに若干の手直しが加えられた岩波書店一九八八年刊『木下順二集7』で読んでいる。七〇年「群像」誌発表の初稿と基本的な発想とテーマとには大きな根本的変化はみられないと思われるが、表現にはかなりの改変のあとをたどることができる。

その一　「あらすじ」

改稿の具体的内容にはいる前に、わたしなりにとらえた作品の「あらすじ」あるいはドラマの素材といってよいことがらを簡単に記しておきたい。

女漫才師トボ助には恋人の鹿野原がいる。ただしくはかつてのというべきかもしれない。彼が他の女性と結婚してからは、つきあいをきっぱりと絶っていた。ところが、15年戦争の末期、その鹿野原が突然楽屋に訪ねてきてもう一度だけ話をしたいという。召集の「赤紙」がきて翌日出征する彼なのである。このドラマの現実場面のすべてが展開する小さな「公園」、そこで、空襲警報下、焼夷弾の雨のなかで交わした話し合いが、ふたりの逢った最後の機会となり、それが、トボ助の鹿野原への想いをいつまでも心にのこし、つのらせるものとなった。

敗戦。南方戦線の日本軍統治下にあったとある島に兵士としてあった鹿野原は、住民に対する残虐行為の罪で戦争犯罪人として死刑の判決を受け、日本には帰ってこない。トボ助は、彼の刑がいつ執行されるかの不安に絶えずとりつかれながら、きょうも思い出の公園にやってきている。ここは彼の家のすぐそばなのである。鹿野原の子である少年とのふれあいも生まれる。

元上等兵の「男」がやってくる。鹿野原と同じ罪で十年の刑を宣告された彼は、日本の巣鴨プリズンに送られたが、間もなく釈放された。男は仲間とともに、島での戦友たちの家族に状況の報告を果たし、はげましをおくるために家々を訪ねまわっている。この日鹿野原のところにやってきた彼は、自分が好意を寄せているトボ助にここで出会う。前に、鹿野原からの手紙をトボ助に手渡したことで彼女と知り合うことになった男である。男たちの交わすひそひそ話と手ぶりの動作から、鹿野原の刑が執行されたのだと思いこんで心が混乱するトボ助は、帰宅してきた鹿野原の妻希世子と直接ことばを交わそうと心に決める。

トボ助と希世子との、それぞれの思いに満ち充ちているが決して交わることのない話し合い。留守だった鹿野原家から公園に戻ってきた男たちがそれに加わり、かれらの回想として戦犯裁判とその経過のすべてが詳しく表現されていく。トボ助と希世子もその場面に直接参加する。

日本軍の軍政下におかれた南方のこの島では、アメリカ軍による艦砲砲撃や空襲は相次ぐものの、きょうか明日かと思われている敵軍の上陸作戦はなかなか現実にならない。次第に精神的に追いつめられていく日本軍は守備体制を固めるとともに島の治安の悪化に心をとられ、スパイ嫌疑で何十人かの島民を処刑し、拷問によって二人を殺す。

そして、敗戦とともに勝者による軍事裁判。指揮者であったものたちはB級戦犯として裁かれ、責任を一身に背負うとの態度を示す古風な武人司令官は銃殺刑、人の良い民政部長には七十年の判決が下ったが、住民虐殺の中心人物であった参謀将校はスパイ問題に軍事会議が存在したことをつくりたてて重罪を逃れることに成功する。C級戦犯としての兵士たちに実行者としての責任追及がきびしく行われる。弁護側証人として島人は誰も法廷に出ようとしない。鹿野原が親しく世話をしていた少年（決定稿では父母とも日本軍によって殺された）は、どういうことか、ひき出された証言台で、拷問にかかわった兵士の一人として鹿野原を指さす。その結果、いつも島民の側に立とうとし、日本兵としては残虐行為にもっとも遠いところにあった鹿野原に、死刑が宣告されたのだ。

鹿野原は動揺しながらも主体的であろうとした言動、〝罪〟に対する認識との葛藤も彼にあったことが、男たちの報告シーンの中には示される。裁判が、「ありゃさこりゃさの命芸」の綱渡り、「どんと落ちれば地獄行き」であることを思い、自殺する（?）ことも意識する鹿野原。そして、「おれ自身は何もしなかった——しかしどうしてもやらなきゃならん状況の中に置かれたとき、おれが絶対に罪を犯さないという保証はどこにもない——そうじゃないのか?」との自分への問いかけがある。

そして、男Aが現地から希世子に持ってきた鹿野原の手紙には、自分の子どもにそっくりな島の少年に指さされたことは、自分の中の罪を自覚させられたという文面もあったのだ。トボ助と希世子のこころに、はげしい動揺が生まれる。希世子には夫鹿野原への人間的理解と愛情、トボ助には恋人鹿野原へのいっそうの思いとやりきれない怒り。

希世子が実は、この日、引揚援護局に行って、鹿野原の刑執行の内報を得てきたということがここで全員の前に明らかにされる――そのことを受けとめる、それぞれの人間の想い――。

みんなが立ち去っていったあと、ひとりのこったトボ助は、「あんたがもうあたいの手の届かないところへ行っちまったから、あたいはいくらでもあんたと話ができる」鹿野原と対話を交わす。出征前夜、この公園で彼が口に出した〝葬式はしないでいいが墓石には戒名なんかつけないで本名を彫り込む〟とのことば、いまの彼が語る〝墓石には何年何月どこで絞首刑と彫ってほしい、世の中の人に覚えておいてもらうために〟ということばが、トボ助のこころに深く入り込んでいく。その墓石を自分の胸の内に建てて、トボ助は日本の現実のなかでこれからを生きていくことになる。そして鹿野原のイメージも消え、ほんとうに、一人きりとなったトボ助の舞台からの退場である。

その二　B・C級戦犯

『夏・南方のローマンス』は、「B・C級戦犯」の問題をあつかっている。国家を戦争に仕向けた政府や軍部の指導者二八名に対してはA級戦犯として「極東国際軍事裁判（いわゆる〝東京裁判〟）」が行われた――木下はその裁判を第一部の『審判』としてとりあげた――が、太平洋戦争の期間中に捕虜や現地住民を虐待した将兵がB・C級（Bは士官、Cは下士官・兵が対象ということになっている）として各地で裁かれた問題がこのドラマで描かれる。その裁判は、アメリカ・イギリス・オーストラリア・オランダ・フランス・中国・フィリピンの七カ国四九の法廷で、六年近くのあいだ行われ、逮捕者は二万五千人を超え、起訴された人数は五六四四名に達した。

わたしは、戦犯問題についてその実態を詳しく知るものではない。むしろずっと疎かったといってよい。しかし、この木下作品に接する作業のなかで何冊かの書を読むことができた。その一つに、田中宏巳著『BC級戦犯』（ちくま新書・二〇〇二年七月刊）がある。そこから多くの知識を得、目を開かされるような資料に触れることになった。わたしが『夏・南方のローマンス』の世界を理解する一助となったそのいくつかをぬき書き的に列挙しておこう。

①　判決の概要

「起訴人数五六四四名・死刑判決九三四名・終身と有期刑三四一三名・無罪一〇一八名・死亡または棄却二七九名」

（起訴数に対する死刑判決率は一六・六％である）

裁判の主催国別に起訴人数と死刑判決者数および％をみると、それぞれ次のようになる。

アメリカ一四五三→一四〇（九・六％）、イギリス九七八→二二三（二二・八％）、オーストラリア九四九→一五三（一六・一％）、オランダ一〇三八→二二六（二二・〇％）、フランス二三〇→二六（一一・三％）、中国八八三→一四九（一六・九％）、フィリピン一六九→一七（一〇・一％）（ここでの「中国」は国民政府によるものである。）

イギリス・オランダの死刑率が高く、中国・オーストラリアがそれについでいることが目立つ。

ＢＣ級戦犯の数として、ここに加えられていない、ソ連で約三千人、中国共産党政府による三千五百人があることも忘れてはならない。（昭和二十五年にソ連から中共政府に千六十余名が引き渡されている。）

② 裁判の実状

「戦犯裁判は、戦争中の緊張感と敵愾心が残っている間にやらなければ気まぐれな世論はたちまち無関心になり」「そのため急いで容疑者を逮捕し、起訴し、判決を下す傾向がある。」

「（現地の）政情不安定も手伝って、どうしても早く終わらせようとする意識がつきまとった。」

「公判もおざなりなやり取りだけで判決に至ることが多かった。」

木下作品では、舞台となった島の法廷は、続けての三日間、午前・午後の二時間ずつの計十時間だけで終わり、三日目の午後にはもう判決が下されたことが示される。

「初期の裁判は、判事、検事のほか弁護人も、裁判を主宰する連合国側が指名または選任した。証人も検察側だけにつき、被告人に陳述の機会すら与えない法廷も少なくなかった。英語はもちろんのこと、オランダ語やフランス語がまったく解せない被告人が多かったが、通訳を置かないで進められた法廷もあった。」

「そのため肝心の被告が、検察の尋問や弁護人の抗弁の内容、論告求刑、判決をほとんど理解できなかったことも珍しくなかった。こうした被告の立場を苦しくした通訳の不在、被告自身の法律知識の欠如が、無実の被告を何人も死刑に追いやった。」

「連合軍捕虜に対する虐殺・虐待を追求していた最初のころは、関係した者とそうでない者とがはっきりしていた。」「そのうち現地住民に対する虐殺・虐待を追及するようになると、犯人を住民の指弾によって決めることが多く、まったく身に覚えのないものが逮捕されるようになった。数人の住民の前に、日本兵が数十人、数百人と並ばされ、首実験が行われた。」

ここに記されたような状況は『夏・南方のローマンス』でかなり正確に描出されている。日本人法務将校が弁護人として設定されていることは、法定の形式が「一応」はとられていることを示している。また証人としての島民の発言がきわめていい加減なものであったことも表現されている。弁護側の証人として出廷させた島の子供が鹿野原を指さしたことは、指さす行為の意味がわからず、鹿野原を虐待の犯人としてではなく、ただ母の死の場の傍らに居たもの、さらにいえば親しく知っていた日本兵であることを無意識に示した可能性が強い。（この少年の証人設定にはドラマの「状況」からかなりの無理があると思われるのだが、ドラマの「課題」としては不可欠の要素となっている。）

③「死刑」の執行と「私刑」という暴行

「昭和二六年五月一日に外務省連絡局調査係が作成した『戦犯死刑状況一覧表』」によると、判決合計一一三九に対して執行は九〇七で執行率は七九・六％であり、そのなかでイギリス関係二三六に対して二二六で九六%、オランダ二四一に二三二で同じく九六%と両国が高い。「戦犯裁判を行った七カ国は、当然私刑を認めていない。容疑者に対する嫌がらせ、いじめはどこでもあったが、死亡するまで暴行を加えたのは、イギリスとオランダの二国が管理した収容所に顕著であった。」

『夏・南方のローマンス』では、収容所における看守たちの暴行について、男たちに次のように語らせている。

「ああんと口をあかしといて痰をはきこむ。ギラギラした太陽を直視させといて眼ばたきしたら鞭でひっぱたく。有刺鉄線の針に鼻の穴引っかけたまんま一時間も立たせとく。」「歯ブラシで床《ゆか》を磨かせる。たばこを食わせる。でっかいチンポコ突ん出してしゃぶらせる。しかしやっぱり一番こたえるのは看守どもの真夜中の殴りこみでありますな、みぞおち三度も力まかせにかまされてむちゃくちゃに蹴っ飛ばされると、もうこの世の終りだと思っちまう。」

「おれは首に縄をつけられて四つん匍いで草刈りをやらされる、あれがどうにも屈辱的でかなわんよ。」

「屈辱的だなんて、そんなこといや、糞壷ン中に面を押しこまれた男もいたってこってすぜ。」

確かにここに記されたような状況が処々の収容所・刑務所でみられたことであろう。

『BC級戦犯』の著のなかでも、イギリス・オランダ二国における高い死刑執行率には私刑による暴行死も入っているのではないかとの推測がある。この筆者は、「この二国は、終戦時まで捕虜収容所で収容されていた自国兵を、そのまま日本兵収容所の警備兵に採用したり、戦犯裁判の検察官に任用した。つまり復讐による私刑が行なわれてもおかしくない状況を作っていた」と述べている。明確な記載はないが、『夏・南方のローマンス』で戦犯として裁かれる現地の島は、オランダ領インドネシアまたはイギリスかオーストラリア支配の地であったことが予想される。

こうした私刑が横行した事実の存在をわれわれは直視しておかねばならないが、同時に、イギリス・オランダの二国に関し、太平洋戦争ではマレー・インドネシア方面での戦闘が初期に終結しており、多くの英蘭兵士が日本敗戦まで長期的な捕虜となっていたこと、各地の収容所で過酷な待遇のなか、厳しい強制労働や重度の飢餓や疾病によって多数が死に追いこまれた（生き延びた捕虜は一〇％に満たなかった事例も多々あったといわれる）、つまり、日本軍が加害者・虐待者の立場にあったことも、決して忘れてはならないと思う。

木下順二もこのドラマで、男Aに、「いきなり『われわれはあなたがた、人類と認めません』と来たのにゃ驚いたね。テキさんはおれたち日本人よりゃ大分上等な人類だと思ってたからね、こっちァ。それにまたあの通訳、どこで日本語覚えたのか知らねえけど、変てこりんにばかていねいなだけ何ともいえねえ感じだったね。『戦争中の日本軍が連合軍の俘虜に対してなさった通りの扱い、いたします。不服なかた、直ちに射殺いたします』、だとよ」と語らせている。

④　実行者としての兵士への断罪

「日本人容疑者から見て、裁判の行方に最も大きな影響を与えたのは〝受命行為者責任主義〟で、『指揮官の命令による部下の違法な行為も戦争犯罪』であると認定されたことである。」

どこの国の軍隊でも、上官の命令に下級のものが従うのは鉄則といえるものである。しかも日本軍ほどそれが徹底されたところは少ない。「上官の命を承ること実は直ちにチンが命を承る義なり」との「軍人勅諭」が、それを完全に保障していた。いかに非合理なこと、どんなに残虐な行為も、上の者の命に下級者が反抗することは許されない。命令するものも安易に命令を出しうるとともにその責任を天皇に転嫁することができた。そしてそのことが日本軍の上下の身分を明確にして強固な戦闘組織をつくる伝統でもあったと思える。

ＢＣ級戦犯の裁判とくにＣ級のそれにあたって、命令の有無と同等のものとして実行者そのものの罪が激しく追及されたのは、そうした伝統の否定ともいえ、「目には目を」の直接報復的な要素も強かったような感がある。

⑤　現地民に対するスパイ容疑

「現地人の取り調べで最も多かったのはスパイ容疑で」「一般的刑事事件もスパイ罪にでっちあげることが多かった。」

「証拠などあるはずもないから、拷問により無理に白状させるしかないが、やりすぎて死亡する例も少なくなかった。」

「現地人の処刑は戦後、家族や知人の訴えによって暴露された。オランダ軍にすれば、現地人の告訴を取り上げ、彼らが満足する厳しい処罰を被告に与えることが、現地人の信頼を取りもどし、オランダのインドネシア支配を再興する上でプラスになると考えられた。」

『夏・南方のローマンス』にとりあげられた戦犯裁判の基礎理由は、まさにこのスパイ問題にかかわっていた。

海上に点在する多くの島々では、それぞれの島が独立的な要素ももっており、全体の統一を計るに困難がある。島々の治安の不安定さを画一的に支配しようとした日本軍は、現地人のスパイの存在に疑心暗鬼の状態があった。とくに戦局不利に追いこまれた末期にはその傾向が強まったといえるようだ。

ここに①から⑤の項目であげたことがらは、この戯曲で具体的な素材として用いられ、場面を展開させていく重要な要素となっていることが理解できる。作者木下順二は、事実の綿密な調査の上に作品を構成しており、その事実を追及することによって、ＢＣ級戦犯裁判が示す問題点とそこに内在する日本人の「罪」との両方に、「ドラマ」として切りこんでいったといえるのだ。

その三　作者の改稿への「想い」

木下順二の、このようなことばは、わたしにとって衝撃的なものだった。

「第二部のほうが作者である私に、このままで上演されるのはどうしてもいやだよと叫びかけてきた。」

「この戯曲の第一部『審判』はA級戦犯の問題――東京裁判――を扱っており、第二部『夏・南方のローマンス』はB・C級戦犯の問題を扱っている。それぞれ独立しているこれら二編の戯曲を『神と人とのあいだ』という一つの作品として扱うことによって、私の意図のほぼ全体を構築することができると私は考え、そのように私は書いた。ところが書き上げてしまった直後に、その第二部が、第二部自体の世界を、時間的制約など一切無視して、何としてでも更に深めひろげることを作者である私に迫って来、そこで予定されていた上演の中止その他さまざまな、のちにいうような騒ぎを――私にとっての社会的体験を――文学的または芸術的体験とともに、その第二部は、私にいわば課したのであった。」

作者は、この事件を、「作者が作品から謀叛を起されている、造反されている」とも書いている。

そもそも、原稿に手を加えたり、大巾に改稿することは、文章を書くものにとっては、ごくごく日常的な作業である。完成までに長大な時間と莫大な労力とを要する作品があるのも、また珍しいことではない。しかし、木下順二の、何度もくりかえして語る、『夏・南方のローマンス』改稿のための表現には、一般的に受けとめられることとは異なる質をもっており、誇張やことばのあやとは思えない創作者の実感を感せずにはいられない。その内容はいったい、何なのか。

それも、作者の語ることばを支えにするところからはじめたい。『忘却について』とタイトルのつけられた、一九七〇年「朝日新聞」に五回にわたって連載した文章から、その資料を得ることにする。


「いまから二十数年前、外地のあちこちで行われた無数のB・C級軍事裁判。それらは、少なくとも形式的手続きにおいては条理を尽そうとしたA級東京裁判と違って、権力と法律にもう一つ無法がまざり合うところの、正義と不正が一つになって動かしがたい力となるところの、そういう意味で正体不明な、いわば〝見えざる神〟、〝隠れたる神〟なのであった。そしてその〝神〟の前では、罪ある者が罰を受け罪なき者が赦されるのがほとんど偶然であったと同じように、罪なきものに死が課せられ、罪ある者に生が恵まれたのであった。

つまり、生と死とそして〝神〟という大きな問題が、『夏・南方のローマンス』にはそもそも基底においてはらまれていたのであった。そのことを、さきに書いたように、作者自身が〝意外にも〟そうであったとぬけぬけといい放って済ませておいていいわけがない。〝意外にも〟ということと作者の格闘、その結実こそが作品というものなのだ。事実私は力を尽して格闘し、だがしかしその格闘がまだまだ格闘などという名に値しなかったことを私がはっきりと自覚したのは、やっと初めて活字で――だがまだ「群像」という雑誌の形でそれが人々の眼に触れるより三日前に――通読することができた時にであった。」

「つまり――というのが、戯曲を書いている人間としての私の実感なのだ。つまり作家の主観的感情あるいは感傷でさえあるのかも知れぬ〝良心〟などというものを超えたところに、厳として、ある客観的価値というものが存在するのではないか。作者はむろん、主体的にテーマを選択し、素材を駆使して作品を書く。するとその場合、そのようにして書かれた作品の本質をおのずから照らし出す客観的価値というものが実在し、そしてその客観的価値に対して、作品を書くという主体的な作者の行為が恣意的であったり観念的であったりしたとき、結果としての作品はみずからの足りなさをその客観的価値から照らし出されて、叫びをあげる。

その叫びが作者である私の耳に痛いほど聞えた。というのが、『神と人とのあいだ』の第二部、『夏・南方のローマンス』を前にしての私の文字通り実感であったようだ。」

そして、この「実感」を生成させたなかみについて、木下順二は自分たちの心のなかに入って、深めようとする。

「危機的な現代において、例えば病院の中で安らかに息を引きとったかと一見思われる人でさえも、本当に自然の死を死んだと果していえるか。公害という語が一つの側面を象徴しているような今日の日本社会のひずみ、政治の貧困、モラルの頽廃などなどが、直接間接にその人を殺したという側面のあることを、私たちは見逃しておいて果していいのか。

だが人が――例えば自分が、また近親が――そのように殺されるというのよりも、ある意味で、もっと恐ろしい事実は、自分自身がこの社会の一員としてのうのうと生きている限り――それはそのような社会をやはり維持する側に立っているということになるだろうから――実は殺すほうの側に自分自身も、たとえ無意識のうちにであろうと加担しているということなのだ。自由、平等、進歩、繁栄、または平和、独立、日本社会の民主化、それらはすべて、言葉としていいものでないわけがない。だが、それらの問題を考えるとき、考えて実践に移るとき、この殺しかつ殺されるという両面の現実がその真中に切実に据えられていない限り、この意味での生死の問題を吹っ切ろうという生死を賭けた自覚がない限り、問題は観念的なものとしてとどまるに過ぎないのだ。――

生死にかかわることとして問題がこのように突きつけられると、それはまさに逃げられないぎりぎりの問題として私たちに意識されはする。しかしまた、何とか文句はいいながら実は結構毎日の生活を楽しんでいる自分とは無縁の――無縁だとして放っておいてもそれはそれで済んでいく――問題としても。」（傍点は、原文のママ）

「それにしても、と、くり返し私は思う。忘れてはならないことを私たちは実によく忘れる。あるいは忘れてしまおうとしたがる。そしてその忘却の罪と誤りに気がつくのは、しばしばほとんど取り返しがつかなくなった時にであるようだ。――」

一九七〇年の時点で木下順二は、この思考をくりかえしくりかえし述べる。その内容がもっている重さは、わたしのこころを激しく打ち、鋭く切る。そしてそれから三十余年経った二十一世紀の現在、木下が告発する状況は、政治、経済、生活、環境にわたってさらに悲劇的といえるほどに進行し、悪化して、われわれをとりまいている。日本にかぎらず、世界のいたる地で何億という人びとが、「安穏な」わたしたちの日常生活を超えた厳しい日々の暮らし、生と死の問題に観念的思考のなかではなく現実そのものとして直面している。

「忘却」現象は全世代にわたって深まっており、「忘却している」との意識すらも稀薄になっているように感じられる。木下が抱いた危機感と現実意識は、われわれこそがいま保持する必要がある。その自覚を深め、他に語り、表現することが大切となっている。

劇作家木下順二は、その課題を、この自分の作品の土台に、「ドラマ」としての存立の基盤に据えている。「BC級戦犯」の問題は、けっして忘却してはならない、忘却することのできないものとして『夏・南方のローマンス』が発想されたのだ。確認できることは、作品として成立した「群像」誌稿がそもそもその意識の上に立って創られたのだったが、まったく同じ意識がその作品世界の深まりを作者に要求していることである。

それは、作品の何を、どのように表現し、改稿することによって果たされようとしたのだろうか。

中心の章

かつて、小山祐士の作品『秦山木の木の下で』の改稿の実態を具体的に追いかけてみた経験がある。わたしの属する劇団がこの戯曲をレパートリーとしてとりあげて上演したこととかかわって、どうしてもやってみようと試みた仕事だった。雑誌「新劇」に発表されたはじめの稿と、演出者宇野重吉も意見を出し多くの手が加えられたという劇団「民藝」の上演台本を経た定本『小山祐士作品集』（テアトロ社刊）のそれとの違いの大きさに驚かされた。ほとんどのせりふに修正・削除がほどこされ、木下刑事の原水爆反対デモ参加など彼の社会的行動の描写はほとんど表面からカットされている。「新劇」誌の上に改稿のすべてを書き加え修正してみたのだが、ほんとうに小さな字で書いてもページの四隅の余白がまったくない状態となった。辛うじて白い部分がのこされた部分は、あの、髪を垂らした女（売春婦）と木下刑事のシーンくらいである。その作業を行ってみて感じ入ったのは、このテキスト・レジーによって、作者の思考が直接的に示されていると感じとれるせりふ、状況や展開への説明的な表現が徹底的に少なくなり、観客に委ねられる登場人物の心情の理解の深まり、ドラマとしての純化が果たされていること、そして、それにもかかわらず、作品の世界、ドラマとしての思想基盤になんらの質的変化がないということだった。
『夏・南方のローマンス』で果たされた改稿についても、一九七〇年一〇月号の「群像」に載せられた作品の各ページに、一九八八年岩波書店刊『木下順二集』でのせりふ・ト書きとの異動を書きこんでみた。その改訂・修正についての作者の想いがどのように具体化されていったのか、わたしなりに理解されてくると思ったのだ。紙面の余白だけでは足りず、別の用紙に書き誌したものを貼りつける作業も多くなった。
以下、やや恣意的な分類や把握ではあるが、その代表的な事例をあげ、若干の私見を書きつけてみたい。その総体が、この作品に対するわたしの課題に対する、わたしへの答えになるはずなのだが。

その一　構成・設定について

①　場面割

<table>
<tr><th>「群像」稿</th><th>段数</th><th>「四〇〇字」の枚数</th><th></th><th>「岩波」稿</th><th>ページ数</th><th>「四〇〇字」の枚数</th></tr>
<tr><td>Ⅰ</td><td>26</td><td>39</td><td>→</td><td>Ⅰ</td><td>31</td><td>51</td></tr>
<tr><td>Ⅱ・1</td><td>18</td><td>27</td><td>→</td><td>Ⅱ</td><td>18</td><td>30</td></tr>
<tr><td>Ⅱ・2</td><td>45</td><td>67</td><td>→</td><td>Ⅲ</td><td>54</td><td>89</td></tr>
<tr><td>Ⅱ・3</td><td>12</td><td>18</td><td rowspan="2">→</td><td rowspan="2">Ⅳ</td><td rowspan="2">16</td><td rowspan="2">26</td></tr>
<tr><td>Ⅲ</td><td>11</td><td>17</td></tr>
</table>

※「群像」稿は各ページ上下の二段組みになっている。

四〇〇字原稿用紙におき直しての枚数は、字数を正確におさえたものでなく、概数である。作品を全体として通すと、「群像」稿一六八枚、「岩波」稿一九六枚くらいになるだろうと思われる。

原稿枚数が「岩波」稿で増えているのは、作者の改稿に対する強い想いのあらわれとみてとれるが、ⅠからⅣ（Ⅲ）までの区分ごとにみると、それほど変化のないもの（Ⅱ・1→Ⅱ）もあり、減少しているところ（Ⅱ・3とⅢ→Ⅳ）もある。

それぞれの具体的内容については後に述べなくてはならないが、（Ⅰ）では状況をドラマとして深める書き加えが目立ち、（Ⅱ・1→Ⅱ）は女Ａ（トボ助）と女Ｂ（希世子）の対話に前半部には大きな変化がなく後半の部分に改稿が集中している。分量のもっとも多い（Ⅱ・2→Ⅲ）では、裁判場面とくに陸軍参謀が罪を逃れる作為のかなりの部分が改稿されずに遺されている反面、兵士たちの原住民への対しかた特に男Ｆ（鹿野原）の役割と思考については新たな設定や書き加えが多い。「岩波」稿でⅣに統一された「群像」稿のⅢは女Ａとイメージ的に登場する男Ｆとの対話であるが、大巾に改稿、というより新しく書かれたとの印象があり、分量も大きく削減され集約されて完成稿となっている。

あまり手が加えられていないところは作者のねらいが初稿から動かない、あるいは客体化された表現であろうし、新たに書き加えられた設定や部分には木下順二の改稿への焦点があたったものだとみてよいと思う。

「群像」稿のⅠ～Ⅲ、「岩波」稿のⅠ～Ⅳの場面分けは基本的にいえば大きな変化はないのだが、前者は、中心である長大なⅡをはさんで、ⅠとⅢにプロローグ、エピローグ的な意味合いをもたせながら、女Aと男Fとのかかわりと彼女が抱き続ける想い、男Fのせりふで語られる戦犯裁判の評価の表現に主軸がしぼられていると思われるのに対して、後者「岩波」稿は、トボ助をあくまでも中心に据えながら、鹿野原の存在を積極的に全面に出して生かし、トボ助だけではなく鹿野原の妻希世子、さらに生存して日本社会に復帰してきたA・B・C、いってみれば観客の代理として戦争を生きぬいてきたすべての日本人の受けとめのありかたを問題にしているのではないか。前者のⅡ・3とⅢとを合わせた決定稿Ⅳの内容と位置付けはそのことと結びついている、とわたしは考える。

② 登場人物の呼称

改稿では、トボ助・希世子・鹿野原の三人に固有名詞が与えられた。初稿では、それぞれ女A・女B・男Fである。この「群像」稿ではすべての人物が一般名詞と記号で示されているのだが、戦争中そして戦犯裁判の情景であるⅡ・2で、男Aに（陸軍上等兵）、男Bに（陸軍一等兵）男Cに（陸軍一等兵）とその階級がカッコ内に付けられ、この場に初めて登場する人物として、旅団長（陸軍少将）、民生部長（海軍大佐）、参謀（陸軍中佐）、男D（海軍軍属）、男E（陸軍軍曹）、男F（陸軍上等兵）が記され、さらに裁判長（外国人のたぶん中佐）以下裁判にたずさわるメンバーと島民たちが設定される。

ところで、「岩波」稿では、固有名詞をもつ三人と、鹿野原と希世子との子どもであり島の原住民の子どもも演じる「少年」以外の日本人将兵の呼称に変化がみられる。Ⅰの男A・男B・男Cに、はじめから（元陸軍上等兵）（元陸軍一等兵）（元陸軍一等兵）と「元」のついた兵士の階級がすでにつけられている。敗戦後数年の経過を示すとともに、、そうであっても「元」軍人たちに階級による序列と支配とがまだ生きていることが明確に示されているのだ。現に、Ⅳ（Ⅱ・3）で、男Bが引揚援護局に寄ってこなかったことを知って男Aは彼を（いきなりひっぱたく）のであり、男たちの会話はかつての身分そのままのありかたで果たされる。

Ⅲでは、日本陸軍少将（旅団長）、日本海軍大佐（民生部長）、日本陸軍中佐（参謀）、日本海軍軍属、日本陸軍軍曹、鹿野原（日本陸軍上等兵、希世子の夫）と階級が先行して記され、すべて「日本」をわざわざ頭においていることに、作者の思いを読みとることができよう。

「日本」を強く意識すること。戦中の行為も、戦後の暮らしも、現在までの社会のありかたも、すべて同じ「日本」また「日本人」はそのつながりのなかに存在している。「過去」をどう自分の問題とするかは、その視点からとらえるしかない。木下はその課題を明確にしようとしたのだ。（「日本」を意識することによって「他・世界」も相対的に見えてくるということも木下は考えていたかもしれない。）

改稿で、トボ助・希世子・鹿野原の三人に固有名詞が与えられたのはどうしてか。作者の立場に身をおいて推測すれば、戦犯裁判・戦争責任を自己の問題として対峙し、思考し、格闘し、そして背負う「人格」を「ドラマ」としても現実のスタンスにおいても不可欠な条件として位置づけたのではないだろうか。もちろん、女A・女B・男Fとして設定された「群像」稿においてもその本質はなんら変わらぬかもしれない。固有名のない、記号化されてならべられた呼称は、かれらがだれであっても そうした状態におかれる可能性をもっている存在であり、そこから抽象されたという役割を演じてい ることを示している。作者は、すべての日本人が同質の責任を負い、またそうであるべきとの認識か ら、初稿において、「男」「女」「A・B・F」という呼称での人物を形象した、とわたしには考えら れる。

だが、現実には、人による受けとめの差は歴然と大きく、一般には「忘却」と「無責任」の状況が 社会の表面を支配していく。問題が生じた時点では深刻であったはずの認識も時空の経過とともに問 題意識が稀薄になっていく。だから、木下順二は、逆に、一般的日本人でなく、「個」が否応なく向 きあわざるを得ない課題として三人に苦悩と葛藤を背負わせ、その人間的思考を通すことによって普 遍的で持続している問題をより鋭く提示しようとした。それは木下自身についても同様の課題となっ ていたのだ。他の登場人物の呼称を階級や身分の告示を先行し、前稿での役割をさらに強化して遺し、 この三人に対置させてドラマを展開していることからも、作者の創作意識の深まりと強さとを感じと ることができると思う。

その二　改稿の具体的内容

私の恣意的な理解にしたがって、改稿をAからDの四つのレベルに分類してみていきたい。場面は （　）内を「群像」稿とする。

A　ほとんど改変のない部分

①Ⅱ（Ⅱ・1）の1、トボ助と希世子の会話

基本的には二人で進行していくこの場の三分の二強の部分では、多用されていた「神さま」の表現のいくつかが削られ、「取り返しのつかないことを取り返そう」というせりふの四回くりかえしが二回に減じられているが、場面終わり近く男たちとくに男Aに関しての書き加え以外に、改稿のあとはほとんどない。単語的表現の効果的な修正（例・「間あけちゃ」→「アナあけちゃ」——芸人的表現にした、「お宅の御主人」→「お宅の旦那さま」——トボ助としてのいい方）などが数カ所あるだけである。

Ⅱの2になって、鹿野原の戦友男A・B・Cにかかわって、若干の書き直し、書き足しが行われていく。鹿野原の絞首刑執行をめぐって惑ちがいしているトボ助と、気を寄せているトボ助への思惑をもった男Aとのくいちがい、また、希世子がみせている彼女独特の他への対しかた。その三者の質のちがいは、ドラマ状況を深める条件を用意するとともにその後の展開への効用を具体的に果たす修正だといえる。

トボ助と希世子との会話のほとんどが初稿のままに遺されていることについては、さまざまな意見を持つことができるが、それはおそらく、初対面であって、相手をどうにも理解しえないふたりの相手への先入観をもった関係、直情的なトボ助と表面的には理性的な性向を示す希世子とが互いの心を重ねることのできないそれぞれの想いがあること、さらにⅣ（Ⅱ・3）で明らかにされる、希世子が

引揚援護局で鹿野原の刑執行の内報を得てきた行為がここではまだ伏せられていることともかかわっていよう。観客にとっても充分理解できないままの二人のせりふ内容、ぎくしゃくとした関係を、作者はこの場面の基本として発想し、その結果を諒としたのだと、わたしには思える。

Ⅲ（Ⅱ・2）の終末、証人台にのぼる島の少年に、弁護人が〝残虐行為をした兵士を言うか指させ〟というせりふのあとに、希世子とトボ助が発することばは、このふたりの女のこころのありようと相手へのかかわりを端的に示しているといえる。

希世子　やめて！
トボ助　おさし！
希世子　ささなくていいの！　いわなくていいの！　あなたはなんにもしなくていいの！
トボ助　さしな！　ちゃんと指でさしな！　でなけりゃちゃんと言葉でおいいったら！

②Ⅲ（Ⅱ・2）での裁判場面

Ⅲ全体を通しては重要な改変が何ヵ所にわたって行われ、書き足された表現もかなり存在する。いくつかは後述するが、主たるものは鹿野原の思考や言動に関わるといってよいだろう。しかし、この場面のかなりの分量を占め、作品にとって主要な事柄であったと思われる裁判そのものの内容と展開については、ほとんど修正の手を作者は加えていない。とくに、スパイ団の存在を仮想して島民の処刑・拷問への独裁的指揮をとり、また犯罪人としては法律の盲点をくぐって罪をのがれる陸軍中佐の参謀の言動の表現にまったくといってよいほど改稿の手が加えられていない。処刑された島民は六十六名におよび、戦犯裁判の判決は、責任を一身に負うという古風で武士的な旅団長は銃殺刑、お人好しの人間に感じられる民生部長の海軍大佐が七十年であるのに対して、この参謀将校は三年の刑という無罪に近いものである。

指揮者がもつ単純さと狡猾さの、いずれにしても無責任のありかたの設定と描写とは、木下の作品構想にはじめから動かしがたく位置付いていたといってよい。そして、作品の内なる改変の声にせまられ、彼が改稿していった内容は、指導者の無責任さに加え、兵士たちの姿を通して多くの日本人（兵士としても民衆としても）が持っている問題点、つまり、戦中での強制とだけとはいえない自己中心的の行動、敗戦による一方的な被害者意識が温存されていること、戦後生活への無反省のままの簡単な移行であったにちがいない。そしてそれを包含する、戦争そのものの残酷な無情さ、支配地民衆に対する残虐な仕打ち、階級・身分が決定的な力をもつ社会、勝利者の一方的で恣意にまかせた判断、それら厳然とした事実として存在して、時代と歴史と人々の生死を動かした現実をどうとらえればよいのか、それらをもう「とりかえしのつかない」問題として忘却してはならないことを、民衆の立場から認識しつづけることが、作者にとって改稿の命題となっていたと考えられる。

B　ドラマを効果的にする補強と修正

①ことば・語句の吟味

（1）ことばの訂正

その例としてⅠの初めの部分のところでいくつかあげる。

（いい「相手」→「合方《あいかた》」――漫才を組む相手のことである。調子のいいことばを発する男Aとのやりとりのなかで、トボ助「一緒に組もうか？」と軽口をたたいて、自分が漫才師であることを観客に悟らせるはたらきをもつ。）（「幹部候補生」→「将校」にはならない――幹部候補生は志願して将校となる資格をもつ者の呼称であり、男Aが鹿野原のことを「あいつが幹部候補生の試験さえ受けてりゃな」というのにこたえ、トボ助が鹿野原の出征前自分に語ったことばとしていう。「群像」稿では、鹿野原のその語は、「幹部候補生にはならないんだってさ」となっている。その意志をもたない、「あくまで一兵卒で通す」ことを貫く鹿野原には不適切なことばであり、また指揮者として兵士に対する命令者である「将校」というイメージも明確にする。）（「戦争未亡人」→「亭主の生き死にを気遣って」――鹿野原の処刑はここのところではまだ確認されていないのだから、前者の表現は不正確。）（「あちらさん」→「勝ったおかた」）など細かな配慮があることを感じとれる。いかなる作品の改稿においても果たされることであろうが、ここでは、追及する主題とかかわって配慮された語句表現の訂正という印象が強い。

（2）語句・文のくりかえし表現

それは、木下ドラマにおける特徴的な手法である。戯曲作家としての出発時から現在まで作品だけでなく評論・随想の文章にも一貫して多用され、効果をあげている。ここでは具体例をあげることはしないが、作品を読むと細かい増減の手が加えられる。初稿から決定稿に向けて、その一つひとつが充分に点検され吟味されているといいえる。

事例だけをあげることとする。

②状況をより明確にする新しい書き込み

全作品にわたってかなりの数と分量とになったが、これもIのなかから代表的で重要だと思われる事例だけをあげることとする。

（1）〈2・トボ助と男A〉で、少年の母親（つまり鹿野原の妻希世子）とあったことがあるのかと男Aがトボ助に問うところでの彼女のせりふのなかで「自分の旦那を好きだった女に向うだって今さら会いたいわけがないじゃないの」と、トボ助と鹿野原との関係を自らがはっきりと示してしまう。初稿ではそれをなかなか表面に出さないでおいて観客の関心をひきずっていたのに、逆にはやく明らかにすることで問題の内容に観客の意識を深く入りこませることを意図したと考えられる。

（2）同じく〈2・トボ助と男A〉で、「義務」で鹿野原の家をたずねるという男Aに、「みんなで遺族を——じゃねえ、その仲間の、仲間のうちの人を慰めに行ってやるのは」といわせ、トボ助が「ちょいと、大失言だね、遺族だって？」「遺族を慰めに、か、義務でね」とからんでいくくだりがある。この前後のふたりのせりふがこの「遺族」「義務」ということばにかかわっていくつも修正されているのは、作者の強い思いがこの語にこめられているのだ。

この部分を引用してみる。「群像」稿を土台にするが、（　）は岩波稿で削除された表現、——の傍線は新しく書き加えられたせりふである。

女Ａ　時々行くの？
男Ａ　時々行くよ。（三人）みんなでな。
女Ａ　（そんなに時々行くの？）結構な御身分だねえ。
男Ａ　誰が？
トボ助　時々来てもらえる人がさ。
男Ａ　だって義務じゃ（ない）ねえか。みんなで遺族を——じゃねえ、その、仲間の、仲間のうちの人を慰めに行ってやるのは。
トボ助　ちょいと、大失言だね、遺族だって？
男Ａ　だからいいなおしたじゃねえか、仲間のうちの人って。
女Ａ　（義務？　義務で行ってやってんの？　あんたたち。義務であんたたち、慰めに行ってやるの？　あの子のお母さまを。）遺族を慰めに、か。義務でね。
男Ａ　（義務々々って、）だってそりゃ、やっぱり義務だろう？　こうやって無事に日本に帰って来た（仲）人間の。もちろん義務感だけからじゃないけどさ。おれたちはともかくも生きて帰って来た。義務というよりゃ、だから責任だよおれたちの。な？（おれたちがあいつの奥さん）まだ帰って来ねえ仲間のうちの人を慰めてやる（っていう）てェのは。——どうしたんだよ？　押し黙っちまって。

（3）同じく、男Ａの「（あちらさん）勝ったおかたのやることァ今や神さまの仕業と同じこった」

からはじまり、処刑が行われるかどうかは「神さまの思召し」のようだからの対話でのトボ助、「そいで神さまがひょいとそれじゃあってゝであの人を返してくれたとするだろ？　そうすると——あの人はあたいと他人になるために帰って来ることになるんだ、分る？」「あたいが何よりも願ってないことが、何よりも願ってることの中にある」とのせりふの間に、「あの人が手の届かないとこにいるから、あたいはいくらでもあの人と話ができるんだよ。あの人がもし帰って来たら、もうあの人はよその旦那さまさ、でもあたいは、何としてでも帰ってほしいって願ってる」が書き加えられた。前の表現だけでも理解できないことはないが、このせりふの書き加えによって、トボ助の抱いている心持ち——その心の動きは、ドラマの最後になって、トボ助と鹿野原との対話場面をつくる大切な伏線ともなっていよう——と行きつ戻りつする混乱した心情がより具体的に示されてくる。そのいくつか前の彼女のせりふに「けどあたいは今でも待ってるんだ、あの人の帰ってくるのを。帰って来たって別にどうなるもんでもないけどね」もあらたに入れられたことも合わせ、トボ助の心境が人間的に、いま舞台に存在するドラマの人物として深められている。

（4）同じ場で、トボ助に心ひかれている男Aは、彼女に自分の気持ちを打ち明けて、手を出そうとする。その、自分自身について語るせりふの中で、戦犯の自分がどうして今ここにいられるのかを話す部分（「　」内）が補強された。

おれも——いつかいったろ？「南方の小さな島で戦犯だってゝでとっつかまって、十年の刑だてンでじきスガモ・プリズンたらいうとこへ送られてよ。そのうちどうせこんなゴミみたいなのはてンだろう、二年でシャバへ放り出されたのはいいけど、出」（帰っ）て来てみたら女房も家もみんな空襲でパーだ。

説明的な表現との印象を受けるが、これがないと、鹿野原以上の重い罪の可能性があった男Aがすぐに日常社会に復帰、ここに存在できていることを観客として納得できない、そうした作品の弱さを克服しようとしたのだろう。

（5）男Bと男Cとが登場し、三人の言動から、鹿野原が処刑されたと思いこむトボ助、作品の終末Ⅳにまで至る重要な設定だけに、ていねいに改稿記述がすすめられているのをみよう。

〔「群像」稿〕

女A　何を一人でぶつぶついってるのさ？　どうしたの？　その顔つきは。——何をいってたの？　今のあの人。あの大男。何だかひそひそと話してた、何よあれは？　あの手つきは何よ？　え？

男A　おれ、とにかく奥さんとこへ行って来なきゃならねえんだが——その、いろんなこと、近くゆっくり話しに行くけどね——その、あれだ、つまり——

女A　やられちゃった。え？　絞首刑、とうとうやられちゃった。そうなのね？

男A　神さまの思召ってのはこちとらにゃぁ分らねえからね。——ま、話すけどさ、今晩にでも行ってゆっくり。

〔「岩波」稿〕

トボ助　何を一人でぶつぶついってるのさ？　どうしたのよ？　その顔つきは。
男A　顔つき？　どうかしてるか？　おれの顔。
トボ助　怖い顔。何をいってたの？　三人寄ってボシャボシャ。──ことがらがはっきりしたってのは何よ？
男A　え？　──
トボ助　それに何よあれは？　あの手つきは。
男A　あの手つき？
トボ助　あの変な手つきは何よ？　あの大男の。え？
男A　あの手つきって、あの手つきは、何だ、その──
トボ助　はっきりいったらいいだろう？　このボケ！　やられちまったのかい？
男A　えっ？　いや、だから、その──どうせその──うん──おそかれ早かれ──分っちまうこったけどな──いや、分っちまうこったからな、そうだ、今いっちまってもいいんだけどな
──
トボ助　そうなのね？　やっぱり………
男A　いやその、おそかれ早かれどうせそりゃやられちゃうんだよ。そうなんだ、おそかれ早かれなんだ。どうせその、そうなんだ。そうなんだよ。神様の思召しなんだみんな。
トボ助　………

男A　帰れ。な？　帰って待ってろ。おれ、奥さんとこ行って話したらすぐ、きっと行くから。

トボ助（女A）と男Aに動いている気持ちは大きく食い違っている。トボ助がいう「あの手つき」とは、その前の場面での男B「きょうまでのところではまだ（首を絞める手つき）これのこと、何も情報、はいっとりませんが——」（「岩波」稿）をさしている。また、右の引用で、男Aはトボ助への求愛を「今いっちまってもいいんだけどな——」と考えていることであり、「おそかれ早かれどうせそりゃやられちゃうんだよ」は確かに鹿野原の絞首刑について述べているのだが、トボ助は二つのせりふがまったく同一の内容を指していると思う。そして、男Aがトボ助への自分の気持ちをここで語ろうとするのは、先程、トボ助が混乱した自分のこころの表現として、「ああ、あたいはさっぱりとなりたい。さっぱりとなって新しく出なおしたい。新しく生きて行きたい。——あの人がまだなまじ生きてるもんだからこんなにあたい、苦しいんだな」「いっそ早くやられちまえばいいんだ。いっそ早く首くくられちまえばいいんだ」と口ばしったことを前提にしている。それがもし事実の発言だとすればトボ助への自分の求愛が具体的な可能性をもちうるとの期待が単純な、自己中心の男Aの内に動く。

このふたりの気持ちは旧稿でも同様であろうが、改稿によって、トボ助と男Aの心の裏表、激しくゆれる思いが、読者・観客に具体的に伝わる表現となっている。

冒頭の場面だけでの事例いくつかをあげたが、こうした改稿の視点は作品全体に細かく注がれ、修正・加筆されていることが確認できる。

C　改稿によって果たされた新しい設定

「群像」稿に加えられた多くの修正のなかで、新たに設定された表現をいくつも見出す。それらは、たとえかんたんなものであったとしても、作品が「何としてでも更に深めひろげることを作者である私に迫って来」た、そして初上演が発表後十七年も経過した改稿の基本思想に深くかかわっていると感じとれる。項目的な記述となるが、それらの代表的なものを問題としたい。

① トボ助が男たちに関して疑問を出し、また直接彼らに対しても語る、「ずうっと一所だったたっていうのに、どうしてあの男だけ先に帰れたんだろう？　帰ってきて手前《てめえ》だけ生き残ってるんだろう？」「でも、どうしてあの男だけ先に帰れたんだろう？」「死んだ人はなぜ死んだの？　そしてあんたたちはなぜ生きてるの？」とⅡで三回の発言。そしてⅣでの「分らないのは生きて残ってる奴が無茶苦茶だった無茶苦茶だったたっていってノホホンとしてることなんだよ。死んじまった人がそういうンなら分り過ぎるほど分るさ。それを生きてテレッと突っ立って――」のせりふ。

死んでいくものと生き残ったものとの無情で無常な対比、痛切な過去の体験をもどんどんと忘却していく人間という存在、自分と戦争犯罪とは無関係だとして安心する人びと、それらに対して、論理的な主張だけでなくトボ助の全身を貫く情感をこめてうち出されている告発である。作者自身をふくめた、戦後への生きている日本人への罪の意識化がより強くより明確になされている。

② Ⅲで、鹿野原が始める長い独白、そのト書きに「彼はいつの間にかピストルを手にしている」が書き加えられた。その独白の間に「彼はいつの間にかピストルを地上に落す。トボ助がそれを拾う」のト書き。そしてずっと後、この場の終わり近く、島の住民からの証言者がだれも見つからず、とうとうあの少年を証人に出す話のとき、トボ助がはさむせりふに「(鹿野原に、ピストルを示して)あんた、これ、もういらないの?」とある。

ピストルは、その場に実在する自然主義的な具体物でないことは明らかである。鹿野原が手にしているとき、それは彼が「自殺」の可能性をもっていただろうことをわれわれにイメージさせるものだ。彼が参謀の陸軍中佐に対して、収容所で知った自殺者のありさまを具体的にいくつか語る場面があるが、それは参謀への批判そして彼に対するやりきれない思いをあらわす意味をふくんでいるとしても、それだけのものでなく、「自殺」の想いが鹿野原自身にもあったことを示しているように思われる。その象徴としてのピストルが彼の手をはなれて地上に落ちたこと、それがトボ助によって拾われたことは、鹿野原自身にとってそしてさらにトボ助にとっても特別の意味をあらわすものだ。鹿野原は自殺をしない、そして自らの生と死との問題を現実に直面させ続ける。鹿野原のその存在と想いとはトボ助の手に伝えられていく。彼女は鹿野原の思念を自分のものとして荷わなければならない。そしてさらに、このピストルという「武器」は、鹿野原とトボ助(に代表される人びと)から他の人たちに対する「告発の武器」になっていくことが予想されるのである。

事実、このピストルは、Ⅳの、しかも終局に実際用いられることによってその役割をより明確にする。舞台にひとりっきりとなったトボ助のせりふに「彼女は自分の手の中にあるピストルに気づく。何かに照準をつけながら」「彼女は引金を引く。轟音。しかし――このあとの場合も――彼女は轟音が聞えないままに言葉を続ける」のト書きがあり、そのとおりの行動が進められる。

さらにこの作品の幕ぎれの近く、鹿野原へのトボ助のせりふのなかで、くりかえしてピストルの引き金が引かれるのである。このせりふを引用しておく。

人は世につれ歌につれ、か。――（彼女は何かにピストルの照準を合わせる。轟音）ねえ、「あすよりは、誰にはばかるところなく、弥陀のみもとでのびのびと寝る」――あんたは知ってるわけ、ないよね。近頃有名な歌なんだ、東京裁判で絞首刑になった総大将の辞世の歌だってヽでね。さっきの、「この川はどこへ流れる川ですか?」ってのを聞いた時、ふいっとこの歌のこと思い出したんだけど――ああ、あれはあんたにふさわしい言葉だな。あんたもいよいよのとき、いったんじゃないのかな。「この川はどこへ流れる川ですか」――（轟音）――おんなじ人間でもこう違うんだね。「あすよりは、誰にはばかるところなく、弥陀のみもとでのびのびと寝る」。（轟音）どういうの?このーズーズーしさ。自分がどんなことやらかしたか、やらかしたお蔭であたい達がいつまでどんな目に会うか会わないかなんてこと、これっぽっちも考えてやしない――ってなふうに、この歌高座で使ってやろうと思ってるんだけどね、どっかで怒りだすのがいるとおっかないからまだ使ってないんだけど（轟音）、あと十年か二十年してみんながいろんなこと忘れちまった時分になったら、もうはや皆さんお忘れでございますかって、お高いとこからあたいわめいてやろうと思ってるんだ、この話（轟音）。もしその頃まであたいが生きてて、そしてまだ芸をやってるんだったらね（轟音）。

ピストルの発射と「轟音」の役割は、説明を加える要もなく、明らかであろう。トボ助は自分の心情のみでなく、鹿野原の存在を背負ってピストルを打っている。つけ加えておきたいのは、作者は、論理的なせりふのはたらきだけでなく、内容を強めるため、観客に対して感覚的な「轟音」をもって、刺激し、衝撃を与え、覚醒を求めていることである。鹿野原やトボ助（に代表される人びと）の情念の力をこめて「轟音」が劇場に鳴り響くわけである。しかもくり返しくり返し。

③　「島の少年」の存在とくに鹿野原とのかかわりの明確化。

「群像」稿で登場する「島の少年」は、男Fにかわいがられ、彼にやしの実を持ってきて頭をなでられる愛らしい存在である。戦犯裁判の弁護人側の証人として男Aによって提起され、証言台に立ち男Fを指さすことになるのも、この子は問われてる証言の内容について何もわからず、親しい日本兵としての男Fを意識しただけとの印象を与える。少年は弁護側の証人としてはだれも出廷しようとしない現地人のなかから出された唯一の存在であり、「裁判」では並べられた六人の日本軍兵士から三人を島民虐殺の犯人として選び出すための証言である。注意を払いたいのは、少年を証人として法廷に出すことを弁護人に提起したのは男Aと設定されていることであり、その営みに男Fはまったくかかわっていないことである。男Aにとっては、少年が犯人として男Fを示すことはありえないし、彼に近いかかわりをもつ自分にとっても有利にはたらくはずとの思惑があったはずだ。実際、後の場面になって男Fは、「証言台の上から、ぼくの顔を指すはずのないあの男の子」といっており、「まっすぐにぼくの顔を指さしたとき――」「あの子とぼくの関係を知っている者はもちろん、ぼく自身も全くびっくりした」とつなげている。残虐行為を一切行わず、島民に親切な行動で接しもっとも無罪に近かった男Fが、まさに偶然の裏返しによって死刑を宣告されるに至る矛盾を示すための少年の登場である。

改稿された「岩波」稿では、鹿野原に声をかけられて少年が去ったあと、穴倉から引き出されて拷問される島の女は、少年の母親であることが、鹿野原によって明らかにされる。兵士たちによってさんざんに棒で打たれ、殴られる女、悲鳴とともに女は走り去り、やしの木のてっぺんに登って飛びおり自殺する。その死の現場を見ていた少年、気を失っているようなその子を抱いて登場する鹿野原。この尋問の責任者である陸軍軍曹（男E）は少年も殺せと命じるが鹿野原は従わない。

裁判のくだりで、島民からだれも出ない弁護人側証人としてやむを得ず「少年」を出すことについて、詳しい書き加え部分がある。ここでは鹿野原も話し合いに参加しているのだ。男A・B・Cに懇願され、弁護人の、「この際のこった、子供でもばかでも――（鹿野原に）その子供なら証人に出せるんだな？」に対して、鹿野原は、

――出ろといえば、それは出るでしょう。ですが子供ですから何も分りません。ただ――指で差

せというぐらいは分ります。――指せ――といわれれば誰かを指すでしょう。

と発言する。「群像」稿では弁護人が指摘するだけだった「指でさす」ということばをここでは鹿野原自身が口に出している。そしていうならば、少年が見ていた母の死の現場に、逃げたその女を追っていった鹿野原はまさに居たのであり、その子を証人とすることは鹿野原を戦犯とする可能性を生むかもしれぬ客観的な条件をもつ。彼が収容所の壁に書いたという「ありゃさこりゃさの命芸」に鹿野原は挑んだといえないことはない。

その結果は彼にまさに決定的なものとしてふりかかってきたのである。

それだけではない。このすぐあとに、

鹿野原　（トボ助に――しかし独白のような口調で）あの子、あれだけぼくになついてたのが、あれ以来、母親がやしの木から飛びおりるとこを見て以来、ぼくの顔を見ても何の感情も示さないようになっちまった。いや、ぼくに対する反感なんかじゃない。あれ以来一種の放心状態――というより、なにか自分というものを忘れちまったみたいな――

男A　おい――どうしたってッだよ。

鹿野原　え？（くるりと鉄棒からおりる）ああ――いや――ただ――〝罪〟って問題を考えてたんだ。

男A　罪？

鹿野原　（笑う）忘れたのかよ？「おれが死ななきゃ誰か死ぬ」、さ。（略）

のせりふがある。被害者意識にとどまっていることができず、自分の存在を加害者としてのありようにまで深めていく意識である。

この「罪」の意識にかかわって、改稿でさらに明確にされた鹿野原の行動を見落すことはできない。少年の母を棒で打つ陸軍軍曹と男Aとの強い要請（命令）で鹿野原は、止むを得ず棒を構える。もちろん、彼は躊躇して打つことはしない。だがそのとき、女は、「突然激しい悲鳴と共に走り去る」のである。ト書きにはそれ以上の記載はないが、いつも親切に対してくれていた鹿野原までが暴行の仲間に加わろうとするのを見た女の恐怖と絶望とはどうにもおさえがたいものがあったであろう。そして逃げる自分を鹿野原が追いかけてきた、それらのつながりは女の自殺への大きな要因となったはずだ。鹿野原がどう意識しようと、手を下さなかったとしても、女が抱いたショックに彼がかかわったのは確かなことである。作者木下順二は、旧稿から改稿への過程で、見事にそして痛切にそのことを描いていったと思う。鹿野原に、人間としての、兵士としての現実状況での「罪」を自覚させていく設定である。

その思考の内容は、Ⅳに入って、トボ助たちに向かって希世子がいう、

「――あの人の手紙にね、この人（男A）の持って来てくれた、書いてあったわ。奇妙な気がした、けれど不思議に安心したような気持ちがした、って。」

「裁判のあと——手紙を書くまでの長い長いあいだにでしょうけど——やっと自分を納得させられたのよ。」
「うちの坊主にそっくりな子供に指さされたってことでね。——（皆の視線が、ブランコをゆすっている少年へ行く）——だから——あの人がいったっていうあのこと——〝そこンとこなんだろうな、〝罪〟っていう問題は〟——罪っていうものが自分の中にもあるっていうことをやっと自分に納得させたんでしょうよ。」

せりふの内容として、希世子に、そして観客にまで伝えられていくのだ。加えて、続いてトボ助が「（やがて）奥さんは、それで納得できるんですか？」というのに対して、「（激しく）納得するもしないもないじゃありませんか、今になって！——あたしは、あたしも自分をそういって納得させたいんです。納得して忘れてしまいたいんです、本当に忘れてしまいたいんです今は。なんにもなんにもなかったことにしてしまいたいのよ」と返す希世子。ふたりの心を激しく揺り動かす葛藤に連なっていることも読みとっておきたい。

④　陸軍軍曹（男E）の形象と行動

まったく罪のない島民の女をスパイ容疑者として拷問し死に追いつめる中心人物としてだけでなく、さらにその罪をおおいかくすためにその子どもまで殺害しようとする「日本陸軍軍人」としての描写がより具体的にされている。そのことは、軍人のなか——将校だけでなく兵士においても——にもさまざまな人間がいることを示し、また支配者として彼の強権的態度は、その立場をとろうとしない鹿野原との対比を強めていることでもある。その上に立って、舞台上における軍曹のとる最後の行動は、「ドラマ」の設定として重要だと思われる。

陸軍軍曹　おめえがやるか?
鹿野原　やりません、絶対に。
陸軍軍曹　何を?　命令違反をやらかす気か?　この野郎。
鹿野原　絶対にやりません、自分は。
陸軍軍曹　この野郎、チンの命令にそむき奉ったらどういう目に会うか分ってるのかよ（鹿野原を殴り倒す）。
男A　軍曹どの。
陸軍軍曹　何だ?
男A　いいじゃないですか。どうせもう幾日だかのうちにゃあテキさん上陸して来て——
陸軍軍曹　ふざけるなこいつ!（男Aを張り飛ばす。海軍軍属に）おめえはまた何だ、さっきからぼやっと突っ立ってばかりいて。（張り飛ばす）ばか野郎!　ばか野郎!　ばか野郎!　どいつもこいつもみいんなみいんなばか野郎だ!（泣きながら気違いのように三人をくり返し張り飛ばす）

「人間的」な面もどこかに残しながら、「けだもの的」な自分におのれを追いこんでいく人物、狂人のように、権力にすがりつき暴力を支えとする人間が、陸軍軍曹として形象されている。最後の「泣きながら」「三人をくり返しはり飛ばす」彼の姿に、観客は、どうにもやりきれぬ思いを抱きながら舞台をみつめることになる。

その軍曹の行動は、実は、Ⅳの場面で、舞台にひとりきりとなる直前のトボ助の行動に重なっていくのだ。そのつながりは、木下順二が意識的に果たした設定と思える。

（男たちへ）けどね、あたいにだってこのことだけははっきりと分ったよ。あの人は自分のほうから出て行って命芸をやったんだ。ありゃさこりゃさの命芸。誰かみたいに逃げながらじゃなく自分のほうから出て行って、本当に自分の命をかけた命芸をね。人間の、何ていったらいいかあたいなんかにゃ分らないけど、一番大切なものを試すためにね。一番大事なものを守るためにね。分る？（誠意をこめて）じゃあ、さようなら。（いきなり、男A、男B、男Cをひっぱたく）

旧稿では男Aに対してだけされるのだがここでは三人の男をひっぱたくトボ助の行動は、おさえることのできない、彼女の強い感情の発露であり、その点では陸軍軍曹と同一の要素をもちながら、質的にはまったく対極的なものを示している。われわれはこのトボ助から、前の軍曹のシーンを瞬間的に想起しながら、その重なることによって、トボ助が表現する内容の重さ――われわれが殴られている痛さ――を感じとることになるのだ。

⑤　希世子の鹿野原への理解の深化

Ⅲの場面、鹿野原と男Aとの収容所内での対話、鹿野原の「〝罪〟という問題を考えてたんだ」「つかまえたほうがつかまったほうより偉いときめこんじまうのが日本人のいけないとこだ、卑屈な根性《こんじょう》だ」「だから同格さ、けどテキさんは、今や自分を神さまだと思いこんじまってる」ということばの先に、「そこゝとこなんだろうな、〝罪〟って問題は」というせりふが新しく出されてくる。

希世子と男Aとの対話（ほとんどは――正確にいえばはじめの六つをのぞいて――鹿野原の長い「独白の間にぽつりぽつりとはさまっ」た、それぞれの独白）が、その鹿野原のことばからはじまる。「群像」稿では、その大部分がくり返し的表現やあいづち的表現の短いものだが、対話のせりふ数は六十三もある。ところで「岩波」稿になるとその数は二十五に激減するが、くり返しもあるものの、一つひとつのせりふにはしっかりした内容がこめられてくる。とくに希世子については、「あの人、本当にそういったんですか？」から、そのなかで、鹿野原の「そこんとこなんだろうな、〝罪〟っていう問題は」のことばを三度も口にする。男Aの同一のせりふをいれれば、二十五のせりふの内、四つはこのことばである。

そして希世子はこの会話で、改稿前にはなかったせりふを語る。

「やっときょう分りかけてきたわ、なぜあんなふうだったのか。」
「あたしを愛そう愛そうとしてくれてた。」
「その気持がよく分って来たわ。かわいそうなひと。」

「もしも帰って来たらますますあたしを愛そうとしてくれたはずよ。」

「その人が罪をしょって――」

「誰が犯したんだか分らない罪をしょって――」

そして、

「〝そこんとこなんだろうな、〝罪〟っていう問題は〟――（顔を押える）」


明らかに、彼女は、希世子としての人格をもって、鹿野原という人間と戦犯裁判の本質とを受けとめようとしている。抽象的な「罪」の観念ではなく具体的な罪の内容とありかたを作者は改稿によってより深めて提起しているのだ。この前の③島の子どもの部分でも引用したように、鹿野原の意識に入りこんで「罪」を理解し、納得しようともしている希世子である。

そして、男Aやトボ助に対し、ことがらにふりまわされているかれらを指摘し、「ただ、今はそっとしておいてほしい」と自分の立場と気持ちを述べ、旧稿にもある、

　絞首刑になったある兵隊さんがね、別に遺言というわけでもなくてね、こういったんですって。ほっとした。気がせいせいした。なぜだか分らないけれど非常に嬉しい。ただ、皆と別れるのが一番悲しい。――そしていよいよ刑場へ曳かれて行くとき、小さな川を渡った時に教誨師さんにこう聞いたんですって。「この川はどこへ流れる川ですか?」――

をトボ助に語りかける彼女なのだ。観客・読者にとって、希世子は納得できる人物形象となった。

⑥　弁護人の示す、「あいまいさ」、『無力さ』、「無責任さ」の明確化。

「群像」稿では、弁護の打合せ、とりわけ弁護側の証人として少年を出廷させる道筋づくりは、男Aと日本人弁護人の二人で行われているが、改稿された「岩波」稿では、男B、男C、鹿野原が加わり、トボ助・希世子もそれを見守って展開する。もとの稿を生かした部分のせりふもあるが、全体は何倍かの分量をもつ大きな「書き直し」としてできあがった。

「だから法務将校らしくしゃんとして弁護してくれたらいいじゃねえですか」「きのうだってあんた、ひとことも発言してくれやしねえ」という男たちの批判、「おれまでが戦犯になってしまったらあんたたちの弁護もできんようになるわけだから――」の弁解、「どうせあんな無知な島の土人に何か理屈に合ったことといわせようとしても無理だ」に示される現地人への軽蔑。少年の証言を求めようとする発言もまったく確信のないたどたどしいもので、結局「指で差して下さい」が彼の結語とならざるをえないように修正表現されている。

弁護人の、こういう、権力者への卑屈な態度、被支配者への侮蔑、一貫しての自己保身と無定見がどうして強められ、重要部分として位置づけられていったのか。そのことは、指揮者としての将校たちのありようにつながっているものであろうし、ひるがえって、多くの、一般の日本人の戦争意識、BC級戦犯に対する認識、とくに外地で裁かれた兵士たちについての感じかたにかかわっていよう。殺害された多くの島民、父母を失なった少年の厳然とした実存在、鹿野原が意識していく〝罪〟の問題と並行して、自己中心でその場かぎり的な日本人の思考をも示すことで、われわれが背負う人間としての課題を、木下順二は追究し提起しようとしたのである。

D　全面改稿と考えてよい部分

Ⅳ（旧Ⅱ・3とⅢ）がそれであり、とくに旧稿のⅢがそれにあてはまる。

Ⅱ・3の部分には、大幅な移動や削除、修正、書き直しなどがあるのだが、基本的には同じ内容を追求しており、また新たに加えられた表現のいくつかは既述したので、ここでは（Ⅲ）に論点をすえて問題としたい。

（Ⅲ）では、「群像」稿で二三五行のある全体の量のうち、「岩波」稿にそのままの表現として残された行は、二四行にすぎない。それにも語句・表現の改訂が加えられている。他の場面に移されたものもわずかながらあるが、大部分の旧稿せりふは削除された。

それは、男Fによって語られる、解説的といえる表現、彼の主張としてとれる内容のほとんどをカットしたことである。「群像」誌に発表の稿として形づくられたときには、それらの多くは作者が男Fのことばを通してどうしてもいいたいこと、作品にもりこまずにいられなかった内容、そして、読者・観客に何としても伝えたかった問題点であったと思われる。それは男Fが自分のせりふでいっているように、女Aに対する「お説教」であり、死者から生者への強いメッセージであるのだが、それにしても、それを聞くトボ助（女A）を通りこして、観客・読者に直接対する「お説教」の面が前に出すぎているると感じられるのは否めない。そのいくつかをあげてみる。

「とり返しのつかない時が来て初めて人間は、どうしてもそれをとり返さなきゃならないと気づくものなのだ。どうしてもそれをとり返すための力を持つことができるものなんだ。死んでしまった人間はもうものが言えなくなった以上、どうしてもものを言おうとする。」

「こんな悪徳のどの一つでも、かつて日本人が他国の人々に押しつけた無理非道の中に含まれていないものがあるものか。だとすれば指さされたのはぼく個人じゃない。日本民族の代表者として、もっといえば知能程度の浅薄な日本国民の代表者として、たまたまぼくが選ばれたというだけのことさ——」

「国家権力を握っていたA級戦犯は無論責任重大さ。命令を出す地位にいたB級戦犯にも悪い奴は多かったさ。けれどその悪い奴の命令に従うよりなかったわれわれC級戦犯をまでひっくるめて、とにかく〝戦犯〟という名がつくからには何か悪いことをした奴にきまっているという眼で見る見方は、裁判というものをいつも家来の眼で見上げて来た人間の考え方さ。けれどそういうC級戦犯にしたって、一人々々が内なる罪を持っている。たとえ命令は受けなくとも、自分から面白がって罪を犯す可能性を持っている人間はたくさんいる。というより、われわれみんなそうかも知れない。その問題を考えぬいておかないと、いつまでたっても本当の平和は来はしない（略）」

「これだけみんなひどい目に会ったんだ。国民はみんな反省してるはずだよ。そして進歩した社会を力を合わせてつくりだしてくれるとぼくは信じる。そう思うからこそぼくは殺されてやったんだよ。」
「要するに国民だ。ああいうばかな指導者たちの存在を許して来た日本国民はいってみればＤ級戦犯。」

これらのせりふはすべて、改稿の作業のなかで消されていった。作者は「群像」稿の改稿が不可欠であることを痛切に意識したのだが、それは、これらのせりふにある内容をまずは作者自身の内に深化させること、作品の中にじっくりと沈潜させること、登場人物の心とからだを通した人間的表現にする必要性を強く感じ、考えぬいたことなのであろう。その営みは、これらの内容を不要としてけずりおとせば済むのではなく、逆に、より重視することでもあり、ドラマとして充分に熟成させることでもある。想いを持続し、ますます強めながら、作品からの呼びかけに耳を傾け、その要求に応えることであった。

そのことに重ねて、改稿においてもなお遺された内容、そして、新たに組み入れられた表現についてて述べないわけにはいかない。それは、改稿された多くの他の表現と相呼応し、少ない、貴重な表現の内部から静かに光を放ち、『夏・南方のローマンス』を豊かに、そして鋭く成り立たせる力だといえるであろうから。

短くなった（Ⅲ）からⅣとなった場面に遺されたものは、鹿野原が語る〝葬式はやらなくていいが、墓石は建て、戒名でなくて本名を彫り込むこと、石の横に何年何月どこで絞首刑と入れてほしい、そのことを世の中の人に覚えておいてもらうために〟という内容であり、「あたいは絶対忘れないよ、あんたが絞首刑になったっていうこと」というトボ助に対して、〝忘却は民衆の知恵〟〝そのお蔭で悪が生きのびることもある、救われて世にはびこることができる人間も〟にかかわっていく鹿野原のせりふである。

ふたりの対話は、旧稿では、初めの部分がずっと互いに声も聞えず姿も見えない独白的な形で進行しているが、改稿は、舞台上にひとりになったトボ助が、「でも、あんたがもうあたいの手の届かないところへ行っちまったから、あたいはいくらでもあんたと話しができる。そうでしょう?」のことばに、いつの間にか鹿野原がいて、自然体の会話がはじまる。それは心にしみる、ひととひととのかかわりの対話だ。

きみは相変らずトボトボしてて色気も愛嬌もあんまりないけれど、何かあるといきなりむきになってくらいついてくとこも相変らずだな。そこんとこは大事にとっておけよ。

という、旧稿そのままの、彼のことばに、トボ助が、

あはは。何かっていうとお説教したがるとこは、あんたも相変らずだな。——もっとこっちへ寄って。——ここんとこ、板がのっかってベンチになってたね。——空襲か。——落っこちた焼夷弾が、しいんとしたまんま、あっちこっちでぽおっぽおっと燃えあがって、まるで一面の狐火みたい。——(そのような光があたりを照らし出す)あんたは突然墓石のこと、いいだしたっけね。——どう

せ生きて帰れないと、あの時から覚悟してたんだね。」
と話すのだが、観客にとっても、ある意味で切なく、その意味でドラマをドラマとして豊かにする。ピストルの引金が何度も引かれ、轟音が幾度も響きわたることは前に述べた。その後には、鹿野原とトボ助のせりふが一つずつあって、そして『夏・南方のローマンス』はそれで完全に終わる。

鹿野原　ぼくの場合、墓石に注釈なんかいらない。ただ外地で絞首刑になった一人の男がいたということに気をとめてくれる人が、そして考えこんでくれる人があればそれでいいんだ。夏・南方のローマンスの登場人物の一人としてね。

トボ助　その墓石を本当に建てるとこは、あたいの胸の内しかなさそうだね。写そうとしてもだめ、写されようとしてもだめなあたいの胸の内にだけれど。（彼女は母親のように鹿野原を抱く。――あたりはいつか、既に暗い。――やがて一人になっている）さあ、寄席の時間だ。芝居じゃないけど、そろそろ幕のあがる刻限が近づいて来たらしいや。（去って行く）

ふたりのこの会話には静かな内省があり、暖かい心情のうねりがある。

思うのだが、ひとは、激しく感情を動かしていたり、努力して意志を示そうとしているときには、自分についてじっくりと考えることができないのだ。心が緊張の状態にあっても、ゆとりをもって、冷静な状態であろうとするとき、はじめて自分について内省のこころをもって対することができるのだろう。そしてそのときにこそ、「自分の意志」が「自分の力」として「自由」にはたらいているということになるのだと思われる。力をこめて、無理をして、意志をそれこそ意志的に表わそうとする態度は、むしろ不自由さ、硬さを感じさせることが多い。

　鹿野原のお説教、トボ助の激情は、人間的な行為であることは間違いないが、それを受けとるひとの心にそのなかみがしみとおってこないうらみがある。改稿により、このドラマ終局の場で、ふたりの表現の質は大きく変えられた。あくまでも鹿野原の発言、トボ助の想いとして語られながら、それは読者・観客としてのわたし（たち）の共感をよびおこすものがある。かれら個人に属している思考であることが、ことばのイメージを生みだし、逆に多くの人びとにそれを共有させるちからをもつ。

　そしてさらに、そのはたらきは、鹿野原に対するトボ助のありかたにとって深い意味をもつものとして形象化されているようだ。彼女は、母親のように鹿野原を抱く。愛人としての対象だけでなく、追い求める相手としてではなく、彼の存在のすべてを「あたいの胸の内に」受けとめることができたのだ。C級戦犯として適当に処理されてしまった矛盾・戦争に参加した人間としての罪意識・生きのこって戦後に暮らす日本人の責任をふくめて、トボ助は鹿野原を母親のように抱くのだ。それは現実ではありえない、トボ助は「やがて一人になっている」。しかし、トボ助は鹿野原とともにある。彼女はもう孤独のひとりではないだろう。

　作者木下順二の作家としての願いは、こういう質として結ばれようとしている。

その作家意識は、鹿野原の「夏・南方のローマンスの登場人物のひとりとして」、トボ助の「芝居じゃないけど、そろそろ幕のあがる刻限が近づいて来たらしい」によって、芝居をしめくくり、「芝居」を観客に意識させ、幕をおろす趣向としてのくふうにつながっている。技巧としての面を感じないでもないが、とくにトボ助の最後のしめくくりのことばが、舞台上での芝居が終わることによって、逆に、観客にとって現実の「幕が上がる」ことを示す大きな意味をもっている。

このⅣの場面とくに旧稿Ⅲについての大きな変化は、初稿の思想をあくまでも土台としながら、木下順二に改稿をせまった課題に適切に対応したものだといえるだろう。くりかえしていえば、作者としての直接的アピールともいえる論理の「お説教」的展開を捨て去り、人物の人間的な肉声を通して課題を深め得たということである。作品のしめくくりも右に述べた内容と設定とによって有効に果たされたといってよい。二ページ前に引用した「岩波」稿の最後の二つのせりふを、次にあげる「群像」稿のそれと読みくらべてみると、その質のちがいがよく理解できる。

男F　でもきみは、相変らずトボトボしてて、愛嬌も色気もあんまりないけれど、何かあるといきなりむきになってくらいついてくとこも相変らずだな。そこは大事にしておけよ。（消える）

女A　だから、あたいには梶を取ってくれる人が入り用なのよ。（男Fの消えたことに気付く）――何がこれから始まるのか、少しずつだけど、だんだん分って来たようだぞ。

作家を『神と人とのあいだ』創作にかりたてた課題、『夏・南方のローマンス』に描かれた内容は、報告やアピール・作者の意識の表示だけでは幕をおろすことができない、してはならないことだったのだ。作品が木下順二に改稿を迫った根本的な理由は、そもそもそこにあったのだろう。そして彼の改稿は一応の終了をみた。客観的な作品として完成した。

が、この作品が提示した内容に対する観客・読者の評価・意見も、実は、同じ問題意識の上に立たざるをえないと思われる。「作品」を理解した、「登場人物」に共感したという次元で済ますことができない課題が、この舞台または戯曲に接した瞬間から発生してくる。その課題は、日本人が日本人であるかぎり、人間として生きているかぎり、向きあわなくてはいけないものである。

『夏・南方のローマンス』は、そういうものとして現在もわたしたちの前に存在している。

結びの章

『夏・南方のローマンス』の改稿は、どのような作品でも行われる、尋常の「改稿」の域をこえている。それは、ドラマの基本思想を深める再構築がその営みの主軸として徹底されていることである。BC級戦犯裁判の実態と、その後われわれに遺されている課題とを、女A（トボ助）ひとりの受けとめにとどめるのではなく、女B（希世子）の理解の深まりにも具体化し、さらに、大きな罪を背負わなくてはならない指揮者の将校たち、戦友であった男たちをもわれわれの現存在にふくめて、日本人が主体的に認識を深め、自分の問題として考えていくドラマとすることが、それであった。そのためには、旧稿にあった説明的な告示をできるかぎり排除し、有効な表現を修正、採用しながら、登場人物の特徴を強め、良かれ悪しかれの両面を示す、「人間」としての言動を具体的に形象化することがすすめられた。

それに加え、この稿ではいままで言及してこなかったのだが、舞台場面として設定された小さな公園が、戦中の南の島の場面や戦犯裁判の法廷にそのまま転移し、日常的なすべり台・鉄棒・ブランコ・

ベンチ・樹木などが、さまざまな局面の様相に活用される舞台スタイルが採用されていることがある。さらに改稿では、「ピストルの轟音」など、ことばの論理のみでない視覚・聴覚への刺激を強める表現が加えられて展開する。——そして、すべての登場人物が出合うこの小公園は、かつて戦地にひきだされていく鹿野原が、出征前日の夜、トボ助を呼び出し、空襲の焼夷弾の雨のなかで時を過ごして話しあった場であり、何重にも過去の時空は重なりあって歴史を経過していく地となっていることも想起しておかねばならない。——

作品内容の深化とくふうされた舞台スタイルの二つの面、それは集約的にいえば、舞台表現における同化・異化効果の並行と統一といえるのだろうが、それぞれの強調が相まって、作者が観客に手渡したいとする現実の課題・芸術的課題を明らかにするはたらきとなっている。

戦犯裁判の不合理で、ある意味で「滑稽」ともいえる描写、指揮官である将校たちの無策さ、狡猾さ、あるいは自己保身の姿は、「群像」稿の表現が決定稿でも基本的に遺されているが、男たち（兵士たち）の行動についてはさまざまに補強され、かれらを類型的存在として単色に塗るのではなく、かれらのなかにもいろいろな人間の存在があり、状況の所為だけでなく、ひととしてのありかたによっても安易に、残虐な行為が生れたことを明確にしている。

鹿野原の島の少年や女への対応、兵士や上官に対するありかたも書きこみがすすめられた。無実を主張するための努力、収容所での口ずさみと壁への落書き、参謀の陸軍中佐に向けて「自殺」に関する感情的な発言は旧稿の内容を生かしながら、判決後の抗議や減刑嘆願書の提出などは削除された。全体を通し、鹿野原がきわめて「人間的」であって、また「人間的」であろうとする意識がより鮮明になっていったように感じられる。

鹿野原がいう、〝罪〟〝命芸〟ということが、敵・味方、勝利者・敗北者、支配者・被支配者の両方を合わせて、作品のなかに深化されたということがいえるだろう。『神と人とのあいだ』というタイトルは作品発想の精神であるとともに、『夏・南方のローマンス』改稿によって深められた。

その意味で、この作品のなかでの「神（さま）」ということばの表現を「岩波」稿によってたどっておきたい。戯曲名である『神と人とのあいだ』の「神」のなかみをわたしなりに感じとりたいと思うからだ。部分として12か所、語としては38回用いられている。旧稿から削られたもの移動したものもあり、11番などは新しく書き加えられたところである。（傍点は筆者が付した）

Ⅰ場

1　男A　勝ったおかたのやるこたァ今や神さまの仕業と同じこった。神さまの思召しってのは人間にャ分らねえからね。（略）

2　トボ助　神さまか。神さまは面白いだろうな、高いとこからあたいなんかを眺めてると。だってさ、あたいはあの人が、何が何でも死刑にだけはならないで帰って来てほしいと思ってるだろ？　そいで神さまがひょいとそれじゃあってンであの人を返してくれたとするだろ？　そうすると——あの人はあたいと他人になるために帰って来ることになるんだ。分る？　（中略）——こんな性分でさえなけりゃどうにでも気楽に考えたりしたりできるんだろうけどさ、性分ばかりは一たんこうできちゃったら神さまでも直しようがないもんらしいね。

3　トボ助　神さまだな。
男A　神さま？
トボ助　神さまみたいになってたな、あの時のあたいは。そしてあの人も。
男A　神さま、か。――こっちはけだものだ。けだものになっちまってた、艦砲射撃と機銃掃射の雨あられの中で。（略）

4　男A　（略）でもさ、でも、まあ、とにかく今はお互い人間だ。けだものでもねえ。神さまでもねえ。そうだろ？　お蔭さまで。

5　男A　（略）おそかれ早かれなんだ。どうせその、そうなんだ。そうなんだよ。神様の思召しなんだみんな。

6　トボ助　とうとうやられちゃったのか、絞首刑。（中略）――神さまの思召しだって？　でも神さまって何さ？　何だかわけも分らないそんなもんの思召しに従ってただこうやってなんにもしないでいるってことないじゃないか。黙ってただ眺めてるって手はないじゃないか。いいよ、相手は神さまだって何だって、こっちも一度はあの焼夷弾の中で神さまになったことのある御身分だ。（中略）何かやらかさないじゃおかないから。見てろ。そのうちに、よく見てろ、神さまめ。

7　トボ助　（略）――あの人がそういってる。あの人がぜひ会えっていってる。あたいは、どんないやなことでも全部話しちまわなきゃならないんだ、神さまに突っかかって行くためには。そう、神さまに突っかかって行くためには。

Ⅱ場

8 希世子　（略）いくら罪は犯してないって少しばかりの人間が言い張ったって、犯したことが証明されてしまってる以上だめなのよ。もう証明されてしまってるんですから、それこそ世界に向って。

トボ助　証明って、その証明は誰がしたんです？

希世子　さあ、神さまでしょうね。

トボ助　神さま？　ああ。神さま。——きょうは神さまがたくさん出てくる日だな。

9 トボ助　（略）あたしは奥さんと違って相手が神さまだろうと何だろうとお手あげなんかしないんです。

希世子　お手あげ？

トボ助　お手あげじゃありませんか。神さまが証明したとかいって奥さんは諦めてるじゃありませんか。神さまが世界に向って証明したとかって。（略）

10 希世子　（略）——あなたはあたしとは、あたしたちとは違った世界ののぞけるひと。神さまに、何ておっしゃったっけ、文句をつける？　ああ、神さまをとっちめる、か？　そういうことのできそうなひと。あなたは。

トボ助　本当？　本当にそう思います？　あたし、本当に神さまをとっちめることができると思います？

希世子　（略）もう始まってしまってるのよ、回れ右のきかない何だかが。そう、あなたのいいかただと、神さまをとっちめる仕事が。
トボ助　ああ、どうしても取り返しのつかないものをどうしても取り返す仕事が――始まっちゃった。――そう、神さまをとっちめる仕事が。（略）

Ⅲ場
11
男A　なるほど。テキさんだってうんと悪いことやってるに違えねぇ。（略）
鹿野原　だから同格さ。けどテキさんは、今や自分を神さまだと思いこんじまってる。
男A　なるほど。
鹿野原　けど、こっちが勝ってたらおれたちも自分を神さまだと思いこんじまうにきまってる。

Ⅳ場
12
希世子　（略）敵が来ると思ってたら敵の代りに敗戦が来ちゃった。こっちにしてみたら大嘘つかれちゃったのとおんなしことじゃないの。
トボ助　大嘘？　大嘘って、じゃ嘘って、その嘘誰がついたんです？
希世子　――神さまね、きっと。
トボ助　神さま！
希世子　神さまとしか考えようがないじゃないの。あなたがとっちめようとしている神さまよ。
トボ助　ああ、神さま――

これらの「神」がいったい何をあらわしているのかを、わたしは考える。「はじめの章」で引用した『忘却について』で木下は、「正義と不正が一つになって動かしがたい力となる」〝見えざる神〟〝隠れたる神〟と述べているが、それは、権力者・支配者のもつ力やひとの思考の極限的な姿を示しているときもあるようだし、「神」の存在そのものの絶対性を表現しているととれるところもある。さらに、ひとの理解をはるかにこえた非情、無慈悲の摂理であったり、ひとがつくりあげた結果でありながらひとのありようを完全に支配する時代や歴史の不条理さであったりもする。歴史が保持し体現する本質だといえるかもしれない。

この稿では触れなかったが、『神と人とのあいだ』の第一部『審判』では、「神」という語がまったく用いられていないことがある。ところで、この『夏・南方のローマンス』では引用したように多用されているのだ。その両作品が『神と人とのあいだ』のタイトルで総合されていることは意識しておきたい。そして、「神」の語を作品のなかに用いなくとも、木下順二がつけたタイトルの意義をわたしたちは感じとらずにいられないだろう。それは作者がドラマの根底にすえたイデエであり、登場人物を「ドラマ」に存在させ、ドラマの課題に向きあわさせる根元的な条件になっているといえよう。

そして、「神」の問題は、否応なく、それに対する「人」の問題に導く。「神」にふりまわされながら、自分なりの認識を獲得しようとする「人」としての存在である。鹿野原が苦悩しながら到達していく「罪」の意識。それは当然のことながら、戦争犯罪や無実の死を迎えた人間たちとはかかわりがなかったと思って安穏な暮らしを過ごしている人びと、過去と歴史の残酷な教訓をはるか以前のこととして忘却していくわたしたちをふくんで、いや、その人たちこそ受けとめと理解が必要だとする、作者の改稿要求があった。そのまん中に作者自身が不可避的に存在しているとの自覚が、このドラマを再創造させるエネルギーとなっている。

木下順二の戦中体験として、彼が自分の意による決断と行動選択で、兵役を二度にわたってのがれた経験がある。同じ日に召集され、営庭で肩をならべた若者たち、その多くが死地にひきだされ、そのまた多くが生きて還らぬ人となっていった。木下も彼らと同じ歩みをたどる必然性をもっていたのだ。個人的な作為と行為とが、木下を軍隊から生還させた。それは、肯定され評価されてしかるべき営為だったといえよう。しかし、彼の意識のなかに、若者たち、兵士たちに対する何らかの罪意識がなかったであろうか。その点については語られることがないゆえに、逆に、その思いは木下順二の心中に深く存在し、持続し、反芻させる課題となったのではないかとわたしは想像する。

『夏・南方のローマンス』で、軍人・兵士のうちもっとも戦犯から遠い位置にいた鹿野原が、自分（たち）の「罪」を自覚していく道筋の深化、鹿野原のこころと存在とを受けとめるひとの思考の深まりを主軸にして、一応は完成した作品を、〝改稿せよ〟と迫ってきた声は、作者自身の内にある具体的な罪意識が呼びかけた力もあったのではないか、とわたしは感じているのだ。

木下順二という作家は、いつでも、どの作品を執筆するときにも、現実の日本（と世界）の社会・歴史が持ってきた（きている）問題点と対峙し、それへの自分のありかたをおのれに課しているひとである。その「想い」は、一貫しており、求道的であるとも思われ、それ以上になによりも創造的である。その「想い」があるゆえに、わたしは、彼の生みだすドラマを信頼するのである。

だが、その点のみを前に立てたのでは、木下ドラマの理解と受けとめを誤まるだろう。彼のドラマには、自分の創造をつき動かす「想い」をあくまでも土台にしながら、「何を」素材・主題としてとりあげるかの粘り強い詰めの力、「いかに」ドラマを組み立てるかとの手法への創意工夫が充ち満ちている。ドラマは三者の緊張関係によって成り立ち、その結果の作品として、われわれに届けられる。だれの、どのような創作活動にも不可欠と考えられる三者のかかわりなのだが、木下作品においては、それぞれが強烈であり、相互の関連が強靭であることが特徴になっている。

『夏・南方のローマンス』も、まさにそうした作品である。とくに、「改稿」への経過と内容をたどってみると、それこそ三者への、執念とも思えるとりくみがあり、それに抱いた切実さが改稿を必然化したのである。その誠実さがこのドラマのいのちであることに思いあたる。

あとがき

木下順二の果たした多くの仕事は、大きな遺産として、わたしたちの手に委ねられた。それをどう生かすのか、何を生かすのかが、わたしたちの課題として、いま、ある。

文学の古典はつねに読者の住んでいる時代に生き、その読者のひとりひとりに問いかけている。しかし、重要なのは、その読者のひとりひとりが、自分自身が生きている時代への、その時代状況への自分の問いをもたなければ、読者自身がそういう姿勢をもたなければ、古典は何も問いかけてくれない、ということです。（『生きることと創ることと』）

という木下順二のことばは、ほんとうにそのとおりである。

木下作品に「古典」という表現がふさわしいかどうかはともかく、わたしのこころに、現代の「古典」として木下ドラマを受けとりたい気持ちが動いている。そして、右のことばにある、「読者」としての「姿勢」をもちたいと思う。

木下ドラマの原点のひとつといえる『夕鶴』について、のちに、作者自身が、こう語っている文章がある。

『夕鶴』を書いた時には、とくにどちら（つうと与ひょうのどちらか——吉田注）の悲劇だと考えて書いたわけじゃない。しいて言えば、つうと与ひょうとの愛の悲劇として書いたので、いやおうなくそこに悲劇を生んでしまう人間関係の構造というか、人間たちの生きかたと状況との間に生み出されるドラマと言ってもいいいんだが、言語不通の問題をモティーフとしたのもそのためですね。与ひょうのドラマだと言われることには、やはりつうとの関係を通じて与ひょうに自己認識の契機をもとめるということがぼくの頭のなかにあって、これは与ひょうにかぎらず、日本民話の人間たち全体について言えることなんだが、その生きる姿勢のなかに、「人間とは？」という問いを生かしたい。戦時下の民衆の姿についても、戦争嫌悪の心情を内面に抱きながらついつい戦争を下から支えてしまうのは、悲惨な状況の下で何とか生きのびてゆこうという意思は強く働いていても、それが、〝人間が人間として〟生きるという方向になかなか向かわず、したがって状況との間に葛藤を生まない。そういうところから脱皮した姿をもとめたいというぼくの考えが、このドラマの展開の軸につうと与ひょうとの葛藤を置いた、とくにそれをことばが通じる、通じないという問題でとらえようとしたことに通じてゆくのかも知れませんね。（同上）

わたしの「生きる姿勢」には、「『人間とは?』という問い」を、「〃人間が人間として〃生きるという方向」を忘れまい。

これから木下作品に対していく、わたしの課題は、いくつもある。

「木下順二ドラマ」への、わたしの「想い」をとにかくここに書きとどめた。

○「想い」の次元にとどまらず、作品の内容を「研究」し「論ずる」ことで深めるとりくみ。

○この稿でとりあげられなかった、現代劇としての「民話劇」を理解し、「語り」のはたらきを通して〃ことば〃の役割をつかむ作業。

○「戯曲」としてだけでなく、木下ドラマを「演劇行為」(舞台上演)として作品世界を拡げるイメージの強化。

どこまでできるかはわからないが、可能なかぎりそれを追いもとめ、具体化しようと願う。

この著を、多くの刺激を受け、多くを学ばせてもらった感謝をこめて、今は亡き木下順二さんに捧げたい。

「影書房」からこの本を刊行できることは、大きな喜びである。多くの良著とくにすぐれた演劇書を出版している「影書房」と、松本昌次さんに抱いていたわたしの思いは、かなり以前からのものだった。そして、わたしと「影書房」とのかかわりを導いてくれたのは、亡き演劇評論家の宮岸泰治さんの力である。

宮岸さんとわたしとの面識はごくごくわずかなもので、直接時間をとってお話しした経験はただ一度しかなく、何度かの手紙のやりとりを重ねただけである。しかし、わたしが、「久保栄」や「木下順二」を考察するときに、氏の論述は、わたしに強い問題提起を絶えず与え続けてくれていたのだった。

宮岸さんが亡くなられたとき、わたしが関与している「演劇会議」誌に、氏への追悼文を載せた。そして松本昌次さんにもお願いして、松本さんとわたしの文章が並べられた。松本さんと宮岸さんとは、ずっとお互いに信頼しあい支えあった仲であると聞いており、宮岸さんが遺した六冊の著のうち五冊は、松本さんの手によって「未来社」と「影書房」から出版されている。また、木下順二さんに対する松本さん自身の傾倒もなみなみのものではない。

一応まとめた状態にあったわたしのこの著を、できるならば、「影書房」から刊行したいという思いがつのった。若干ためらったあげく、松本さんに連絡をとった結果、そのことが可能になったのだ。松本さん、そして宮岸さんに、心から感謝しなければならない。

吉田《よしだ》　一《はじめ》

一九三四年、東京に生まれる。

一九五五年、「演劇集団土の会」を創立。教育のとりくみと並行しながら、上演活動を三十年間続ける。戯曲作品に『父さんもっと自分のことを話せよ』『“回収不能” の戦記』など。著書に、『青果「平将門」の世界』『藤原定家——美の構造』『久保栄「火山灰地」を読む』（以上、法政大学出版局刊）、『女のうた 男のうた』（西田書店刊）などがある。

現在、全日本リアリズム演劇会議（全リ演）機関誌「演劇会議」の編集委員。

木下順二《きのしたじゅんじ》・その劇的世界《げきてきせかい》

二〇〇八年二月五日　初版第一刷

著　者　吉田《よしだ》　一《はじめ》
発行所　株式会社　影書房
発行者　松本　昌次
〒114-0015　東京都北区中里三—四—五
ヒルサイドハウス一〇一
電　話　〇三（五九〇七）六七五五
ＦＡＸ　〇三（五九〇七）六七五六
E-mail＝kageshobou@md.neweb.ne.jp
URL＝http://www.kageshobo.co.jp/
〒振替　〇〇一七〇—四—八五〇七八
本文印刷＝スキルプリネット
装本印刷＝形成社
製本＝美行製本

定価　三、〇〇〇円＋税

ISBN978-4-87714-380-0 C0074

宮岸泰治　女優 山本安英　¥3800

宮岸泰治　ドラマと歴史の対話　¥2000

宮岸泰治　ドラマが見える時　¥1800

宮岸泰治　転向とドラマトゥルギー——一九三〇年代の劇作家たち　¥2200

尾崎宏次　蝶蘭の花が咲いたよ——演劇ジャーナリストの回想　¥2500

久保栄　演技論講義　¥2000

●影書房刊
2008・1現在